하늘북

하늘북

상

이재운 장편소설

제1부
하늘이 무너지려나

분노의 칼

1893년 계사년癸巳年.

조선을 향해 개화의 물결이 호호탕탕 밀어닥치던 어느 봄날.

황금빛 햇살이 비쳐드는 전라도 전주부의 성 밖 양반가 골목 길로 스무 살쯤 되어 보이는 청년이 그림자처럼 스며든다. 그는 검은 눈동자를 빠르게 굴리면서 기와집이 빽빽이 들어서 있는 양반 가를 훑고 있다.

청년의 행색은 대갓집에 딸린 노비쯤에 불과한 누추한 차림새 이나 눈빛만은 파란 하늘에 박힌 별만큼 강렬한 기운을 뿜어낸 다. 분노와 원한으로 응어리진 사람만이 내뿜을 수 있는 살기등 등한 눈빛이다.

기와집과 기와집 사이로 난 골목길은 돌멩이나 검불 하나 없이 빗질 자국이 선명하다. 양반네가 거느린 종년이나 종놈들이 손바닥이 닳도록 수고했으리라.

목련꽃은 시든 지 오래고, 담장 밖으로 쏟아져 나온 개나리도 저마다 파릇파릇한 잎이 돋아나 있다.

'황 진사 이놈, 봄꽃같이 고운 나모하린을 돈 몇 푼으로 데려가 노리개로 삼은 놈. 사당패는 사람으로 치지도 않는다 이거지? 더러운 양반놈들.'

거리에는 상민이나 천민들은 감히 범접하기 어려운 위엄이 흐른다. 춘궁기에 찌든 가난한 서민들이 사는 여염에 비하면 가히 별천지다.

나라는 망해도 살아남는 건 창고가 넉넉한 양반네뿐이다. 일본놈들이 설치기 시작하면서 잽싸게 그쪽으로 돌아앉은 것도 그네들이다. 돈이든 세도든 가진 게 있어야 그걸 지키기 위해 배신을 하든 붙어먹든 하는 법. 천민 상민들이야 이놈이 다스리든 저놈이 올라타든 고단하기는 마찬가지다.

봄날 오후의 햇살은 늘어진 엿가락처럼 흐물거리며 대저택의 기와지붕과 뜨락과 골목길을 느릿느릿 지나간다.

청년은 소걸음으로 천천히 발을 옮겼다. 눈동자만은 부산하게 움직이며 이곳저곳을 살핀다.

봄이라고 하기에는 햇살이 너무 농익었다. 청년은 가끔씩 소매를 치켜들어 이마에 송글송글 맺히는 땀방울을 훔쳐냈다.

이윽고 청년의 발걸음은 전주 일대 최고의 갑부로 소문난 황 진사의 솟을대문 반가에 이르렀다.

청년은 주위를 조심스럽게 살피며 저택의 담장 주위를 한 바퀴 맴돌았다. 대낮인데도 골목길에는 사람들의 발걸음이 거의 없어 청년은 마음 놓고 움직일 수 있었다.

황 진사 집의 솟을대문 안쪽에는 길다란 몽둥이를 치켜든 장정 둘이 눈알을 부라리며 서 있다. '잡것'들의 접근을 금한다는 시위다. 그 등등한 위세만큼 황 진사 집 주변은 무척이나 적막하다.

'소문대로 부자는 부자로군.'

청년은 황 진사 집 하인들의 눈길을 피해 집안 구조를 살폈다. 줄행랑, 바깥사랑, 안행랑, 내당, 초당, 별당, 사당이 나뉘어 있는 전통 양반가옥이다.

그때 바깥사랑 문이 열리면서 주름이 잔뜩 잡힌 늙은 남자가 나온다.

"에헴."

그는 헛기침을 하면서 드림줄을 잡고 댓돌에 내려섰다.

청년은 뛰는 가슴을 진정시키려 심호흡을 하면서 방안에서 나온 남자의 행색을 살폈다. 들고 있는 침통이나 차림새로 보아 의원醫員이 틀림없다.

'의원이 무슨 일일까?'

그 뒤로 남녀 하인 둘이 곱사등이도 아니건만 허리를 잔뜩 굽힌 채 졸졸졸 따라 나오면서 배웅을 한다. 의원은 하인들에게 긴

한 표정으로 무언가 속삭이고는 양반을 흉내내려는 듯 휘적휘적 널따란 소맷자락을 휘날리며 마당을 걸어 나간다. 하인들은 "예, 예, 예." 하는 대답을 연신 달아 바친다.

'한심한 놈. 저렇게도 양반이 되고 싶은가? 조선조 5백 년 간 양반들이 내지른 헛기침, 헛바람마냥 세상이 바람맞은 무 꼴이 된 것도 모르고.'

청년은 '휴우—' 하고 몰래 한숨을 내쉬었다. 꽉 쥐었던 주먹도 풀었다. 사랑방에서 나온 남자는 그가 찾는 사람은 아닌 게 분명하다.

의원이 골목 끝으로 사라지자 청년은 돌담을 따라 후원이 보이는 뒤쪽으로 돌아갔다. 담장 안쪽에는 수십 년생 산수유 몇 그루가 연초록 이파리를 단 채 담 바깥으로 가지를 뻗고 있다.

청년은 굵은 산수유 가지를 부여잡고 담장을 훌쩍 뛰어넘었다.

후원에 들어서니 청년의 눈에 봄꽃으로 화려하게 꾸민 화단이 들어온다. 꽃그림을 그려 놓은 안채의 뒷벽이 보이고, 뜨락 한구석에는 조상들의 위패를 모시는 사당이 있다.

"호호호, 영재야, 이리 와서 이걸 잡아 보렴."

뒷마당에서는 댕기머리를 길게 땋아 내린 처녀가 돌이 지난 것으로 보이는 사내아이를 데리고 놀고 있다. 갓 걸음마를 하기 시작한 사내아이는 뒤뚱거리는 걸음으로 처녀를 따라가려 용을 쓴다.

"이쪽이야, 이쪽. 어서 고모한테 와!"

사내아이가 힘들게 다가서면 처녀는 다른 쪽으로 폴짝 뛰면서 딸랑이를 흔들었다. 그러면 사내아이는 방향을 바꾸어 손부터 내밀어 흔들면서 걷는다. 마음은 급하고 몸은 따르지 않자 사내아이는 휘청거리더니 앞으로 넘어졌다.

"어머머, 이를 어째."

놀란 처녀가 달려가 아이를 끌어안자, 사내아이는 울지는 않고 처녀가 손에 쥐고 있는 딸랑이를 움켜잡는다.

청년은 벽에 몸을 바짝 붙인 채 둘이 노는 모양을 물끄러미 바라보았다.

처녀는 사내아이를 등에 업고 얼러주고 있다. 아이는 딸랑이를 흔들어댄다.

반듯한 이마에 오뚝한 코. 사내아이의 얼굴에 귀티가 흐른다. 귀염성이 있는 게 어디선가 본 듯한 얼굴이다.

'잘 먹고 잘 입은 탓이겠지.'

청년은 사내아이를 빤히 바라보다가 고개를 세차게 흔들었다. 그 사내아이도 황 진사의 핏줄일 거라 생각하니 순간 증오심이 치밀어 오른다.

청년은 민첩한 동작으로 안채를 돌아서 사랑채로 접근했다. 그러고는 사랑채 옆에 있는 헛간으로 조심스럽게 숨어들었다.

솟을대문 안쪽에서는 여전히 거구의 장정들이 몽둥이를 들고 경계의 눈초리로 주위를 살피고 있다.

청년은 조금 전에 의원이 나온 사랑방을 주시하며 기회를 엿보았다. 거기까지 가려면 장정들의 경계망을 벗어날 수가 없다.

'피할 수 없다면.'

청년은 마침내 헛간에서 뛰쳐나갔다.

후다닥.

청년이 다급하게 움직이는 소리를 장정들이 듣지 못할 리 없다.

"웬 놈이냐?"

청년을 발견한 장정들은 심심하던 차에 잘 됐다는 듯이 냅다 마당으로 뛰어 들어왔다.

"서라!"

장정들이 무서운 기세로 달려오는데도 청년은 미동도 하지 않은 채 우뚝 섰다.

"어라? 서란다고 서는 놈은 처음일세."

장정들은 황당한 표정으로 청년을 위아래로 훑어보았다.

"보아하니 젖비린내 나는 어린놈이구나."

장정들은 이내 몽둥이를 치켜들었다.

"아가야, 어서 무릎을 꿇어라!"

장정들은 번갈아 소리치면서 청년을 향해 한 발 한 발 다가섰다.

청년은 입가에 야릇한 미소를 지었다. 너희들쯤이야 하는 비웃음이다.

"복伏이 아직 한참 멀었거늘 내가 너희 같은 똥개까지 때려잡을 필요가 있겠는가?"

어차피 각오를 한 청년은 호흡을 고르면서 결투 자세를 취했다.

"뭐라고라? 우리더러 개라고? 어린놈이 못하는 말이 없네?"

장정 한 명이 몽둥이를 돌려잡으며 금방이라도 내려칠 기세로 청년을 노려보았다.

"너희에겐 볼일이 없다. 난 황가 놈을 만나러 왔다. 황가 놈, 어디 있느냐?"

대답 대신 장정 하나가 청년을 향해 몽둥이를 내려쳤다. 청년은 사뿐한 몸놀림으로 몽둥이를 피하는 동시에 오른손 주먹으로 장정의 턱을 올려쳤다.

"윽."

청년의 주먹에 서툰 공격을 가해 왔던 장정이 턱을 감싸며 비틀거렸다.

"이 녀석이 어딜 감히."

이번에는 다른 장정이 몽둥이를 휘둘렀다. 청년은 그 몽둥이 역시 가볍게 피하면서 발길로 상대방의 사타구니를 걷어찼다. 바람처럼 빠른 솜씨다.

"헉."

단 일격에 건장한 장정 둘이 맥없이 나가떨어졌다. 그러자 소란을 듣고 달려온 다른 하인들이 합세해 달려들었다.

청년은 요리조리 피하면서 하인들의 어깨와 가슴을 찍어 눌렀다. 급소를 맞은 하인들은 그 자리에 주저앉으며 신음을 했다.

청년은 짚신을 신은 채 사랑채 마루에 올라섰다. 그리고 힘차게 사랑방 문을 열어젖혔다.

사랑방 아랫목에는 얼굴이 넙데데한 중늙은이가 누워 있다.

황 진사임이 틀림없다.

"이노옴!"

청년은 벽력같이 소리를 지르면서 황 진사가 덮고 있던 이불을 걷어찼다.

"아니, 이것들이 대낮부터?"

황 진사는 늙은 몸뚱이를 훌러덩 벗은 채 누워 있고, 그 가랑이 사이에는 나이 어린 계집아이 하나가 역시 옷을 벗은 채 누워 있다가 화들짝 놀라 고개를 쳐든다. 얼굴을 보아 하니 열댓 살밖에 안 된 어린 소녀다.

"늙은 개로구나."

"누, 누누……?"

황 진사는 갑작스런 청년의 출현에 놀라 몸을 벌벌 떨었다. 얼굴이 벌써 시퍼렇게 변했다. 입만 벌름거릴 뿐 말도 제대로 하지 못한다.

청년은 소녀를 방구석으로 몰아붙인 뒤 황 진사의 상투를 움켜쥐었다.

"나모하린은 지금 어디 있느냐?"

황 진사는 겁에 질린 표정으로 고개를 흔들었다.

"나모하린이 어디 있냐니까!"

그때 구석에 있던 소녀가 겁먹은 목소리로 끼어들었다.

"어르신께선, 말씀을 못하셔요."

청년은 소녀를 힐끗 돌아보았다. 그 눈길에 소녀는 몸을 움찔했다. 청년의 눈에서 시퍼런 불꽃이 튀었다.

"버, 벌써 몇 달째 중풍으로 누워 계셔요."

"뭐라구? 그럼 너는 무얼 하고 있었단 말이냐?"

청년이 기가 차서 물었다.

"의원님 말씀이, 나이 어린 처녀가 영감님의 양기를 돋우면 혹 기운이 돌아올지도 모른다고 하여서……."

"여태 저놈 불알을 주물럭거렸단 말이냐?"

소녀는 두 손으로 젖가슴을 감싼 채 고개를 끄덕였다.

"빌어먹을."

청년은 손에 움켜쥐고 있던 황 진사의 상투를 놓고 말았다. 손목에서 저절로 힘이 빠져나간다.

소녀의 말대로 황 진사는 온몸이 마비되어 사지를 옴짝달싹하지 못한다. 겁을 잔뜩 집어먹은 탓인지 커다란 흰자위가 드러난 눈동자만 징그럽게 굴린다.

황 진사는 누가 봐도 이미 반송장이다.

청년은 황 진사를 포기하고 마당에 쓰러져 신음하고 있는 하인들에게 달려 나갔다.

"나모하린은 지금 어디 있느냐?"

청년은 하인들에게 나모하린의 행방을 물었다.

"나모하린이라니, 누굴 말하는 거여? 집을 잘못 찾았어."

"여진족 처녀 말이다. 너희들은 알고 있으렷다!"

청년은 눈썹을 바싹 치켜올렸다.

"우리는 잘 모르오."

하인들은 서로 눈치를 보며 고개를 설레설레 흔들었다. 말해서는 안 된다는 엄명을 받기라도 한 듯한 표정들이다.

"흠, 나모하린이라? 그 여진족 계집 이름이 나모하린이었소?"

그때, 안채에서 웬 여인네가 나오면서 청년에게 물었다. 중년 여인은 쪽을 반듯하게 지고 하늘색 비단 치마저고리를 차려입었다. 자기 집에 뛰어들어 난동을 피우고 있는 청년을 조금도 두려워하지 않는 듯 당당하다.

"안방마님."

하인들은 여인을 보고 땅에 머리를 깊이 박았다.

"그래, 청년은 그 계집과 어떤 관계요?"

여인은 오히려 청년을 향해 질문까지 했다. 오만하고 도도하다.

여인은 청년의 대답은 들을 필요가 없다는 듯 찬바람을 일으키며 말했다.

"그년은 영감을 버리고 벌써 몇 달 전에 도망갔소. 머슴놈과 눈이 맞아서."

안방마님은 홱 돌아서 안채로 들어갔다. 철은 분명 봄이건만 그의 주변에서는 겨울바람이 쌩쌩 부는 듯하다.

청년은 안채로 사라지는 여인의 뒤를 몇 발 따라가다가 멈추어 섰다. 그러고는 사랑방으로 다시 뛰어 들어갔다.

청년은 병석에 누워 있는 황 진사를 무서운 눈초리로 내려다보았다. 황 진사는 아무 말도 못한 채 눈망울만 부산하게 굴린다.

"나모하린이 집을 나갔다는 게 사실인가?"

황 진사는 눈을 위아래로 굴렸다. 그렇다는 표시다.

막막하다. 그렇게 몇 년 동안 수소문하여 겨우 여기까지 찾아왔는데, 여기서조차 나모하린의 행적을 알 수 없다니 이제 어디가서 찾는단 말인가?

청년은 황 진사에게 냅다 달려들어 그의 허리춤을 끌어내렸다. 초라하게 쪼그라든 늙은이의 음경이 사타구니에 척 늘어붙어 있다. 그는 그 사타구니에 침을 탁 뱉어버렸다.

청년은 그길로 황 진사의 집을 나왔다.

'나모하린이 머슴과 눈이 맞아 도망을 갔다고?'

믿기지 않는 말이다. 청년은 고개를 세차게 흔들었다. 그렇게 착한 나모하린이 그럴 리가 없다.

"저, 여보셔요."

그때 황 진사 집의 담장에서 청년을 부르는 조심스런 목소리가 들려왔다. 사내아이를 데리고 놀던 처녀다. 처녀는 누가 보기라도 할세라 담장 밖으로 고개를 살며시 내밀고 사방을 살폈다.

"우리 새언니를 보시려면요……."

처녀가 뭔가 말을 하려 할 때다. 갑자기 골목이 소란해지면서 나졸들이 나타났다.

"저, 저기 있다."

"네 이놈, 게 섰거라."

어디서 나타났는지 나졸 너덧 명이 일제히 함성을 지르며 청년에게 달려왔다. 황 진사 집 식솔 가운데 누군가가 벌써 관가에 알린 모양이다.

나졸들이 보이자 처녀는 재빨리 담장 안으로 머리를 들이밀었다.

"저놈 잡아라! 저놈!"

"새언나라니, 나모하린 말이오?"

청년은 그 자리에서 도망쳐 가는 처녀를 향해 안타깝게 물었다. 처녀는 벌써 저만치 안채로 뛰어가고 있었다.

나졸들은 순식간에 달려와 청년을 향해 마구 창을 휘둘렀다.

맨손뿐인 청년은 이리저리 몸을 피하며 주먹과 발길질로 나졸들의 공격을 막았다. 조용하던 골목길은 금세 난장판이 되고 흙먼지가 뿌옇게 일었다.

"얏."

"으악."

눈 깜짝할 사이에 나졸 두 명이 땅바닥에 누워 버렸다. 청년의 발길질에 급소를 맞은 것이다.

청년의 재빠른 몸놀림에 놀란 나졸들은 구석으로 밀렸다.

"와, 저기 있다!"

그때 나졸 한 무리가 더 나타나 우르르 달려들었다. 응원군이 나타나자 주춤거리던 나졸들도 다시 창을 움켜쥐고 공격의 강도를 높였다.

청년은 서서히 담벼락 쪽으로 밀렸다.

"아가야, 귀찮으니까 순순히 오라를 받아줘라!"

포교가 오라를 들고 달래듯 청년에게 다가섰다.

청년은 담벼락을 등에 기대고 선 채 골목을 한 바퀴 둘러보았다. 그러더니 나졸 하나를 밀쳐 넘어뜨리고는 골목길을 내달리기 시작했다.

"헉헉."

청년은 숨을 몰아쉬며 있는 힘껏 달렸다.

"게 섰거라!"

나졸들은 창을 꼬나쥐고 우르르 청년의 뒤를 쫓았다.

청년은 양갈래 길이 나오자 왼쪽으로 급히 꺾어 들어갔다. 다음 순간, 청년은 그 자리에 우뚝 섰다. 막다른 골목이다. 사랑채를 떠받들고 있는 높다란 벽이 앞을 가로막는다. 나졸들의 느린 발쯤이야 간단히 따돌릴 수 있을 것이라고 자신하며 무작정 뛴 게 잘못이다.

'빌어먹을. 하필 이런 막다른 길로 뛰어들다니.'

청년은 벽을 등뒤로 하고 돌아섰다.

"저기다!"

벽력같은 외침 소리와 함께 골목 어귀에 벌써 나졸들이 나타났다. 피할 수 없는 상황이다.

"아가야, 순순히 오랏줄을 받아라! 암만 둘러봐도 도망갈 데가 없어야!"

청년은 반사적으로 방어 태세를 갖추었다. 맨손이지만 빈틈없는 방어 자세를 취하는 청년의 다부진 태도에 나졸들은 흠칫 몸을 사렸다. 나졸들은 선뜻 나서지 못하고는, 청년을 가운데 두고 반원을 그리며 에워쌌다. 그 사이에 뒤를 따라오던 나졸들까지 가세해 모두 여덟 명으로 늘어났다.

청년의 눈에는 절망의 빛이 서렸다.

"공격하라. 죽어도 할 수 없다."

나졸들이 일제히 창을 꼬나들었다.

"야앗!"

나졸들이 창을 휘두르며 공격해 왔다. 여덟 개나 되는 창끝이 난도질을 하려는 듯 청년의 눈 바로 앞에서 춤을 추었다.

그 좁은 골목 한구석에서도 청년은 이리저리 몸을 움직이며 예리한 창끝을 피했다.

"악."

마침내 청년의 입에서 짧은 비명이 터져 나왔다. 그와 함께 청년은 그 자리에 풀썩 주저앉았다.

창을 놀리던 나졸들은 일시에 달려들어 청년을 에워쌌다. 어느새 구경꾼들까지 모여들었다.

청년의 허벅지에서 붉은 피가 흐른다. 창끝에 찔렸다.

"그만 좀 하고 오라를 받으라니까 그러네. 앞날이 창창한 어린 놈이 벌써 죽어서야 쓰겠느냐. 곤장이나 몇 대 맞고 끝내자."

포교는 이제 다 잡았다는 듯이 여유를 보이며 말했다.

청년은 천천히 고개를 들었다. 그러고는 자리를 털고 일어나며 두 손을 앞으로 내밀었다. 오랏줄을 받겠다는 표시다.

청년은 두 손을 내민 채 두 걸음 앞으로 걸어 나왔다. 청년을 겨누고 있는 나졸들의 창끝도 청년의 몸을 따라 움직인다.

포교는 옆구리에 차고 있던 오랏줄을 꺼내들고 한 발 앞으로 나갔다.

그때다.

퍽.

"으악!"

바위를 깨뜨리는 듯한 둔탁한 소리와 비명이 동시에 터져 나왔다.

청년의 몸이 공중으로 붕 떠오르면서 포교의 턱을 보기 좋게 걷어차고는 지붕 위로 뛰어올랐다. 포교는 오랏줄을 놓치면서 땅바닥에 나가떨어지고, 청년은 어느새 두 길 높이의 기와지붕에 올라서서 아래를 내려다보았다.

나졸들은 그만 넋을 놓고 말았다.

"저, 저놈이 저게 원숭이냐 사람이냐? 거 참 날랜 놈일세."

나졸들은 말 그대로, 닭 쫓던 개 지붕 쳐다보는 격이다.

청년처럼 지붕으로 뛰어올라갈 수도 없고, 그렇다고 마냥 바라만 볼 수도 없는 곤란한 처지가 되어 버린 나졸들은 어찌 할 바를 모르고 허둥거렸다.

"왜들 나만 쳐다봐? 어서 저놈 잡아라!"

포교가 흙을 털어가며 일어나 냅다 소리쳤다.

청년은 지붕 뒤편으로 사라졌다.

"놈은 피를 흘리고 있다. 핏자국을 추적하라!"

포교의 고함이 다시 나졸들의 귓전을 때렸다.

나졸들은 사랑채 처마 밑을 빙빙 돌며 핏자국을 찾았다. 핏자국은 발견되지 않았다. 그 집과 담을 사이에 둔 좌우의 옆집도 샅샅이 살폈으나 어느 곳에서도 청년의 흔적은 발견되지 않았다.

그 사이에 해는 서쪽 산 너머로 기울고, 그늘진 곳에서는 벌써 어둠의 그림자가 서성거린다.

"귀신같은 놈."

"다 잡은 쥐새끼를 놓치다니……."

나졸들은 제각기 한 마디씩 늘어놓으며 포교의 눈치를 살폈다. 나졸들 입장에서야 그 정도로 끝난 게 천만다행이다.

"그만 돌아가자. 도둑질한 건 아니니 무리해서 힘뺄 필요 없다."

포교가 침통한 목소리로 말하면서 손을 털었다.

나졸들은 더 이상 청년의 행적을 추적하지 않고 물러났다.

"그 청년 대단하군."

"나졸들이 꼼짝 못하고 당하던 걸!"

"황 진사 집을 찾아가 쑥대밭을 만들어 놓았다면서?"

구경꾼들은 재미난 구경거리가 일찌감치 끝난 게 못내 아쉬운 듯 선뜻 그 자리를 뜨지 못했다.

"청년이 황 진사 집에는 무슨 일로 찾아갔다고 합디까?"

구경꾼 가운데 끼어 있던 노인이 옆에 선 초로의 사내한테 물었다. 허연 수염이 성성한 노인이다.

"그 집 소실로 있던 여진족 처녀를 찾으러 왔다고 합디다."

"여진족 처녀라……."

노인은 사내의 말을 되뇌며 청년이 사라진 방향을 한동안 바라보았다.

다음날.

전주 관아는 청년을 잡는답시고 삼엄한 경계망을 폈다. 황 진사가 비록 풍을 맞고 쓰러져 전신불수가 되었지만, 아직 막강한 재력이 남아 있다. 황 진사 측에 성의를 다한다는 표시를 해야 한다. 또 관의 체통을 지키기 위해서라도 일단 호들갑을 떨지 않을 수 없다.

전날의 화창하던 날씨와는 달리 하늘 가득 먹구름이 끼었다. 금방이라도 빗방울이 후드득 떨어질 것만 같다.

전날 청년을 추격하다 실패한 포교는 동헌 주위를 돌면서 경계를 서고 있는 나졸들로부터 상황을 보고받았다. 그때 다른 나졸 하나가 포교에게 급히 달려오면서 소리쳤다.

"포교 나리, 큰일났습니다."

나졸은 금방이라도 숨이 넘어갈 것처럼 헐떡거렸다.

"모란꽃이라도 흐드러지게 피었더냐? 이 좋은 봄날에 웬 소란이야? 적당히 하는 척이나 하라니깐."

"그게 아니고, 사람이 죽었습니다."

"뭐라고? 누가 죽었단 말이냐?"

포교는 소스라치게 놀랐다.

"저쪽 서천 다리목을 지키던 나졸 한 명이……."

나졸은 동헌에서 한 마장가량 떨어져 있는 다리목을 손으로 가리켰다. 포교는 나졸이 지목하는 쪽을 바라보았다.

"범인은?"

포교는 순간적으로 어제 일어난 사건을 떠올렸다. 놈이 다시 나타나 나졸을 죽인 건 아닐까 하는 의심이 인다.

"글쎄요. 아직……."

"뭐야? 사건 현장을 얼씬거린 놈도 없었나?"

"일단 보부상 두 명을 잡아두었습니다."

그때 다른 나졸 둘이 시신을 들것에 실어 들고 왔다.

포교는 나는 듯이 달려가 시신을 살펴보았다. 죽은 지 얼마 안 되는 듯, 시신에는 아직 온기가 남아 있다. 상처 하나 없이 깨끗하다. 목을 졸린 흔적도 없고 칼이나 창에 맞은 상처도 찾아볼 수 없다.

포교는 검시 의원을 불러오게 하고 잠시 생각을 정리해 보았다.

'외상이 없는데 어떻게 죽은 걸까? 자라 보고 놀란 가슴 솥뚜껑 보고 놀란다고, 갑작스런 심장마비로 죽은 걸 내가 살인으로 지레짐작하는 건 아닐까?'

잠시 뒤에 의원이 달려와 죽은 나졸의 몸을 살폈다.

"사인死因이 무엇이오?"

"예리한 손끝에 혈을 짚인 것 같습니다."

"혈을? 타살이란 말이오?"

포교가 어두운 안색이 되어 물었다. 관내에서 살인 사건이 일어나면 여간 골치 아픈 게 아니다. 더구나 나졸이 죽다니.

"예, 그렇습니다. 아무래도 무예가 뛰어난 자의 소행인 것 같습니다."

"무예가 뛰어난 자라? 그렇다면……?"

포교는 자신이 우려한 대로 이번 사건이 어제 일과 관계가 있는 것으로 심증을 굳혔다.

더 걱정이다. 전주 최고 갑부로 소문난 황 진사 집에 뛰어든 청년을 놓친 일만 해도 전주부가 발칵 뒤집힐 사건이다. 그런데 잡으라는 범인은 잡지 못하고 검문을 하던 나졸이 도리어 당하는 일까지 벌어지다니, 이는 사건 중의 대사건이다.

'젠장, 감사가 또 노발대발하겠군. 뇌물 먹은 꼴값을 할 텐데.'

포교는 가만히 이 상황을 그려보았다.

"보통 사람이라면 이렇게 감쪽같은 솜씨로 사람을 해칠 수는 없습니다. 이 나졸은 아마도 일격에 절명한 듯합니다."

"그렇다면 보부상은 범인이 아니란 이야기군."

잠시 생각에 잠겨 있던 포교가 고개를 들었다.

"보부상은 풀어줄까요?"

마침 사건 현장을 지나가던 보부상을 무작정 잡아두었던 나졸이 포교의 눈치를 살폈다.

"그래. 그 자식들 건드렸다가 벌떼처럼 일어나면 어떻게 감당해?"

따로 짚이는 데가 있는 포교는 보부상을 풀어주라고 선선히 허락했다. 전날 나졸 수십 명을 가볍게 따돌린 청년의 솜씨를 직접 목격한 포교는 당연히 그를 의심하고 있다.

"그놈이 틀림없어!"

포교는 일단 어제의 그 청년에게 살인 혐의를 두기로 했다.

"그놈이라뇨?"

곁에 있던 나졸이 되물었다.

"이런 얼간이, 어제 황 진사 집에서 난동을 부린 그 원숭이 같은 놈 말이야!"

포교는 신경질적으로 부하들을 다그치면서 명령을 내렸다.

"여봐라, 그놈 낯짝을 그려서 현상금을 내걸고 전주부 인근 마을마다 방을 붙여라. 그리고 큰길마다 차단하고 수상한 자가 지나가면 누구든 붙잡아. 알겠어?"

"예잇."

"돈이나 뜯어먹지 말고 길목을 틀어막으란 말이야! 재수 없으면 모가지 날아가!"

나졸들은 분주하게 움직였다.

포교는 부하 두 명을 데리고 사건이 일어난 다리목으로 향했다.

바람이 살랑살랑 불어온다. 초여름으로 접어드는 날씨답지 않게 서늘한 기운이 몰려온다. 그러더니 급기야 빗방울이 몇 방울 떨어졌다.

후드득.

"봄비가 내리려나? 살구꽃 벚꽃 다 지겠네."

우르릉, 쾅.

우렁찬 천둥소리와 함께 굵은 빗방울이 내리친다.

"서둘러! 감사가 알면 펄펄 뛰실 게다. 황 진사한테 받아먹은 뇌물이 아직 소화도 되지 않았을 텐데."

날이 저물기 전에 사건 현장을 조사해야 한다는 생각에 포교는 부하들을 거듭 독촉했다.

검은 그림자

비바람이 몰아치는 깊은 밤.

칠흑 같은 어둠이 줄줄 흐른다. 대낮에는 행인들 발걸음이 분주한 큰길이지만 인적이 끊긴 지 오래다. 민가에서도 그 흔한 개 짖는 소리 한 번 들려오지 않고 오직 빗줄기가 쏟아지는 소리와 거센 바람이 쓸고 지나가는 소리만 요란하다.

이 어둠 속에서 희미한 불빛 하나가 깜박거린다. 산길로 오르는 중간에 웅크린 듯 서 있는 주막집.

오가는 손님도, 노랫가락도 끊긴 적막한 주막 기둥에 청사초롱 하나만 덩그러니 걸려 있다. 바람이 마당으로 들이닥칠 때마다 등불은 위태롭게 흔들리지만, 그래도 가까스로 불을 밝힌다.

가끔씩 누런 번개가 마치 비수처럼 내리꽂히면서 천둥소리가 지축을 흔들 듯 울려 퍼진다. 그때마다 등불이 그네를 타듯 심하게 흔들거린다. 그러다가 마침내 그 등불마저 꺼지고 말았다.

우르릉, 쾅!

주막집 끝방 봉창에 흐릿한 불빛이 어른거린다. 마당 밖에서는 보이지 않지만 뒤란 쪽에서도 희미한 불빛과 함께 인기척이 흘러나와 빗줄기에 섞인다.

방안에는 한밤중임에도 백발노인과 청년 둘이 좌정을 하고 앉아 있다. 세 사람 모두 행색은 보부상이다. 그러나 두 청년 옆에는 보부상답지 않게 기다란 검(劍)이 한 자루씩 놓여 있다.

노인의 얼굴엔 검버섯이 드문드문 돋아나 있으나 앞에 앉은 두 청년을 주시하는 눈빛만은 날카롭다.

"오히라!"

천둥이 잠시 멎는 순간 노인이 입을 열었다.

비쩍 마른 청년이 몸을 곧추세우며 대답했다.

"하이!"

한밤중이라 목소리를 죽이고는 있지만 청년의 음성에서는 칼날 같은 섬뜩함이 번뜩인다.

"도미야쓰!"

노인은 이번에는 키가 조금 작은 청년을 향해 몸을 돌렸다.

"하이!"

"오늘 일은 실수였다. 일개 나졸의 눈에 의심을 살 정도라면 앞으로 어떻게 큰일을 해내겠느냐. 나졸들에게 잡히기라도 했더라면 어쩔 뻔했느냐?"

노인의 말에 오히라와 도미야쓰가 고개를 푹 꺾었다.

"앞으로는 조심하겠습니다."

"우리 신분이 탄로나기라도 한다면 수십 년 공들인 작전이 물거품된다."

노인은 다시 한번 두 청년의 눈을 쏘아보았다.

"조선인 한 놈 죽이는 게 능사가 아니다. 그깐 조선놈들이야 수백 명을 죽인들, 수천 명을 죽인들 상관없다. 다만 미천한 조선놈의 목숨 하나 때문에 우리 대사를 망치지 않도록 해야 한다. 그러니 사람을 죽일 때는 각별히 조심하라. 우리가 한낱 조선인 모가지 하나 더 따러 이 먼 곳까지 온 것은 아니지 않느냐? 이놈인가, 저놈인가 보고 또 살피고 의심한 다음 마지막에 칼을 써라."

"명심하겠습니다. 사부님."

오히라와 도미야쓰는 목을 탁 꺾으면서 절도 있게 대답했다.

"그리고 오히라!"

"하이!"

짧게 대답하며 오히라는 자세를 고쳐 앉았다.

"네 눈으로 분명히 확인했느냐?"

"틀림없습니다. 어제 그 청년입니다. 그런데 상처가 심합니다."

"알겠다. 이제 너희들에게 새 명령을 내리겠다."

두 청년은 곧장 백발노인 앞에 엎드렸다. 상투를 어색하게 튼

노인은 말을 할 때마다 어금니를 꽉꽉 물어 입가에 깊은 주름이 잡힌다.

"일어나라. 이제 너희는 누구 앞에서도 결코 엎드릴 필요가 없느니라. 너희가 엎드릴 대상은 대일본제국의 천황 폐하뿐이시다."

두 청년은 고개를 들어 백발노인을 바라보았다. 순간 청년들의 눈빛에서는 시퍼런 광채가 번뜩인다.

백발노인은 이시다.

임진왜란 때 행주산성 공격에 나섰다가 지화통地火筒에 맞아 온몸이 터져죽은 일본군 장수가 있다. 그의 후손들은 유품을 받고 객지에서 폭사暴死한 조상의 넋을 기리기 위해 이 사실을 족보에 올려 대대로 기억하며 분심忿心을 길러왔다. 이에 후손 이시다는 군국주의 일본군대에 들어가 평생을 봉직했다. 때마침 조선을 병탄倂呑하는 비밀 기획이 마련되자 그는 현역에서 은퇴했음에도 불구하고 이 작전을 지휘하겠다고 자원했다.

지극한 충성심과 숙련된 경험으로 막중한 임무를 맡은 이시다는 일본군 중에서 조선에 원한이 있는 인물들의 후손들을 행동대원으로 차출했다.

임진왜란 직전에는 도요토미가 직접 보낸 첩자인 목부目付, 그리고 영주들이 보낸 횡목橫目이 조선에 들어와 몇 년 동안 팔도를 돌아다니며 군사정보를 몰래 조사하여 일본군에 제공하기도 했다. 당시 횡목은 중국에도 들어가 활약했다.

1884년 친일개화파들이 주도한 갑신정변이 실패하자 일본에서는 본격적으로 정한론征韓論 여론이 일더니, 마침내 비밀리에 횡목橫目을 선발해 보내기로 한 것이다. 이시다가 횡목대장이 되면서 이들은 일본 천황을 신인神人, 하느님이 인간의 몸으로 온 化身, 즉 아바타 Avatar으로 섬기면서 대신 조선의 인물들을 차례차례 처단하는 임무를 맡아 오고 있다.

이시다가 뽑은 횡목은 1백여 명. 이들은 몇 년 동안 조선말을 익히고, 조선의 관습과 예절을 배워가며 지옥의 사자란 뜻으로 마두馬頭를 자처했다. 그 가운데 조선어에 능통한 두 사람이 정예대원으로 최종 선발되었다. 그들이 바로 이시다 앞에 무릎을 꿇고 앉아 있는 마두 오히라와 도미야쓰다.

오히라, 그의 조상은 왜구로서 정조 시절 조선의 서해안을 노략질하던 중 충청 수군水軍에 잡혀 참수당했다.

도미야쓰, 그의 조상은 임진왜란 때 울돌목에서 조선 수군의 거북선 공격을 받고 침몰한 일본 수군 전선戰船의 일등 조총수鳥銃手였다. 그래서 후손들은 시신도 거두지 못했다.

이 두 청년을 제외한 나머지 마두 중 상당수도 대개는 군적軍籍에서 물러나 일본 내에서도 잘 알려지지 않은 인물들이다. 이시다의 조직은 일본에서도 조선에서도 비밀이다. 따라서 이들은 어떠한 편제에도 들어 있지 않은 특수한 조직으로 오직 황실 명령만 받는다. 그러면서도 이들은 조선에 파견된 일본 관리들을 실질적으로 움직일 수 있는 권한까지 쥐고 있다. 이들은 주로 보부상,

장꾼 등으로 신분을 위장하고 조선 각지에 흩어져 암약 중이다.

이시다는 천황궁에서 받은 비밀 명령을 자신의 필생 과업으로 삼았다.

- 조선의 관리들을 회유하라. 임진년 그때처럼 국론이 사분오열 찢어지도록 하라. 말을 듣지 않는 자는 죽여 없애라. 설사 왕이나 왕비일지라도. 그래야만 임진년처럼 여기저기서 의병(義兵)이 일어나지 않는다. 의병의 싹을 제거하는 것, 그것이 제1 임무다.

- 조선의 도서를 모조리 긁어모아 황궁으로 가져오라. 장차 조선에서는 조선말을 쓰지 못하게 하고 우리 일본말을 쓰게 하리라. 우리가 백제의 본가다.

- 조선의 청년 유림들을 선발하여 일본으로 보내라. 본토에서 친일 지식인으로 개조하리라.

- 조선의 산천 혈맥(血脈)을 찾아 철침(鐵鍼)을 때려 박아라. 수천 개든, 수만 개든 조선 땅의 기운이 쇠하게 만들어 어느 한 놈도 정신을 차리지 못하게 하라.

- 왕실을 먼저 장악하라. 지난 임진년 전쟁에서는 왕을 놓치는 바람에 대업을 그르쳤다.

- 마지막으로, 이런 인물을 반드시 제거하라. 조선에는 무능한 조정을 대신해 도탄에 빠진 백성을 이끌 신인(神人)이 태어났다는 참언(讖言)이 돈다고 한다. 이런 내용을 담은 《정감록(鄭鑑錄)》, 《격암유록(格菴遺錄)》, 《토정가장결(土亭家藏訣)》, 《도선비기(道詵

秘記》 같은 책이 민간에 은밀히 돌고 있다. 신인이 누군지는 알 수 없다. 양반인지 천민인지, 남자인지 여자인지 아직은 아무것도 알 수 없다. 황실 태사(太師)도 말하기를 장차 조선을 크게 일으킬 신인이 조선 땅 어딘가에 태어난 것만은 분명하다고 한다. 그자를 찾아 반드시 죽여야만 한다.

이 모든 것이 성공하는 날, 대일본제국은 조선을 지배하고, 이 세상을 지배하게 될 것이다. 조선은 청나라와 러시아, 동남아시아로 들어가는 길목 아닌가. 그 모든 나라를 대일본제국의 조공국으로 삼을 것이다.

이시다가 황실의 명령을 받은 것은 일본이 조종한 갑신정변이 실패한 지 한 해 지난 1885년 을유년乙酉年, 꼭 8년 전이다. 이시다는 황실로부터 비밀조직을 인수받아 5년간 피나는 훈련을 시켰다. 그리고 1890년 경인년庚寅年에 부산을 통해 조선에 잠입했다.

대원은 이시다를 포함해 모두 60명. 이들 말고도 이미 조선과 청나라·몽골·러시아 등지에 잠입한 첩자가 150여 명이 더 있어 별도 조직에 따라 움직이고 있다. 이들 선발대는 임진왜란 직전처럼 활동범위가 첩보를 수집하는 수준에 그치지만, 황실 소속인 이시다 조직만은 행동 목표가 다르다.

"우리는 앞으로 20년 이내에 조선을 일본의 속국으로 만드는 것을 목표로 삼는다. 이 조선을 대륙 중국으로 뻗어나가는 대일본제국의 탄탄대로로 닦아야만 한다. 즉, 이씨 왕조를 철거시키고, 조선 반도와 중국에 대일본제국 천황 폐하의 성은이 미치도록 하는 것이다."

이시다는 두 청년을 돌아보면서 조선 병탄 작전이 순조롭게 돌아가고 있음을 확신했다.

"나의 충직한 마두馬頭들이여. 앞으로 20년이다. 흐흐흐."

마두, 이시다가 가장 좋아하는 말이다. 지옥의 옥졸獄卒, 그러므로 조선은 지옥이고 이들은 그 조선을 지키며 죄인들을 때려잡는 옥졸이다.

"헐헐헐……."

백발노인 이시다는 두 마두를 바라보며 음산한 소리를 흘렸다. 창자를 끌어내듯 소름끼치는 괴성이다. 그 웃음은 문풍지가 떠는 소리에 섞여 괴기한 분위기를 자아낸다.

"최제우는 우리 마두들이 손을 써서 자기들끼리 죽이도록 했으니 그자는 우리가 찾는 신인이 아닌 게 틀림없다. 후계라는 최시형에게는 첩자를 붙여 놓았으니 장차 본래 면목이 드러날 것이다. 여차하면 마두를 보내 죽이는 거고."

노인은 혹세무민한 죄로 벌써 효수를 당한 동학東學 교조 수운水雲 최제우崔濟愚와 그의 뒤를 이은 교주 해월海月 최시형崔時亨을 언급하며 표독스럽게 생긴 작은 눈을 빛냈다.

"그런데 최근 유력한 후보가 하나 등장했다. 이제 너희들이 바삐 움직일 때가 왔다."

오히라와 도미야쓰는 노인의 말을 한 마디라도 놓칠세라 귀를 바짝 세우고 들었다.

"너희들은 이제 충분히 적응 훈련을 마쳤으니 이제부터는 완전한 조센진으로 행동하라. 그리고 우리 대일본제국의 명예와 미래를 걸고 사명을 완수하라."

"핫!"

마두들의 음성은 칼날이 부딪치면서 내는 금속성처럼 날카롭다.

"지금부터 3백 년 전, 임진년에 수귀水鬼가 된 우리 대일본국 선조들의 한스런 혼령이 너희들 가슴에 맺혀 있느니라. 그분들이 몸부림치노라. 울부짖노라!"

노인은 갈갈한 목소리로 두 마두를 향해 외쳤다.

마두들은 꼼짝도 하지 않고, 벌레처럼 구물거리는 노인의 입술을 똑바로 바라보았다.

"너희는 그 혼령들의 한을 풀어드릴 사명을 받았다. 한을 푼다는 것은 무엇이겠느냐?"

오히라와 도미야쓰는 대답은 하지 않고 잠자코 노인의 지시에 귀를 기울였다.

"그것은 바로 천하가 하나로 되는 것이다. 일통천하一統天下, 천하가 대일본의 태양 아래 하나가 되는 것이다."

노인은 귀기鬼氣 어린 웃음을 흘리며 말을 이었다.

"헐헐헐…… 대일본제국이 천하의 주인이 되어야 한다. 조선인이 우리 백성이 되고, 저 넓은 만주 벌판과 중원 땅이 우리 땅이 되어야 한다. 그것만이 한 맺힌 혼귀들의 원한을 푸는 길이다."

밖에서는 여전히 거센 비바람이 몰아친다. 간혹 돌풍으로 휘몰아치는 바람에 처마 밑으로 흐르던 빗줄기가 작은 봉창 안으로 들이닥치기도 한다.

노인은 목소리를 낮추었다.

"동학도들이 미쳐 떠들기를, 천지 우주의 대기운이 조선 땅에 내렸다고들 지껄이는구나. 허나 아직도 개화의 눈을 뜨지 못한 채 미궁을 헤매는 조선인들이 어찌 그 사명을 받을 자격이 있겠느냐? 천지조화를 바꾸고 신천지를 열 백성은 오직 우리 천황 폐하와 그 신민臣民들뿐이다. 천지개벽은 우리 일본이 일으킨다."

밤은 점점 깊어간다. 그럴수록 노인과 두 청년의 눈빛은 더욱 빛났다.

객방의 한쪽 벽면에는 임란 때 조선에서 객사한 일본군 장수들의 이름이 적힌 지방紙榜 수백 장이 붙어 있고, 그것들을 빙 돌려가며 시뻘건 부적이 에워싸고 있다. 그 아래에는 일본 신사神社의 예법에 따라 몇 가지 기물器物이 가지런히 놓여 있다.

노인은 지방을 향하여 머리를 조아리고는 다시 입을 열었다.

"이대로 세상이 우리들 세상이다. 아, 광대무변한 우주가 마침내 우리 대일본제국에 서광을 비쳐주는도다. 이 하늘 아래 우리는 조선을 병탄하고, 나아가 청나라·러시아·동남아시아까지 갈쿠리로 긁어모아 왜구라고 멸시당한 조상들의 숙업을 다 씻고자 한다. 아니, 이 세상 모든 나라와 신민을 대일본제국 천황 폐하 앞에 무릎 꿇게 해야 한다. 이 좋은 세상을, 이렇게 한없이 좋은 세상을 만들자는데 누가 감히 대일본제국을 원망하고 물러가라 하느냐! 어림없는 소리!"

노인은 주먹을 불끈 쥐고 하늘을 향해 뻗었다. 오히라와 도미야쓰도 으스러져라 하고 두 주먹을 꽉 쥐었다.

"하늘이 분노하고 있다. 게을러빠진 족속인 조선인들이 인내천人乃天이니 뭐니 미친 소리를 지껄이도록 허락하지 않을 것이다. 우리 천황 폐하만이 신인이시란 말이다! 조선의 신인들이라는 것들은 잡귀들 화신이야!"

밖에서는 여전히 굵은 빗줄기가 그칠 줄 모르고 계속 쏟아져 내리고 있다.

보부상의 추적

한편, 전날 전주부에서 나졸들의 추격을 따돌리고 도망친 정체불명의 청년은 무작정 전주에서 멀리 떨어진 곳으로 가기 위해 허벅지 상처를 질끈 동여매고 밤을 새워 달렸다. 그러다가 아침이 되었을 때는 어느 시골 마을길을 지나고, 비가 내리기 시작하자 주막집을 찾아 들어가 몸을 숨겼다.

청년은 그렇게 한나절을 주막집에 숨어있으면서 상처를 다독거렸다.

'그 처녀가 무슨 말을 하려던 것일까?'

머뭇거리며 무슨 말인가 하려던 황 진사 집 처녀 얼굴이 머리에 맴돈다. 처녀가 지칭한 '새언니'는 필시 나모하린이다. 그렇다면 나모하린을 새언니라 부르는 처녀는 나모하린의 시누이란 말인가. 시누이라면 황 진사의 어린 여동생이다. 그러나 전주 일대에서 제일 부자라는 황 진사의 여동생이라기엔 행색이 너무 초라하다. 양반가의 계집종이나 입을 것 같은 거친 무명 치마저고리를 입고 있었다. 게다가 황 진사의 동생이라기에는 나이 차이가 너무 많다. 오라비인 황 진사는 오십 줄에 접어든 반면, 여동생으로 보이는 처녀는 혼기가 꽉 찬 한창 나이로 보였다. 그래도 서른 살이나 차이가 난다. 집안 관계야 어찌 되었든 처녀가 나모하린에 대해 뭔가 알려주려던 것은 틀림없는 듯하다.

'그래. 처녀는 분명 나모하린의 행방에 대해 뭔가 알고 있어.'

여기까지 생각이 미치자 청년은 마음이 급해졌다. 어서 빨리 황 진사의 집에 다시 찾아가 나모하린의 행방을 알아내야겠다는 조바심이 생긴다.

그러나 지금 당장은 위험하다. 나졸들이 자신을 잡기 위해 혈안이 돼 있을 게 뻔하다. 게다가 부상까지 심해 자유롭게 운신할 수도 없다.

'상처가 아물 때까지만 기다리자.'

청년은 자꾸만 급해지는 마음을 스스로 달랬다.

아침엔 가늘던 빗줄기가 점심 때가 되면서부터 천둥 번개와 함께 폭우로 변했다. 그러니 길을 떠날 수가 없다. 날이 저물어 어둑해졌을 때 보부상 두 명이 주막으로 들이닥쳤다. 보부상들은 청년이 묵고 있는 바로 옆방에 여장을 풀었다.

청년은 반사적으로 보부상을 경계했다. 자칫하면 이들에게 붙잡힐 수도 있다.

조선조 내내 보부상들은 거의 군사 집단이나 마찬가지로 나라에 변란이 있을 때마다 관군 편을 들어 움직이곤 했다. 요즘에는 양동이나 비누, 담배, 램프, 성냥 따위의 양이洋夷 물산을 취급하여 큰 이문을 보더니 노골적으로 개화파를 지지한다. 조정은 개화開化와 수구守舊 사이를 오가며 널뛰기하지만 보부상들은 오직 돈만 바라보며 일본인과 청나라 장사꾼들을 끌어들이거나 그들에게 붙었다. 그런 만큼 그들은 민심과는 동떨어진 이익집단이다.

아니나다를까, 밤중이 되어도 천둥소리가 시끄러워 뒤척이는 청년의 귀에 이들이 두런거리는 이야기가 어렴풋이 들려온다.

"그 살인범 말야, 현상금이 수백 냥이나 걸려 있다고. 그놈만 잡으면 이까짓 봇짐장사 때려치우고 땅뙈기라도 사서 정착할 수 있을 텐데 말야."

"거, 전라감사 호령이 여간 아니라더군. 그깟 어린놈 하나 잡는 데 수백 냥이나 걸다니."

"그러게 말일세. 그 돈이면 오늘같이 장대비 맞으면서 떠돌아다니지 않아도 먹고 살 길이 마련되는 건데……."

청년은 숨을 죽이고 옆방에서 들려오는 목소리에 귀를 기울였다.

잠시 천둥소리가 멎자 또다시 목소리가 들려왔다.

"오늘 나졸을 죽인 놈이 바로 어제는 전주 황 진사네 집을 습격한 바로 그놈이라더군. 어떤 녀석인지는 모르지만 간덩이가 어지간히 부은 게 틀림없어."

"황 진사 첩을 찾아갔다는 걸 보면 무슨 사연이 있는 것도 같고……."

보부상들이 떠드는 소리에 청년은 가슴이 덜컥 내려앉았다. 그들은 바로 자신을 두고 이야기를 하는 중이다. 그런데 도무지 모를 소리가 있다.

'살인이라니, 대체…… 내가?'

도대체 무슨 일이 벌어졌는지 청년은 알 길이 없다. 자신이 살인범으로 지목되어 현상금까지 걸린 채 수배를 당하고 있다는 것만은 틀림없는 사실인 듯하다.

황 진사네 집을 발칵 뒤집어놓긴 했지만 정작 찾고 있는 나모하린은 얼굴도 보지 못한 채 도망칠 수밖에 없었고, 알지도 못하는 살인 사건에 얽혀 누명까지 쓰게 된 것이다.

빗줄기가 가늘어진 틈을 타서 청년은 뒷간에 가서 일을 보고 나왔다. 그러다가 마침 소피를 보러 나오던 보부상 한 명과 눈이 마주쳤다. 다친 다리를 절뚝이는 청년을 본 보부상의 눈길이 심상치 않다.

청년은 얼른 눈길을 돌리고 통증을 참아가며 걸음걸이를 바로 잡았다.

보부상은 살금살금 뒷걸음질을 치며 방으로 다시 들어갔다. 뭔가 눈치를 챈 게 분명하다.

'이 보부상들은 이미 내 얼굴이 그려진 방榜을 보았을 텐데?'

보부상들은 조직폭력배나 다름없는 주먹을 갖고 있다. 무예가 만만치 않다. 값비싼 물건을 지니고 팔도를 유람하는 까닭에 도적떼의 습격을 받기 일쑤고, 그러한 험로에서 목숨과 재산을 지키기 위해 무리를 이루고, 또 개개인이 스스로 방어할 수 있는 힘 정도는 기른다.

'자다가 기습받으면 꼼짝없이 잡힌다.'

자신을 의심하고 있는 보부상들을 피하는 게 상책이라고 판단한 청년은 서둘러 주막집을 빠져나왔다. 일찍이 사당패에 있으면서 방방곡곡 돌아다닌 경험이 있는 청년도 보부상들의 속성을 잘 알고 있으므로 각별히 경계를 하지 않을 수 없다.

그러나 그리 발빠른 행동은 되지 못했다. 등 뒤에서 보부상들의 의기양양한 고함이 들려온다.

"네 이놈, 거기 섰거라!"

현상금을 노리는 보부상들이 어느 틈에 방에서 나와 청년의 뒤를 쫓고 있다.

들킨 이상 청년은 뒤도 돌아보지 않고 뛰었다. 다행히 어둠이 짙어 피차 잘 보이지 않는다.

"이 살인자 놈아, 거기 서라!"

청년은 어둠 속을 정신없이 달렸다. 빗줄기는 그 사이에 더 거칠어져 하늘에서 두레박으로 물을 쏟아붓는 것 같다.

"으으으."

허벅지 상처에서 통증이 올라왔다. 다리에서 힘이 점점 빠져나간다. 그래도 청년은 멈추거나 쉬지 않고 죽을힘을 다해 뛰었다.

"이놈아, 뛰어봤자 벼룩이다! 외길 뛰어봐야 어디까지 뛰겠냐!"

청년은 얼마 가지 못하여 억센 보부상들 손에 붙잡히고 말았다. 어두워서 서로 얼굴이 잘 보이지 않는다.

퍽.

덩치가 큰 보부상의 묵직한 주먹이 청년의 뒤통수를 후려쳤다. 그 타격에 청년은 앞으로 고꾸라지면서 흙탕물 속으로 머리를 처박았다.

'붙잡히면 끝장이다.'

그 순간, 절대로 붙잡혀서는 안 된다는 생각이 불끈 솟구친다.

"에잇."

청년은 이를 악물더니 성한 쪽 발로 보부상의 장딴지를 걷어찼다. 보부상의 육중한 그림자가 역시 흙탕물 속으로 곤두박질친다.

함께 넘어진 청년은 통증도 잊고 벌떡 일어나더니 뒤따라온 보부상을 향해 몸을 날렸다.

퍼벅.

청년의 육탄 공격에 보부상은 맥없이 거꾸러졌다. 그 틈에 청년은 다시 뛰었다.

우르릉, 꽝.

눈앞이 훤히 보이도록 번개가 내리치더니 곧바로 천둥소리가 이어졌다. 가까운 어느 곳 어딘가 벼락이 떨어진 모양이다. 찰나 대낮처럼 밝더니 사위는 다시 칠흑 같은 어둠 속으로 빠져들고, 봇물이 터진 듯 거센 빗줄기가 쏟아져 내린다.

"헉헉."

청년은 본능적으로 앞으로 앞으로 달려갔다.

보부상 둘을 따돌리기는 했지만 안심할 수가 없다. 그들은 밤을 새워 달려가서라도 관아에 신고를 할 게 틀림없다. 그러면 관아의 나졸이며 군졸들까지 죄다 몰려들어 수색을 할 것이므로 청년은 될 수 있는 대로 이곳에서 더 멀어져야 한다.

"이놈, 게 섰지 못하겠느냐?"

어느 틈엔가 기력을 회복한 보부상들이 또다시 뒤따라왔다.

먹물 같은 어둠 속에서 길조차 물웅덩이 속으로 잠겼다. 청년은 물을 첨벙거리며 정신없이 뛰었다. 뛰다가 넘어지고, 비틀거리며 다시 일어나서 또 뛰었다. 어디가 길이고 어디가 논인지 밭인지 구분이 안 된다.

'뛰자. 뛰지 않으면 나모하린을 만날 수 없다. 나모하린을 찾기 전에 잡혀서는 안 된다.'

청년은 숲이 우거진 산길로 접어들었다. 골짜기마다 물이 불어났는지 큰물 소리가 시끄럽게 들려온다.

청년은 풀숲에 몸을 숨기고 지나온 길 쪽을 살폈다. 기척이 없다. 보부상들은 추격을 포기한 듯하다.

청년은 한숨을 내쉬며 그 자리에 주저앉았다.

아직 안심하기에는 이르다. 날이 새면 또 누군가가 살인범으로 지목된 자신의 행적을 뒤쫓아올 게 뻔하다.

온몸에 한기가 밀려든다. 밤새 비를 맞은 데다 여전히 비가 내리는 탓에 체온이 뚝뚝 떨어진다. 마치 한겨울에 눈밭에 내버려진 것 같은 한기와 두려움이 함께 밀려온다.

"나, 나모하린."

화사한 비단 날개옷을 입고 여진족 노래를 부르면서 곱게 춤을 추는 나모하린이 눈앞에 어른거린다. 금세라도 눈물이 뚝뚝 떨어질 듯한 그 큰 눈망울이 다가온다. 그러다가 나모하린은 다시 슬픈 표정의 어머니로 바뀐다. 어머니는 그 슬픈 표정을 단 한 번도 거둔 적이 없다.

사당패를 떠나오기 전날 밤, 가슴 밑바닥에 꼭꼭 간직해 온 비밀을 털어놓던 어머니는 북과 장고의 장단에 맞추어 덩실덩실 춤을 추었다.

'네 아버지는 꼭두쇠가 아니다. 잘난 양반이지. 찾지는 말거라. 양반이란 우리하고는 피가 다른 별종이니깐. 네가 에미를 잘못 만나 그 천하디 천하다는 서얼 취급조차 못 받는 신세가 되어 버렸구나. 네 이름 북하, 압록강 바라보며 뱃속의 너를 위해 지은 이름이다. 강처럼 흘러라. 누가 막거든 돌아서 가라. 돌을 던지거든 그 돌을 품고 지나가라. 사당패의 운명이다.'

어머니는 다시 나모하린의 얼굴로 바뀐다. 나모하린의 곁에는 어느 결에 사당패 식구들이 모여들더니 모두 일어나 덩실덩실 춤을 춘다.

갑자기 춤을 멈춘 사당패들은 쓰러져 있는 청년을 안타까운 눈길로 바라본다. 그러다가 점차 멀어져 간다. 어머니도, 나모하린도 모두 안타까운 눈길만 던지면서 아득히 멀어져간다.

청년은 사라져 가는 가족들을 향해 손을 내저으며 목메어 부르다가 그만 의식을 놓고 말았다.

산막의 노인

사흘 내리 맹렬하게 퍼붓던 폭우가 말끔히 멈추고 싱그러운 햇살이 숲속으로 비쳐든다. 흠뻑 물을 머금은 초여름의 숲이 푸릇푸릇하다. 먹이를 찾아 나는 산새들이 이리저리 몰려다니며 시끄럽게 지저귄다.

사람의 발길이 닿은 적이 없는 듯한 깊은 산속.

울창한 숲에 띠풀을 이어 지붕을 덮은 산막 한 채가 덩그마니 자리 잡고 있다. 엉성한 지붕만큼이나 처마끝이 들쭉날쭉하지만 비바람은 너끈히 피할 수 있을 만큼 새끼줄이 촘촘하다.

산막에는 백발에 흰 수염을 늘어뜨린 노인이 지그시 눈을 감은 채 좌정하고 있다. 그 앞에는 정신을 잃고 산길에 쓰러져 있던 청년이 반듯이 누워 있다.

"으음……."

청년이 신음을 흘리면서 몸을 뒤척였다. 그가 꿈틀거릴 때마다 노인은 눈을 떴다. 그러다 신음이 잦아지면 노인은 다시 좌정에 들었다.

"아악!"

청년은 비명을 지르면서 눈을 번쩍 떴다. 그리고 몸을 일으키려 다가 고통스런 신음을 내뱉으며 도로 누웠다. 노인은 그저 지켜보 기만 한다.

한참 뒤에야 청년은 다시 눈을 떴다. 비로소 눈에 생기가 돈다.

"아니?"

청년은 그제야 자신을 내려다보고 있는 노인을 발견하고는 깜 짝 놀라서 몸을 일으키려 했다. 노인이 손을 내저으며 말렸다.

"그대로 누워 있게."

노인의 목소리가 뜻밖에 다정하다.

청년은 도대체 이곳이 어디며, 자신이 어쩌다가 이런 곳에 누워 있는지 도무지 생각이 나지 않는다.

청년은 다시 몸을 일으키려 했다. 다리에 심한 통증이 느껴지 는지 금세 신음을 낸다.

"으으!"

노인이 손을 뻗어 청년을 눕힌 뒤 입을 열었다.

"왼쪽 다리에 큰 상처를 입었으니 당분간 움직이기 힘들 게야.

참고 견뎌야 하네."

청년은 덮고 있던 얇은 털가죽을 슬며시 들추고 자신의 왼쪽 허벅지를 내려다보았다. 깨끗한 천으로 감겨 있다.

비로소 지난 기억이 되살아난다. 황 진사의 집을 습격한 일이며, 나졸들에게 상처를 입고 도주하다가 빗길에 보부상들의 공격을 받던 일이 기억난다.

"여기가… 어디입니까?"

쫓기는 몸이었으므로 무엇보다도 지금 자신이 누워 있는 곳이 어디인지부터 알고 싶다. 잡히는 게 두렵다.

"인적 없는 첩첩산중, 전주부에서야 한참 멀지. 안심하게."

청년은 일단 안심했다. 마을이 아니라 산속이라면 자신의 존재가 쉽게 드러나지는 않을 것이다. 그리고 직감적으로 노인이 자신의 생명을 구했음을 느낄 수 있다.

노인에게서는 범접하기 어려운 위엄이 풍긴다. 청년은 뭔가 말을 해야겠다고 생각하면서도 그 위엄에 눌려 쉽게 입을 떼지 못했다. 그러다 겨우 용기를 내서 물었다.

"제가 여기 온 지 얼마나 지났습니까?"

"사흘째라네. 자넬 들쳐 업고 산길을 걷느라 내가 기운 좀 썼지."

노인은 높낮이가 거의 없는 평성으로 대답하고는 이내 입을 다문다. 산막에 침묵이 흐른다.

"상처를 돌봐야겠네."

한참만에야 노인이 먼저 입을 열었다.

노인은 청년의 허벅지에 감긴 천을 풀었다. 끔찍할 만큼 퉁퉁 부어올라 있다.

노인은 핏물이 배어 시커멓게 변한 약초를 떼어냈다. 그러고는 새 약초를 짓이겨서 상처에 바르고 깨끗한 천으로 감싸돌린다.

"하마터면 큰일날 뻔했네. 상처에 빗물이 들어가 곪고 있지 뭔가. 빗물 덕에 갈증은 면했지만 상처가 덧났어. 내가 우연히 그곳을 지나가지 않았다면 자네는 벌써 저 세상에 가 있을 거네."

노인의 설명을 듣고나니 안도감과 함께 마음이 평안해진다.

이후로도 노인은 날마다 더 깊은 산으로 들어가 약초를 캐거나 뜯어다가 짓이긴 다음 상처에 발라 주었다.

노인이 아침저녁으로 갈음해 주는 약초는 놀라울 정도로 효능이 있었다. 며칠이 지나자 고름이 멎으면서 상처에 속살이 돋아나기 시작했다. 덕분에 작대기를 짚고 조금씩 운신할 수 있게 되었다.

그로부터 다시 사흘이 지난 뒤부터 청년은 작대기를 짚지 않고도 거뜬히 걸었다.

노인이 어디론가 나가고 없는 동안에는 산막 주위를 돌아다니다가 계곡에 내려가 얼굴을 씻기도 했다.

그러는 동안에도 노인은 때맞춰 청년의 상처를 살피고, 끼니마다 먹을거리를 구해왔다. 자신이 누구인지 말하지 않는 것은 물론이고, 청년의 신원에 대해서도 묻지 않았다.

그럴수록 노인에 대해 호기심이 일어났다. 우선 이런 첩첩산중에 노인이 혼자 살고 있다는 사실이 이상하고, 낮에 산막을 떠나서 무슨 일을 하는지도 궁금하다. 그렇다고 물어볼 엄두는 나지 않는다. 노인의 위엄에 눌려 허투루 말을 건네지 못하게 되었다.

어쨌든 청년은 노인이 범상한 사람은 아닐 것이라고 믿었다. 산막 서가에 쌓여 있는 책들도 그렇고, 절도 있는 자세가 몸에 밴 것으로 보아 도력이 높은 도인일 것으로 짐작만 했다.

청년은 산막을 떠나기로 결심했다. 혼자 걸을 수 있게 된 마당에 마냥 노인의 신세를 질 수만은 없는 노릇이다.

무엇보다도 한시 바삐 황 진사 집에 다시 접근해 자신을 불러 세웠던 처녀를 만나 나모하린의 행방에 대한 이야기를 들어야겠다는 생각이 간절하다. 그 다음 일은 나중에 생각할 작정이다. 물론, 살인 누명까지 뒤집어쓴 마당에 전주부에 접근하기가 쉽지는 않지만, 몸을 숨기고 은밀히 움직이면 불가능한 것만도 아니다.

어느 날 아침, 청년은 노인에게 떠나야겠다는 결심을 밝혔다.

"목숨을 구해 주신 은혜를 어찌 갚아야 할지 모르겠습니다."

"어디로 가려는가?"

노인은 잠자코 눈을 감고 앉아 있다가 무겁게 입을 열었다.

청년은 막상 대답을 하지 못했다. 전주부로 가고 싶다는 말은 차마 할 수가 없다.

노인은 고개를 저었다.

"지금은 때가 아니네. 미물도 그때를 보아 들고 나는 법."

"예?"

청년은 반문하면서 고개를 들어 노인을 바라보았다.

"지금 내려가면 위험하다는 말이네."

청년은 가슴이 두근거렸다. 자신의 처지에 대해서 한 마디도 말하지 않았는데 노인은 마치 모든 것을 훤히 꿰고 있는 것처럼 말을 한다.

노인은 곧 청년의 놀라움과 궁금증을 풀어 주었다.

"자네는 폭우가 쏟아지는 날 산길에 쓰러져 있었지. 허벅지 상처는 창에 찔린 것이 분명하니, 그것은 죄를 짓고 관군에 쫓기는 몸이라는 증거가 아니고 무엇이겠는가?"

청년은 노인의 정확한 추리에 말문이 막히고 말았다.

"하오나 어르신의 신세를 지고만 있을 수야 없지 않습니까."

청년은 겨우 용기를 내어 입을 열었다.

노인은 잠시 생각에 잠겼다가 말했다.

"이 산에 사는 생명들은 저마다 제 노력으로 먹고 살지. 참새도 까치도 뱀도 개구리도 말이야. 그러니 자네같이 멀쩡한 젊은이가 왜 먹을거리를 구하지 못하겠는가. 먹고 마실 것은 자네 스스로 구하면 되는 것이야. 잠자리가 불편하다면 산막 한 채를 더 지으면 될 걸세. 나무 흔하겠다, 도끼 한 자루만 있으면 될 것 아닌가? 그러니 무엇이 걱정인가."

노인은 청년의 눈을 똑바로 주시했다. 그 눈길이 어찌나 강렬한지 몸이 움찔거릴 정도다.

"정작 걱정스러운 것은 자네 가슴에 일고 있는 쓸데없는 조바

심일세. 그 조급증을 따라 달리다 보면 자네는 결국 관아에 잡혀 처형을 당하고 말 것이네. 목이 떨어진 다음에 무엇을 할 수 있지?"

청년은 할 말을 잃었다. 노인이 자신의 마음속을 꿰뚫어보고 있다는 사실에 그저 놀랄 뿐이다.

청년은 더 이상 떠나겠다는 말을 할 수가 없어서 노인의 의견대로 당분간 산중에 머물기로 했다. 그러다가 세상이 잠잠해지면 내려가야겠다고 생각했다. 그러지 않고는 달리 뾰족한 방법이 없다.

과거를 묻는다

"이름이 뭔가?"

산막에 방을 한 칸 더 들이다가 잠시 쉬던 중에 노인이 물었다. 만난 지 열흘이 넘어서야 처음으로 이름을 물어온 것이다.

"북녘 북, 물 하를 써서 북하北河라고 합니다."

"독특한 이름이군."

"어머니가 마침 의주 공연 때 저를 낳았는데 압록강을 기념하여 그렇게 지었답니다. 또 아버지는 나중에 강 건너 여진족이나 몽골족이 힘센 황소를 부카라고 말한다면서 용감하라고 그렇게 지었다고 말하고요. 누구 말이 맞는지 저는 모릅니다."

"성은 무엇인가?"

북하는 성씨를 묻는 노인의 말에 한순간 착잡한 얼굴이 되었다. 자신을 길러 준 사당패의 꼭두쇠 이지군을 아버지로 생각한다면 당연히 이씨일 테지만, 사당패를 떠나기 전날 밤 어머니에게서 느닷없이 출생의 비밀을 들었으니 그렇게 말하기도 난감하다.

잠시 망설이던 북하는 노인에게 앞뒤 사정을 솔직하게 털어놓았다.

"쓰던 성은 이李가지만, 생부의 성씨는 송宋가라더군요. 그래서 이간지 송간지 모르겠습니다. 저 같은 천민이야 뭐 성이 없어도 사는 데 지장은 없으니까요."

"으음, 그렇다면 의부義父 손에 자란 모양이군."

"예, 생부를 뵌 적은 없고 사당패의 꼭두쇠를 아버지로 알고 자랐습니다."

그 아버지란 여염집에서 부르는 아버지하고는 뜻이 다르다. 사당패 아이들에게 아버지란 그저 꼭두쇠를 부르는 호칭일 뿐이다.

북하의 눈에 슬픈 기색이 감돈다. 노인은 그런 북하의 표정을 놓치지 않고 읽었다.

"사당패이니만큼 어려서부터 거칠게 자랐지요. 식구가 많다 보니 규율이 엄했습니다. 얻어맞는 건 거의 일상이었고요."

"호오, 그래? 거 슬프기는 하지만 흥미로운 이야기군 그래. 어디 내게 지나온 내력 좀 이야기해 주겠나?"

북하는 자신의 이야기를 귀담아 듣는 노인에게 홀리듯이 출생과 성장에 얽힌 비밀을 풀기 시작했다.

줄타기 어름사니인 북하의 어머니 산홍山紅은 이지군 이전의 꼭두쇠가 주워다 기른 고아다. 사당패들은 길을 잃은 아이나 고아를 보면 곧잘 주워다 기른다. 재주를 가르쳐 잘 되면 좋고, 안 되면 그 몸이라도 쓸 수 있기 때문이다.

산홍은 말을 떼기 시작하면서 노래와 춤, 악기를 익히기 시작했다. 여덟 살 무렵에는 제법 목소리도 곱게 나오고 춤추는 맵시가 뛰어나 큰 인기를 얻었다. 악기 다루는 솜씨도 출중했다. 열 살이 되면서 줄타기를 배워 인기있는 어름사니가 되었다.

그런 중에 첫 월경을 한 다음달부터 꼭두쇠는 공연이 없는 밤 시간을 이용해 산홍을 사내들한테 팔았다. 낮 공연에서 인기가 있는 재인은 꽤 비싼 값에 팔 수 있기 때문에 산홍은 사당패의 큰 재산이 되었다.

그러다가 늙은 꼭두쇠가 죽고 이지군이 그 뒤를 이었다. 이지군은 산홍을 팔지 않는 날은 직접 데리고 잤다. 여사당치고 꼭두쇠의 손길을 안 받아본 사람이 없지만, 산홍은 이지군한테서 유별나게 총애를 받았다.

그러던 어느 해.

밀양 갑부 송 주부의 회갑연에서 공연을 하던 중 산홍은 그의 눈에 들었다. 어린 산홍을 불러 몇 번 안아본 송 주부는 산홍의 미색에 빠져 사당패 꼭두쇠에게 쌀 몇 석을 던져 주고 아예 소실로 들어앉혔다.

산홍에게 각별한 마음이 있던 이지군은 그렇게는 못하겠다고 대들었지만 양반 앞에서 천민인 사당패의 반항은 씨도 먹히지 않았다. 그 대가로 실컷 두들겨 맞고 고을을 떠나야 했다.

송 주부의 정실부인은 산홍이 들어온 이래 한 번도 남편을 만나지 못하자 산홍을 어지간히 괴롭혔다. 그런 가운데서도 몇 달 뒤 산홍은 아이를 가졌다. 송 주부보다 먼저 그 사실을 알게 된 부인은 의원을 내세워 온갖 패악질을 부리며 낙태를 요구했다.

견디다 못한 산홍은 송 주부 집을 뛰쳐나왔다. 그길로 이지군네 사당패가 놀이를 하고 있는 정읍까지 도망치고, 이후 이지군패는 송 주부의 추격을 피해 먼 의주까지 가서 공연하던 중 거기서 북하가 태어났다.

뒤늦게 산홍이 본부인의 투기를 못 견뎌 임신한 몸으로 도망쳤다는 사실을 안 송 주부가 사람을 보내 찾았지만, 산홍은 돌아가지 않았다. 송 주부 집 사람들이 산홍을 찾아냈을 때는 이미 북하가 태어난 뒤였다. 의부 이지군은 그들에게, 아이는 사산하고 산홍도 아이를 낳다가 죽었다고 둘러대고는 돈까지 손에 쥐어 돌려보냈다.

송 주부네 사람들을 따돌린 뒤 산홍은 그렇지 않아도 때때로 관계를 맺곤 했던 꼭두쇠 이지군과 자연스럽게 부부의 연을 맺었다. 그런 인연으로 북하는 이지군을 진짜 아버지로 알고 자랐다.

그렇게 북하는 사당패에서 거칠고도 힘겨운 길을 밟기 시작했다. 끝없이 계속되는 떠돌이 생활, 혹독한 훈련이 어렸을 적 기억의 전부다.

　"으음, 그랬구만."

　노인은 안됐다는 듯 몇 번이나 혀를 찼다.

　"자네 몸 놀리는 걸 보니 단련을 많이 한 것 같은데, 어디서 무예를 배우기라도 했는가?"

　"예? 아, 아닙니다. 사당패에서 먹고 살기 위해 줄타기 어름하고, 땅놀음 살판, 버나 돌리기 따위를 배웠을 뿐입니다."

　북하는 송구한 마음으로 잠깐 말을 더듬었다.

　"내 눈이 틀림없다면 자넨 여느 젊은이와 다르네. 뺨이 빛나고 눈에 시퍼런 불이 들어 있어."

　노인은 무관심한 듯한 태도를 보이면서도 지금까지 북하의 행동이나 몸놀림을 유심히 관찰한 모양이다. 그러고 보니 눈초리가 매섭다.

　"사실은 의부한테서 택견을 조금 배웠습니다."

　북하의 의부 이지군.

　그는 사당패 기예技藝의 독보적인 존재이면서 조부로부터 배운 택견의 명수이기도 했다. 그런 지군은 북하에게 살판, 어름, 버나, 덜미 말고도 따로 택견을 가르쳐 주었다.

　의부 이지군은 늘 이렇게 말했다.

　"우리 같은 떠돌이한테는 몸이 무기다. 집도 절도 없는 처지에 몸마저 튼튼하지 않으면 큰일이란 말이다. 손님들에게 보여주기 위해서도 무술을 단련해야 하지만 우리 사당패 식구들을 지키기 위해서도 배워야 한단 말이다. 우릴 노리는 놈들이 어디 한둘인가? 특히 사당을 지키려면 지키는 힘이 있어야 한다."

북하는 어려서부터 사당패 훈련을 받은 덕분에 강한 근성과 재빠른 몸을 갖게 되었다. 나이가 들면서는 의부의 권유에 따라 스스로 몸을 단련시키고 택견을 익혀 웬만한 장정 몇은 너끈히 해치울 수 있는 힘과 기술을 갖게 되었다. 그렇다고 칼 쓰는 법을 배운 것은 아니고 오로지 주먹과 발을 쓰는 정도였다. 그러다 보니 재빠르기가 날다람쥐 같았다.

"언젠가는 저하고 줄타기 하던 계집아이가 어른 키 두 길이나 되는 땅바닥으로 떨어졌어요. 다리가 부러져 비명을 지르고 난리가 났었어요. 그런데도 그 고을 양반은 천한 것들이 기예도 없으면서 양반들을 놀렸다고 우리 식구들을 죄다 붙들어다가 한 달 내내 밭일을 시키기도 했지요."

북하의 눈에서 밤짐승처럼 시퍼런 불이 뚝뚝 떨어진다.

"길 가다가 보부상들하고 다툼이 생겨 싸움이 붙은 건 수없이 많고, 어디 난리라도 나면 저희는 난리패한테도 잡히고 관에도 붙잡혀 꼼짝없이 곤욕을 치르지요. 그럴 때 힘마저 없으면 죽을 수도 있는데, 그나마 택견이라도 배운 게 있어 죽지는 않았답니다."

"어쩐지 몸이 빠르더란 말이야."

노인은 고개를 여러 번 끄덕였다.

북하로서는 사당패 식구가 아닌 사람에게 이렇게 과거 이야기를 길게 해 보기는 처음이다.

사당패를 뛰쳐나온 지 몇 년 되다 보니 아버지 이지군에 대해서는 만감이 교차한다. 뛰쳐나올 때는 다시는 안 보겠다고 작정했지만, 당장 끼니를 걱정하는 사당패에서 그나마 재주를 부릴 수 있는 몇 안 되는 청년 가운데 하나이던 자신이 빠져 버린 것에 대해서는 미안한 마음이 들었다. 그러나 나모하린의 일을 생각하면 여전히 마음에 꽉 뭉쳐 있는 원망이 풀리질 않는다.

나모하린이란 이름이 떠오르자 북하는 눈시울이 뜨거워졌다.

북하는 노인에게 나모하린에 대한 얘기도 마저 할까 하다가 속으로 고개를 저었다. 나모하린 생각만 하면 가슴 속에서 격정이 휘몰아쳐 도무지 말을 꺼낼 수가 없다. 그 실타래의 끝을 잡아당기면 그것이 그대로 뇌관을 건드려 가슴이 폭발할 것만 같다.

노인은 그런 북하의 얼굴을 가만히 건너다보았다. 그의 가슴에 일렁이는 격랑을 이미 다 알고 있는 듯하다. 그런데도 아무런 질문 없이 들어주는 노인의 배려가 고맙다.

"자네는 혹시 나를 생명의 은인으로 생각하는가?"

얼마나 시간이 흘렀을까.

북하의 이야기를 들은 뒤 눈을 감고 깊은 생각에 잠겨 있던 노인이 문득 입을 열었다.

느닷없는 질문에 북하는 잠시 당황했지만 곧 마음을 가라앉히고 대답했다.

"예, 그렇습니다."

"허면, 내가 그 빚을 좀 받을까 하는데……"

"그러셔야지요."

북하는 정말이지 어떻게 해서라도 은혜를 갚고 싶다.

"내 부탁을 하나 들어주게. 그러면 나한테 진 빚은 저절로 없어지네."

"예, 말씀하십시오."

북하는 자신있게 대답했다.

"자네, 혹 글을 아는가?"

노인은 부탁을 하는 대신 엉뚱한 질문을 했다.

"배우지 못했습니다."

"그렇다면 여기 더 머물면서 글이나 배워. 그게 자네가 갚을 빚일세."

"예?"

북하는 공부라는 말에 깜짝 놀랐다. 천한 신분으로 태어난 그는 이제껏 공부를 할 엄두를 내본 적도 없고, 또 그럴 기회도 없었다.

"왜 싫은가? 빚 갚는 게 너무 어려운가?"

하얀 수염 사이로 노인은 인자한 웃음을 흘렸다.

"아, 아닙니다. 하오나 그것이 제게 도움이 될지언정 어찌 어르신께 은혜를 갚는 길이겠습니까?"

"물론 그렇겠지. 하지만 공부는 저 일신만을 위해서 하는 것이 아니야. 출세를 하기 위해 공부를 하는 것은 소인배들이나 하는 짓이지. 자칭 군자연하는 조선의 사대부들도 실은 벼슬이나 탐하는 소인배들이라. 무릇 세상을 이끌 사내라면 나라와 백성을 위하여 글을 배우고 익혀야 하는 것일세."

노인의 말 속에 뭔가 깊은 뜻이 담겨 있는 듯하여 북하는 머리를 숙였다.

한낱 사당패 출신 천민인 그에게 노인의 연설은 너무도 거창하다. 세상을 이끈다는 말도 그렇거니와 사당패에게는 공부라는 말 자체가 가당치 않다.

"하오나 소인이 어찌……."

북하는 노인의 선심을 차마 정면으로 거절하지는 못하겠어서 완곡하게 사양하는 뜻을 밝혔다.

"공부에는 반상班常의 구별이 없는 법일세. 그리고 본래부터 인간은 왕족과 천민의 구별도 없는 법. 사나이로 태어나 산봉우리를 뽑아내고 강물을 마셔버리는 못할망정 그놈의 자잘한 세상사에 질질 끌려다닌대서야 말이 되겠나?"

노인은 껄껄 웃었다.

북하는 노인의 말이 무슨 뜻인지 얼른 알아들을 수가 없다. 왕족과 양반·상민·천민의 엄격한 구별은 예로부터 있던 엄연한 것인데 그것이 없다니 이게 무슨 말이며, 또 세상을 이끄는 것은 뭐고, 산을 뽑고 강물을 마시는 건 뭐란 말인가.

"자신이 누구며 왜 태어났는지 모르는 자는 짐승과 같다네. 짐승은 고기 한 점 놓고도 다투고, 썩은 고기라도 훔쳐 먹지. 사람은 그래서는 안 되네. 사람이 사람답게 사는 길이 책에 들어 있네. 자, 공부를 하면서 양반 상민이 하나인 도리를 배우고, 반상을 갈라놓고 서로 괴롭히는 이 거칠고 사나운 선천 상극 세상을 바르게 이끌 길을 찾아보기로 하세."

노인의 말을 듣는 동안 북하는 가슴이 벅차오르는 걸 느꼈다. 양반도 상민도, 아니 그보다 더 차이가 나는 왕족도 천민도 모두 같은 인간이라는 말에 귀가 번쩍 뜨이고 눈이 활짝 열렸다. 커다란 앞산이 품에 와 안기는 듯 가슴이 뿌듯하다. 비록 가족들을 떠나와 관군에게 쫓기는 신세지만, 안전한 숲속에서 차분하게 공부를 할 수 있다면 그보다 더 좋은 일이 없을 것만 같다.

북하는 노인에게 큰절을 올렸다.

"어르신 말씀대로 따르겠습니다. 부디 가르침을 베풀어 주십시오."

참으로 인연은 묘하다. 상상하지도 못한 기적이 북하에게도 일어나고 있다. 궁즉통窮卽通인가.

마두

전주성 공북문에서 북쪽, 삼례 방면으로 가는 길목에 자리 잡은 외딴 주막. 이 주막으로 보부상 차림의 사내 둘이 들어선다. 오히라와 도미야쓰다.

"어서 오슈."

회갑 나이도 지났음직한 늙은 주모가 쪽 빠진 엉덩이를 과장스럽게 씰룩거리며 그들을 맞았다. 누구든 들어서기만 하면 일단 돈이 되므로 주모는 억지웃음을 흘려준다.

두 사내는 국밥을 시켜먹고 난 뒤 주모에게 물었다.

"주모, 이 고을에 혹시 도를 닦는 사람이 있는가? 큰 인물이 났다는 소문이 자자하던데?"

"인물은 개뿔, 뒷집 외양간에나 가보슈."

"그게 무슨 말인가. 외양간에서 도를 닦는 사람이라도 있다는 말인가?"

오히라가 날카로운 눈을 빛내며 주모에게 되물었다.

객을 상대하는 일이라면 이력이 붙은 주모는 밉지 않게 한눈을 찡긋거리며 한 마디 던져 주었다.

"도통한 소 한 마리가 있지요. 인간들이란 게 웬만큼 도를 닦아도 소만 못하더라구. 소는 무슨 소야? 돼지만도 못하지. 소 돼지야 하다못해 제 몸이라도 보시하는 육신 보살 아닌가베? 이 세상에 무슨 얼어죽을 도가 있어?"

늙은 주모는 쓴소리를 퍼붓고는 부엌으로 들어가 버렸다. 쿵 하고 문짝을 닫는 소리에 처마 밑으로 날아들던 제비가 도로 날아가 버렸다.

"에헴."

기분이 상한 오히라는 억지 기침을 한 다음 봇짐을 둘러메고 일어났다. 도미야쓰도 사납고 독살스런 눈초리로 부엌을 노려보다가 오히라의 뒤를 따랐다.

넓은 들판에는 모내기가 한창이다. 오히라와 도미야쓰는 봇짐장수 차림으로 들길을 가로질러 온종일 걸었다. 이들은 이시다의 명을 받고 조선을 이끌 새 지도자가 태어났다는 소문을 추적하는 중이다.

이즈음 조선에서는 《정감록》의 정씨가 나타날 거라는 둥, 미륵이 하생할 것이라는 둥 갖가지 소문이 다 나돌았다. 조선을 한입에 먹어치우고 싶은 일본으로서는 가시나 내장이나 독만큼 신경이 쓰이는 소문이다. 사실이라면 더욱 그렇고, 사실이 아니라 단지 소문일 뿐이라 하더라도 반가운 일은 아니다. 누군가 이를 빌미 삼아 군사를 일으키거나 백성을 부추겨 일본에 대항할 수도 있다. 조선사를 보니 그간 미륵이나 정도령을 자칭한 인물이 한둘이 아니다. 별 것도 아닌 것들이 왜놈 때려잡자고 소리치기만 하면 어디서고 의병이 일어났잖은가. 천민이라는 기생, 승려, 갖바치, 백정, 노비, 머슴들까지 들고일어난 임진년 역사는 공부할수록 이해가 되지 않는다. 일본에서는 상상할 수도 없는 일이다.

오히라와 도미야쓰는 가는 곳마다 도를 닦는 사람이 있는지 묻고, 만일 정도령이나 미륵, 혹은 하느님이라고 자칭하는 사람이 있으면 몰래 다가가 도 닦는 광경을 훔쳐보고는 의심이 가기만 하면 바로 죽여 버렸다. 그렇게 죽인 도인이 지금까지 십여 명이나 된다. 누구든지 자기 자신을 가리켜 정도령이네 옥황상제네 하고 떠들다가는 웃음을 거두기도 전에 쥐도 새도 모르게 칼을 내둘렀다.

그런데 조선 땅에는 그런 사람이 너무 많다. 서너 명만 죽이면 끝날 줄 알았던 일이 십여 명을 죽이고 난 지금도 끊이지 않는다. 갈수록 복잡해지기만 한다. 그동안 죽인 사람들 면모를 보면 미륵이나 옥황상제의 발꿈치도 따르지 못할 어림도 없는 위인들이다. 결국 오히라와 도미야쓰는 자신들이 찾는 진짜 도인은 아직 한 번도 만나 보지도 못하고 살상만 일삼은 셈이다.

그러자 오히라와 도미야쓰는 방침을 바꾸었다. 도인입네 하는 자가 나타나더라도 그가 스승 이시다가 말하는 그런 큰 인물인지 아닌지 탐색부터 하기로 했다. 무엇보다 자신이 미륵이니 정도령이니 상제니 하느님이니 하고 믿는 조선의 하찮은 미치광이들을 죽임으로써 신성한 황국의 칼을 더럽히는 것이 꺼려졌다. 다음으로, 자칭 도인들의 살해 숫자가 늘어나다 보면 자칫 자신들의 존재가 알려질 수 있다는 우려도 있다. 일본에서 첩자가 상륙했다거나 암살단이 왔다는 말이라도 퍼지면 모든 일이 물거품이 될 수도 있다.

두 사람은 또 다른 포석을 깔기로 했다. 도인을 확인하더라도 그의 세력이 어느 정도 커진 다음 결정적인 순간에 없애기로 한 것이다. 조선 백성들이 웬만큼 몰려들 때 두목을 처치하고, 이를 조정 탓으로 돌리면 조선인들의 절망과 원한이 크게 일어나 민란을 일으키는 불씨로도 삼을 수 있기 때문이다. 그러면 조선을 구할 도인을 없애는 동시에 조선의 자중지란까지 불러일으키는 이중 효과를 보는 것이다.

이도 저도 계산하기 복잡한 상황에서는 신인임이 확인되면 그 즉시 없애버린다는 원칙도 세웠다.

이시다는 이와 같은 오히라와 도미야쓰의 의견을 듣고는 무릎을 치며 두 마두를 대견하게 여겼다. 그러고는 흐뭇한 눈길로 자신이 키운 제자들을 바라보며 칭찬했다.

"너희야말로 대일본의 충직한 신하다. 조선을 때려잡을 훌륭한 마두로다. 우리 신인 천황 폐하의 홍복이로다."

이날도 오히라와 도미야쓰는 조선의 도인들을 염탐하기 위해 길을 가고 있는 중이다.

한참 동안 걷다가 두 사람은 인적이 드문 산길에서 진짜 보부상 두 명과 마주쳤다.

보부상이란 봇짐을 지고 다니는 보상褓商과 지게에 등짐을 지는 부상負商을 합쳐 말하는 것인데, 이들은 자신들의 상권을 보호하기 위해 전국적인 조직을 가지고 있다. 엄정한 규율에 따라 행상行商을 하며, 서로 긴밀한 연락을 취하기 때문에 그 조직에 가입하지 않고는 아무나, 아무 데서나 장사를 할 수 없다.

보부상 차림의 일본인과 마주친 보부상 둘은 역시 이들에게 시비를 걸어왔다.

"이봐, 너희들은 이 고을에서 못 보던 놈들인데 어느 임방 동무들이신가? 설마 몰래 장사질을 해먹는 거지?"

"너희들이 무슨 상관이야?"

오히라가 유창한 조선말로 맞받아쳤다. 오히라는 차림새나 말씨가 영락없는 조선인이다.

진짜 보부상들이 표정을 일그러뜨리며 목청을 높였다.

"이것들이 세상 무서운 줄 모르고 날뛰는구만. 어서 험표를 내보여라."

험표驗標란 보부상의 신분증으로 나라에서 보부상의 신분을 보장하기 위해서 발급해 주는 증서다. 험표를 가진 보상이나 부상들은 조직에 속하지 않은 사람들이 행상을 하는 경우에는 그들을 조사하고 단속할 권한까지 쥐고 있다.

"흐흐흐, 험표라."

보부상들의 요구에 오히라와 도미야쓰는 그저 가소롭다는 듯이 웃기만 했다. 천년 내란을 거치면서 칼솜씨를 갈고 닦아 온 일본의 사무라이를 일개 조선의 떠돌이 장사꾼인 너희가 어찌 당하겠느냐는 비웃음이다.

그 모양을 본 보부상들은 더더욱 화가 치밀어 목소리를 가다듬으며 협박조로 외쳤다.

"너희들 오늘 임자 만났다. 물건을 내려놓고 도망치든지, 아니면 몸이 성하지 못할 줄 알아라."

보부상들은 더 이상 참을 수 없다는 듯이 봇짐을 벗어놓고 손가락 관절을 우두둑 소리가 나도록 꺾으며 오히라와 도미야쓰에게 한 걸음씩 다가갔다. 그렇게만 하면 대부분의 가짜 보부상들은 꼬리가 빠져라 도망친다. 그래서 이들도 그렇게 꽁무니를 빼려니 믿고 한번 어깨를 세워 본 것이다.

퍽.

보부상들이 다가서기가 무섭게 오히라와 도미야쓰의 발길이 먼저 날아왔다.

"윽."

무슨 일이 있었는지 진짜 보부상들은 보지도 못했다. 어느 순간 눈앞에 별이 번쩍이며 다리를 탁 꺾고 무너졌다.

보부상들도 주먹깨나 쓰는 사내들이다. 그들은 옷을 털면서 일어나 본격적으로 싸울 자세를 취했다.

"얏."

보부상 한 명이 고함을 지르며 도미야쓰에게 달려들었다. 도미야쓰는 슬쩍 피하는가 싶더니 손날로 보부상의 가슴팍 급소를 후려쳤다.

"윽."

보부상은 입에서 검은 피를 토하며 풀밭에 쓰러지고 말았다.

공격할 자세를 취하고 있던 다른 보부상은 동료가 쓰러지는 걸 보더니 비로소 상대방의 실력을 알아채고는 다리를 후들후들 떨었다. 그는 감히 덤벼들 엄두를 내지 못하고 공격 자세를 풀면서 슬금슬금 뒤로 물러났다. 그러자 오히라가 날카로운 눈을 빛내며 그에게 다가갔다.

오히라의 눈빛에 압도된 보부상은 불안하게 눈동자를 굴리다가 갑자기 봇짐을 움켜쥐더니 달아나기 시작했다.

오히라는 도미야쓰를 바라보았다. 달아나는 보부상을 어떻게 처리해야 할 것인지를 묻는 눈빛이다.

"얏테 시마에^{해치워라!}"

도미야쓰가 짧게 말했다.

"핫."

대답을 하기가 무섭게 오히라의 몸이 공중으로 솟구쳐 올랐다. 그리고 달아나는 보부상의 뒷덜미를 발길로 정확하게 가격했다.

"헉."

보부상은 비명도 제대로 지르지 못한 채 땅바닥에 엎어지고 말았다. 오히라의 발길이 보부상의 가슴에 잇따라 내리꽂힌다.

그 보부상도 역시 입에서 검붉은 피를 토하며 고개를 옆으로 떨구고 말았다.

오히라와 도미야쓰는 숨이 끊어진 보부상들의 옷 속에다 글이 적힌 종이 한 장씩을 쑤셔넣었다.

 - 어리석은 전라감사 놈아, 내 몸값이 겨우 수백 냥이냐? 몸값을 만 냥으로 올려다오.

네가 신장(神將)이다

　여름이 농익어 간다. 산은 온통 짙푸른 녹음으로 덮이고 풀벌레의 힘찬 울음이 산골짜기 가득 울려 퍼진다. 북하가 노인과 함께 산에 머문 지 벌써 두 달째로 접어든다.

　그동안 북하는 노인을 스승으로 모시고 열심히 글을 배웠다. 북하는 노인에 관해서는 그의 호號가 자갈밭이라는 뜻의 '석전石田'이라는 사실밖에 아는 바가 없다.

　"학문은 많이 아는 게 중요한 게 아니다. 한 글자를 배우더라도 거기서 진리를 깨치면 그게 바로 학문이요, 공부인 것이다."

　"한 자, 한 자에 세상이 담겨 있군요."

　북하는 석전의 말을 가슴 깊이 받아들였다.

"그렇다. 바로 글자 한 자 한 자에 세상이 들어 있는 것이다. 그러니 어서 글을 익혀 온 세상, 삼라만상을 네 안에다 잡아 가두거라."

석전 노인의 학문은 그야말로 무불통지無不通知다. 한 글자를 가리키면서 만 가지 진리를 가르쳤다.

북하는 석전의 가르침으로 한 자씩 글을 깨우치는 것이 더없이 즐거웠다. 무슨 말인지 그 뜻을 풀기 어려운 때도 많지만, 그래도 공부가 재미있기만 하다. 북하는 좀 더 일찍 글을 배우려고 노력하지 않은 자신을 뼈저리게 반성하면서 석전의 가르침에 몰두했다.

북하는 밤이면 석전한테서 글을 배우고 낮에는 산을 오르내리며 몸을 단련했다. 어서 나모하린을 찾아야 한다는 생각이 일 때면 글 배우는 대로 생각을 돌려 그 마음을 꾹꾹 눌렀다.

그러던 어느 날.

나무 그늘이 길게 드리워진 계곡의 널찍한 반석 위에 노인과 북하는 마주 앉았다. 울창하게 우거진 나무숲으로 뙤약볕이 내리쬐고 있었으나 그늘진 계곡은 여름인가 싶을 정도로 서늘하다. 시원한 물소리와 함께 계곡을 거슬러 오는 바람이 닿으면 오싹한 한기마저 느껴진다.

"북하야, 이제 네 이름 석 자 정도는 쓸 수 있겠지?"

한동안 눈을 감고 호흡을 고르던 석전이 입을 열었다.

"예, 제 이름 북北 자와 하河 자에 큰 뜻이 숨어 있다는 것을 스승님의 가르침을 받고 나서야 깨우쳤습니다. 제 이름 석 자 제대로 안 것만으로도 새 세상을 본 듯 눈앞이 훤해집니다. 압록강, 우리 고구려의 강물이 제 핏속을 흐르는 것 같습니다."

북하는 그동안 천자문을 떼어서 이제 이름 석 자뿐만 아니라 웬만한 글자는 거의 다 읽고 쓰고 그 뜻을 새길 수 있게 되었다.

"부탁이 하나 있네. 들어주겠나?"

석전은 북하를 대견스런 눈길로 바라보다가 입을 열었다.

"예, 분부만 내리십시오."

"자네 택견 솜씨를 좀 보여주게."

석전의 요구에 따라 북하는 평평한 터를 골라 택견의 기본자세를 취한 다음 몇 가지 품새를 선보였다. 그러고는 기합 소리와 함께 공중으로 뛰어올랐다. 무려 두 길 높이로 뛰어오른 북하는 공중에서 한 바퀴 돌면서 나뭇가지에 무성하게 매달린 잎사귀를 걸어찼다. 북하가 사뿐히 땅으로 뛰어내리자 그 위로 시퍼런 나뭇잎 한 무더기가 우수수 떨어져 내린다.

"으음."

석전은 북하의 무술 시범을 흐뭇한 표정으로 바라보았다.

다음으로 북하는 물에 씻겨 둥글납작하게 된 차돌 하나를 주워 널찍한 바위에 올려놓았다. 그러고는 숨을 고른 뒤 주먹으로 내려쳤다.

"얍!"

차돌은 두 쪽으로 갈라졌다. 이쯤은 사당패에서 밥 먹다시피 하던 일이다.

북하는 일어나서 호흡을 고른 뒤 손님들에게 늘 그랬듯이 석전을 향해 깊게 허리를 숙였다.

"솜씨가 좋구나."

석전은 고개를 끄덕이며 흡족한 미소를 지었다. 그런 뒤 북하에게 손짓을 하여 다시 자리에 앉게 했다.

"택견은 조선의 전통 무예다. 일찍이 삼국시대부터 수박手拍이라고 하여 내려오던 무예로, 특히 고구려에서는 거의 누구나 택견을 통해 심신을 단련했다. 훗날 이것이 중국으로 건너가서 권법拳法이 되고, 일본으로 가서는 유도柔道가 되었다고 한다. 그러하니 무과武科 시험 과목에도 택견이 들어가게 된 것이지."

노인은 택견의 유래와 정신에 대하여 장황하게 설명해 주었다. 마치 물 흐르듯이 설명을 해나가는 노인의 말에 북하는 적잖이 놀랐다.

'실제 택견으로 수년간 몸을 단련한 나보다도 스승님이 더 많이 알고 계시구나.'

도대체 석전은 모르는 것이 없다. 여기까지 생각이 미치자 북하는 스승이 더없이 존경스럽다.

"네가 태질하는 몸놀림을 보니 빠르기가 정말 청설모나 다람쥐 같구나. 그 빠르기에다 힘을 보태 무예를 단련한다면 높은 경지에 이르게 될 것이다."

석전은 북하를 칭찬했다.

"너는 무인의 기질을 타고났다. 그 기질을 살리면 앞으로 크게 쓰일 수 있을 것인즉, 내일부터는 본격적으로 무예를 익히도록 하자."

석전은 자리를 털고 일어났다.

스승을 따라 일어서며 북하는 싱그러운 공기를 배가 터지도록 들이마셨다가 기운차게 내뿜었다. 학문은 물론이요 무예까지 배우게 되니 가슴이 벅차오른다.

다음날부터 석전은 북하에게 글공부를 계속 시키면서 무예도 함께 가르치기 시작했다.

북하와 석전은 계곡 근처에 있는 넓은 터에서 십여 걸음 떨어져 마주보고 섰다.

"자, 나를 공격해 보아라."

석전이 북하를 향하여 말했다.

"예?"

북하는 반문했다. 불면 날아가 버릴 것 같은 가냘픈 체구의 늙은 스승을 공격하라니, 어찌 차마 공격할 수 있겠는가?

"어서 공격해라."

북하가 망설이는 기색을 보이자 석전이 다시 소리쳤다.

석전의 다그침에 북하는 어쩔 수 없이 공격 자세를 취했다. 그리고 석전에게 다가가 주먹지르기를 했다. 석전은 바람처럼 가볍게 북하의 주먹을 피하며 소리쳤다.

"어설프게 하지 말고 마음껏 공격해라."

석전은 북하의 눈빛을 보고 이미 어떻게 공격해 올지를 알았다. 그래서 그리 빠르지 않은 움직임으로도 넉넉히 북하의 주먹을 피해갔다.

"이얏!"

북하는 이번에는 더 빠르게 주먹을 휘둘렀다. 그러나 석전은 몸을 좌우로 움직이며 쉽게 북하의 공격을 피했다.

"차앗!"

몇 번 헛손질을 한 끝에 북하는 발차기 공격을 시도했다. 석전의 옷자락조차 건드리지 못했다.

비로소 석전의 실력을 확인한 북하는 본격적으로 공격을 퍼부었다. 북하는 높이 뛰어오르며 발차기를 했다. 역시 석전은 사뿐히 몸을 놀려 북하의 발길을 피했다. 허공을 향하여 발길을 내뻗은 북하는 제 몸에 붙은 속도를 조절하지 못하여 땅바닥에 나동그라졌다.

"이제 됐다."

석전은 조금도 흐트러지지 않은 자세로 호흡을 고르고는 나무 그늘로 갔다.

"네 눈빛은 지나치게 순진하다. 그런 눈빛으로 대결을 하면 상대방한테 마음을 다 읽히고 만다. 뻣뻣이 서 있는 고목이라면 몰라도 눈 밝은 사람을 이길 순 없지."

"어찌해야 하올지?"

"상대를 속이려면 자기 자신부터 속여야 한다."

"상대를 속이려면 자기 자신부터 속여야 한다, 알겠습니다. 스승님."

북하는 석전의 말을 새기기 위해 복창을 했다.

"그러려면 마음에 번뇌와 잡념이 일지 않아야 한다."

"평정심을 가지라는 말씀이시군요."

"그렇지. 그러자면 들숨과 날숨을 잘 고르는 일이 중요하다. 어떤 위험한 상황에서도 스스로 호흡을 조절하면서 중심을 잃지 말아야 하는 것이다. 호흡을 놓치면 상대에게 마음까지 들키게 되는 법. 내가 널 피할 수 있었던 것은 네 눈을 읽고 그 다음에 네 숨을 보면서 동작을 예측했기 때문이다."

잠시 휴식을 취하고 난 뒤 북하와 석전은 다시 자리에서 일어났다.

그로부터 본격적인 훈련이 시작되었다. 석전은 의부 이지군 못지않게 엄격하고 혹독하게 북하를 다스렸다. 뜨거운 태양 아래서 북하가 완전히 탈진할 때까지 훈련을 계속했다.

그러던 어느 날 아침.

석전은 불쑥 칼 이야기를 꺼냈다.

"칼을 다루지 않고서는 무인이라고 할 수 없지."

"무슨 말씀이신지요?"

북하는 의아한 눈길로 스승에게 물었다.

"이제부터 검도를 가르쳐 주겠다."

"무기로 치면 중국은 창, 조선은 활, 왜는 칼이라고 들었습니다만……."

전부터 활을 배우고 싶었던 북하는 스승에게 조심스럽게 여쭈었다.

"무슨 소리? 칼이 최고야. 활은 먼 데 있는 적을 쏘는 데나 유용하고, 창은 들고다니는 것부터 번거롭다. 사람을 직접 다스리는 데는 역시 칼이 최고다."

석전이 평소와 달리 약간 상기된 얼굴로 일렀다.

"요즘에야 아무나 칼을 가지고 다닐 수도 없고, 실제로 쓰는 경우도 흔하지 않지만 옛날에는 칼을 가장 중요한 무기로 여겼느니라."

석전은 먼저 호흡을 고르는 방법부터 시작하여 몸소 검법 시범을 보이면서 기본자세를 가르쳐 주었다. 진짜 칼은 없으므로 나무 작대기로 공부를 시작했다.

"이야앗!"

턱. 탁.

산막에서는 날마다 우렁찬 기합 소리가 울려 퍼졌다.

그렇게 며칠이 지난 뒤였다. 검법 연습을 마치고 계곡물에 몸을 씻고 난 뒤 석전이 말했다.

"기본자세는 어느 정도 갖춰진 것 같다. 이제 진검을 구해다 연습해야겠다."

"진짜 칼을요?"

북하는 흥분된 마음으로 물었다.

"칼을 잘 만들기로 이름난 대장간이 하나 있다. 거길 다녀와야 겠어."

"하오면 산을 내려가신다는 말씀입니까?"

산을 내려간다는 말에 북하가 반갑게 물었다. 석전을 따라가 황 진사 집 처녀를 만나야겠다는 욕심이 들었다. 그 처녀를 만나면 나모하린의 행방에 대해 뭔가 작은 실마리라도 얻을 수 있을 것 같다.

"나 혼자 다녀올 걸세. 자네가 무슨 죄를 지어 쫓기는지는 모르나, 아직은 산을 내려가서는 안 될 걸세. 그러니 이 산막에 꼼짝 말고 있게나."

다음 날 아침 석전은 사흘 뒤에나 돌아오겠다며 산을 내려갔다.

깊은 산중에 혼자 남은 북하는 무술 연습을 하다가 저녁을 맞았다. 서산 위로 뭉게구름이 피어오르고, 저녁노을이 구름에 비쳐 붉게 빛났다.

무심히 서쪽 하늘을 바라보던 북하의 가슴에 그리움이 구름처럼 뭉게뭉게 피어올랐다. 구름에서 나모하린 얼굴이 보인다. 글을 배우면서도, 무예를 익히면서도 마음을 조금만 놓으면 어김없이 떠오르던 나모하린의 얼굴이 생겼다가 사라졌다 한다.

'어디서 무얼 하고 있을까?'

그동안 의지해 오던 스승마저 잠시 떠나서 그런지 나모하린에 대한 그리움이 주체할 수 없을 정도로 솟구친다.

"오라버니, 우리 이대로 죽어 버리면 안 될까?"

둘이 처음으로 몸을 나누던 날, 나모하린은 북하의 품에 파고들며 이렇게 속삭였다.

북하는 스승이 없는 첫날 밤을 뜬눈으로 지새웠다.

다음날 새벽, 동이 트자마자 북하는 산막을 떠났다. 석전은 북하에게 꼼짝 말고 산중에 있으라고 일렀으나, 한번 왈칵 일어난 조급증 때문에 스승의 분부를 거역할 수밖에 없다. 사람 사는 동네로 갔다가 잡히는 건 아닐까 하는 두려움도 있으나, 나모하린을 만나야 한다는 생각이 앞서 몸을 사릴 여유가 없다.

북하는 스승이 돌아오기 전에 어서 일을 보고 돌아와야 한다는 생각에 발걸음을 재게 옮겨 산을 내려가기 시작했다.

북하는 한나절을 족히 걸은 뒤에야 전주에 도착했다.

황 진사 집은 전에 보았을 때처럼 고즈넉했다. 대문간에는 여전히 장정들이 버티어 서 있고, 주변엔 잡인이 얼씬도 하지 않는다.

북하는 그들 눈에 띄지 않게 담을 끼고 돌아 안채 쪽으로 접근했다. 그리고 안채 뒷담 밖에 서 있는 커다란 물푸레나무 위에 몸을 숨기고 안마당과 부엌을 살폈다. 계집종 몇이 부엌을 오갔으나 전에 자신을 부르던 처녀는 보이지 않는다.

'어디 먼 데 심부름이라도 간 건 아닐까?'

이런저런 걱정이 들었으나 북하는 나무에 걸터앉아 끈질기게 기다렸다.

그렇게 얼마나 시간이 흘렀을까.

계집종 하나가 전에 보았던 어린 사내아이를 등에 업고 별당 쪽에서 걸어 나왔다.

"도련님, 낮잠 맛있게 주무셨어요? 밖에 나오니까 시원하시지요?"

계집종은 등에 업힌 사내아이에게 쉬지 않고 수다를 떨었다. 그러면 사내아이는 말을 알아듣기라도 하는 양 으응으응 하며 대꾸했다.

나뭇가지에 앉아 지켜보던 북하는 더 기다릴 수가 없다는 생각에, 계집종 앞으로 뛰어내리면서 그의 입을 틀어막았다. 계집종이 놀라 소리라도 지르면 낭패기 때문이다.

"내가 묻는 말에 순순히 대답만 해 주면 해치지 않겠소."

북하는 장독대 뒤쪽을 가리켰다. 집안 사람의 눈에 띄지 않게 몸을 숨겨야 한다.

"누, 누구세요?"

계집종은 잔뜩 겁을 먹은 얼굴이다.

"전에 이 아이를 보아 주던 처녀는 어디로 갔소?"

"막내아씨 말이에요?"

계집종은 아이를 등에 업은 채 덜덜 떨었다. 북하의 짐작대로 그 처녀는 황 진사의 누이동생인 듯하다.

"그렇소."

북하는 고개를 끄덕였다.

"외가에 가셨어요."

"언제 돌아온다고 하오?"

"돌아오시지 못할 거예요."

계집종은 사방을 두리번거리며 작은 목소리로 말했다.

"안방마님이 외가로 쫓아 버리셨어요."

올케가 시누이를 쫓아 버렸다는 말이다. 법도 있는 집안에서라면 꿈도 못 꿀 일이 황 진사 집에서 일어나고 있다. 황 진사가 쓰러져 거동은커녕 말도 제대로 못하니까 부인이 집안을 마음대로 휘젓는 모양이다.

"처녀의 외가가 어디요?"

"고부 어디라고 들었어요."

북하는 다시 막막한 심정이 되었다. 처녀를 만나면 나모하린의 행방을 금방 알 수 있을 것 같았는데, 이제는 처녀를 찾는 일부터 해야 할 처지다.

"그리고 새아씨는 어디로 갔소?"

북하는 혹시나 하는 마음으로 계집종에게 나모하린의 행방을 물었다. 나모하린이라고 하면 모를 것 같아 양반가에서 불렀음직한 호칭을 대보았다.

"몇 달 전에 머슴으로 있던 달쇠하고 도망갔어요. 젖먹이 도련님까지 떼어놓고……."

계집종은 황 진사 부인과 같은 말을 하며 등에 업고 있는 사내아이를 돌아다보았다. 아이는 계집종의 등에 기대어 잠이 들었다.

"도련님이라면, 이 아이 말이오?"

"예. 새아씨의 애기씨예요. 안방마님이 친아드님으로 키우시지만……."

'그렇다면 이 아이가 나모하린의 아들?'

북하는 계집종의 등에서 잠들어 있는 사내아이를 다시 들여다보았다. 그리고 보니 동그란 얼굴에, 앞으로 조금 튀어나온 듯하면서 훤한 이마가 그대로 나모하린을 쏙 빼닮았다. 그렇게 봐서 그런지 눈매와 입매도 비슷하다.

"이런 사실 발설한 거 안방마님이 아시면 저는 살아남을 수 없어요. 혓바닥을 뽑겠다고 달려들 거예요."

계집종은 앞에서 위협을 하고 있는 북하보다 안방마님이 더 두려운 듯했다. 계집종은 파랗게 질린 입술로 이런 사실을 자신한테서 알았다는 걸 절대로 말하지 말아달라고 신신당부했다.

"사실대로 말해 줘서 고맙소. 절대로 해가 가지 않도록 할 테니 염려 마시오."

북하는 계집종을 안심시키며 사내아이의 작은 손을 잡아 보았다. 황 진사의 씨붙이라는 생각에 꺼리는 마음이 한 가닥 들긴 하지만, 그래도 나모하린의 피붙이라는 사실에 가슴 한구석에서 정이 뭉클 차오른다.

"맘마."

북하의 손길을 느꼈는지, 사내아이는 잠에서 깨어 자신을 지그시 내려다보고 있는 북하를 빤히 올려다보며 말을 걸 듯 옹알이를 했다. 한없이 천진해 보인다.

북하는 나무를 발판으로 삼아 훌쩍 뛰어올라서는 담장을 넘었다. 계집종은 얼이 빠진 얼굴로 담장 밖으로 사라지는 북하의 뒷모습을 쳐다보았다.

벌써 해가 뉘엿뉘엿 서녘으로 기운다. 북하는 위험을 무릅쓰고 전주부로 향했다. 자신이 왜 나졸을 죽였다는 누명을 쓰게 됐는지 궁금하다.

언제나 그렇듯이 방을 써 붙인 전주부 관아 앞에는 사람들이 모여 웅성거리고 있었다. 북하는 일부러 허리를 곧추 펴고 당당한 걸음으로 방 앞으로 다가갔다. 물론 산막에서 만든 풀잎 삿갓을 깊이 눌러 썼다.

방은 여러 장이 나붙어 있다. 그 가운데 하나가 바로 북하 자신의 얼굴을 그려넣은 방이다.

"히야, 이놈은 현상금이 무려 만 냥이네. 현미 한 가마가 겨우 아홉 냥인데, 그러면 천 석도 넘네그려. 이놈만 잡으면 팔자를 고쳐버리겠네…"

"사람을 셋이나 죽였다잖아? 나졸 하나에 보부상 둘."

"살인범답게 얼굴도 흉악하게 생겼네그려."

사람들은 저마다 북하의 방에 관심을 갖고 한마디씩 던졌다. 그들 말대로 방에 그려져 있는 북하의 얼굴은 실제보다 험악한 인상이다. 코도 더 뾰족하고, 눈도 치켜올라갔다. 그렇게 그려진 것이 북하에게는 오히려 다행이다. 덕분에 사람들이 자신의 얼굴을 제대로 알아보지 못하는 것 같다.

'내가 사람을 셋이나 죽였다고?'

북하는 다리가 후들후들 떨려 방을 자세히 읽어 보지도 못하고 그 자리를 떠났다. 북하는 살인범, 그것도 나졸 한 명과 보부상 둘을 죽인 극악무도한 살인범으로 몰려 수배를 받고 있다. 산에 숨어 있는 사이에 혐의가 더 늘어났다. 자신이 죽였다는 나졸이 누군지, 보부상이 어떻게 생겼는지, 어디서 어떻게 죽었는지도 전혀 알 수 없다. 누명을 벗기는커녕 혐의가 눈덩이처럼 점점 커지기만 하니 앞이 캄캄한 노릇이다.

북하는 암담한 심정이 되어 다시 산막으로 돌아왔다.

아랫마을로 내려갔던 석전은 약속대로 사흘만에 돌아왔다. 북하는 계곡 아랫녘으로 달려 내려가 석전을 맞이했다.

"자네 몸값이 엄청 뛰었더군. 그 돈을 정말 다 주겠다는 것인지 모르겠다만."

그러면서 석전은 북하의 얼굴을 빤히 쳐다보았다. 마음을 읽기라도 하려는 듯 강렬한 눈빛이다.

전주에 내려가 그 사실을 이미 알고 있던 북하는 아무 대답도 못하고 고개를 돌려 석전의 시선을 피했다.

"자네, 내게 뭔가 할 말이 있는가 보군."

석전이 잔인하리만치 날카로운 시선을 옮기지 않으며 물었다.

"죄, 죄송합니다. 그만, 스승님의 말씀을 어기고 산을 내려갔다 왔습니다."

"그래? 그렇다면 자네도 방을 보았겠구먼."

북하가 스스로 실토하자 석전의 목소리가 다소 누그러졌다.

"나졸 한 명에 보부상 두 명을 죽였다? 나졸은 길목을 지키다가 살해되고, 보부상은 길에서 피살됐다네. 정말 자네가 그 사람들을 다 해쳤나? 그래서 피신해 온 건가?"

석전은 북하가 대답할 사이도 없이 잇따라 질문했다.

"아, 아닙니다. 전 억울합니다. 저는 황 진사 집에 들어간 죄밖에 없습니다. 살인 사건은 그 이후에 일어난 것입니다. 스승님께서도 아시지 않습니까? 제가 나졸들의 창을 맞고 도망쳐 온 이래 이 산을 떠나지 않았다는 사실을……."

"그건 그렇지. 나졸은 내가 자네를 산골짜기에서 구하기 전에 죽은 거니 장담할 수 없네만, 보부상은 자네가 이 산에 올라온 이후에 죽었다니 자네가 죽이지 않은 건 확실하지."

"나졸도 제가 죽인 게 아닙니다. 나졸이 죽었다는 그 시각에 저는 다친 몸으로 주막에 숨어 있었습니다. 믿어 주십시오. 스승님."

북하는 억울해서 피라도 토할 지경이다.

"자네가 부상을 입은 몸으로 나졸을 해칠 수야 없었겠지. 암."

석전은 북하의 흥분을 가라앉히며 달랬다.

"어쨌든 자네는 흉악범으로 몰려 있네. 전주부가 나서서 자네를 잡으려고 혈안이 돼 있으니 다시는 산을 내려가지 말게. 만 냥이 아니라 천 냥이어도 사람들이 눈에 불을 켤 테니까."

더위를 식히려고 나무 밑에 앉아 있던 석전은 자리를 털고 일어나더니 산막을 향해 오르기 시작했다. 북하도 복잡한 심경으로 석전의 뒤를 묵묵히 따랐다.

"황 진사 집에는 왜 쳐들어갔나?"

석전이 물었다.

"실은……."

스승에게 사실을 털어놓아야 할 시기가 왔다. 그 일 때문에 살인범으로 몰리는 판국이니 저간의 사정을 밝혀야겠다는 생각이다.

"나모하린이란 제 여동생을 찾으러 갔더랬습니다."

"여동생이라……?"

석전은 걸음걸이를 늦추었다. 북하의 이야기를 신중히 듣겠다는 것이다.

북하는 나모하린을 찾아 헤매게 된 이야기를 풀어놓기 시작했다.

7년쯤 전이다.

사당패 생활이란 게 늘 힘들고 어렵기는 예나 지금이나 여전하지만 그해는 흉년까지 들어 민심이 더욱 흉흉했다. 공연을 해달라는 요청이 줄어들자 사당패 식구들은 밥구경하는 것조차 어렵게 되었다. 평년에는 그나마 여사당들이 돈깨나 있는 남정네들의 노리개가 되어 벌어 온 돈으로 어쩌다 한 번씩 보리밥이라도 먹을 수 있지만 그해는 워낙 흉년이라서 그것도 여의치 않았다.

어쩔 수 없이 북하의 어머니 산홍도 서른 중반의 나이에 몸을 팔러 다녔다. 젊어서야 꽃을 팔아 식구들 먹여 살리고, 화장품이라도 마련하거나 비단 저고리라도 해 입는 재미가 있었지만, 많은 나이에 몸을 함부로 굴리다 보니 몸이 성치 못하여 남편인 꼭두쇠 하나 받아들이기도 벅찼다. 그런데도 입은 입이라 뭔가 넣지 않으면 살아남을 수 없는 사당패 식구들의 궁벽한 살림을 못 본 체할 수가 없어 이 사내 저 사내의 품에 몸을 내맡길 수밖에 없었다.

공연이라도 하면 뒷장사를 해서 두둑한 꽃값을 챙기곤 하지만, 흉년 기근 전염병 태풍 장마 등으로 공연이 없을 때는 숫제 떠돌이 기녀단으로 전락하여 헐값으로 몸을 내놓았다. 값이 싼 것을 벌충하려면 횟수를 늘리는 수밖에 없고, 그때마다 산홍은 찢어지는 듯한 고통을 감내해야만 했다. 한두 달이야 참는다지만 흉년을 맞은 그해에는 가을걷이 끝난 밭에서 이삭 줍는 셈으로 하는 그 짓이 언제 끝날지 모르는 아득한 공포였다.

그러는 중에 사당패에 고아 소녀 한 명이 새로 들어왔다. 이름은 나모하린, 두만강 근처 종성에서 공연을 하던 중 우연히 주운 여진족 고아 소녀다.

그때만 해도 압록강이나 두만강 국경 지대에는 조선족과 여진족이 뒤섞여 살았다. 이 소녀는 백두산에서 캔 인삼을 팔러 나온 부모를 따라 종성으로 나왔다가 그만 길을 잃고 거지처럼 떠도는 중이었다. 나중에 사당패들이 하는 말이 그럴 뿐, 북하는 아버지 이지군이 반반하게 생긴 나모하린을 납치했을 거라고 믿었다.

하늘에서 뚝 떨어진 듯 사당패에 들어온 나모하린은 자연스럽게 꼭두쇠 이지군의 딸로 입양되고, 덩달아 북하하고는 남매지간이 되었다. 물론 사당패야 이리저리 얽히고설켜서 모두가 다 형이고 누나고 동생이지만 북하하고 나모하린의 관계는 남달랐다. 북하보다 한 살 아래인 나모하린은 북하를 친오빠처럼 따르고, 북하는 조선말이 서툰 나모하린을 친누이처럼 대해 주었다. 나이가 들면서 나모하린이 제법 여자다운 용모를 갖추게 되자 둘 사이에는 연정이 싹트고 말았다. 이 사실은 사당패 안이든 밖이든 둘만이 지키는 비밀이 되었다.

그렇게 다섯 해가 지난 어느 날, 모처럼 손님이 많은 가운데 공연을 마치고 곤하게 잠든 북하를 깨우는 손길이 있었다.

"오라버니, 잠깐 따라와 봐."

나모하린이다. 그는 북하의 손을 잡고 은밀히 숙소 밖으로 이끌었다.

"무슨 일인데?"

북하는 나모하린의 손에 잡혀가면서 영문을 몰라 쭈볏거렸다.

나모하린은 입에 손을 갖다대며 조용히 하라는 시늉만 하고는 앞장서서 걸었다.

보름달이 하늘 높이 떠 있다. 차갑고 하얀 달빛이 쏟아지는 가운데 사당패가 공연을 한 꽤 큰 마을이 고즈넉이 잠들어 있다.

두 사람은 걸음 소리를 죽이며 마을길을 걸었으나, 귀 밝은 개 몇이 인기척을 느꼈는지 컹컹 짖어댔다. 그러다가 이내 잠잠해졌다.

북하는 어디로 가는지 묻지 않고 잠자코 나모하린의 뒤를 따라갔다.

나모하린은 마을을 벗어나더니 논둑길로 접어들었다. 논둑이 끝나는 곳, 산기슭에 작은 집이 한 채 서 있었다. 사람이 죽어 시신을 운구할 때 쓰는 상여를 보관해 두는 집이다.

"오라버니, 이리로."

나모하린은 상여집 안으로 들어섰다. 보통 아이들 같으면 귀신이라도 나올까 싶어 멀리 피해다니는 상여집이지만, 팔도를 떠돌아다니면서 마땅히 잘 곳이 없으면 아무 데고 신세를 지곤 하는 사당패는 상여집을 두려워하지 않는다. 그렇지만 한밤중에 자는 사람을 깨워 상여집으로 이끄는 나모하린의 속내가 무언지 몰라 북하는 고개를 갸우뚱거리며 따라갔다.

"달이 참 밝지, 오라버니?"

상여집으로 들어선 나모하린은 미리 준비해 간 광목천을 바닥에 깔고는 그 위에 앉았다. 그리고는 나무창살 틈으로 비치는 달을 우러러보았다.

"응. 그런데?"

북하가 왜 자신을 데리고 마을을 벗어나 여기까지 왔느냐고 물으려 할 때였다. 나모하린이 북하의 손을 잡더니 자신의 젖가슴 속으로 쑥 집어넣었다. 북하의 손에 나모하린의 따뜻한 젖가슴이 뭉클 닿았다.

북하는 깜짝 놀라 손을 뺐다.

"오라버니, 나 싫어?"

"아, 아니."

북하는 금세 얼굴이 빨갛게 달아올랐다.

심장이 마구 고동친다. 몸 어딘가에서 힘이 불끈불끈 솟으며 바짝 긴장된다.

북하는 나모하린이 왜 자신을 상여집으로 이끌고 왔는지, 지금 무슨 말을 하려고 하는지 아무것에도 생각이 미치지 않았다. 금세라도 터져 버릴 것같이 팽팽하게 긴장돼 오는 자신의 몸에 온 정신이 집중돼 다른 생각은 할 새가 없다.

"자, 이리 가까이 와, 오라버니."

나모하린은 다시 북하의 손을 잡아 자신 쪽으로 이끌었다. 그리고 북하에게 몸을 기댔다.

북하는 숨이 막힐 것 같았다. 두 사람이 서로 아끼는 마음을 품고는 있지만 이렇게 가까이서 몸을 맞대기는 처음이다. 그는 아직 총각이다.

나모하린은 북하의 목덜미를 손으로 부드럽게 쓰다듬었다. 그러면서 눈을 감고 입술을 내밀어 북하의 입술에 포갰다.

그 순간, 북하는 꽃내음이 상여집을 스치고 있다는 느낌이 들었다. 조금 전만 해도 퀴퀴한 곰팡이 냄새가 가득하던 상여집에

아리아리한 꽃냄새가 풍겼다.

북하는 자신의 입술 위에 살포시 얹혀 있는 꽃잎같이 여리고 부드러운 나모하린의 입술을 혀로 핥았다. 진달래꽃잎처럼 쌉싸래하면서도 싱그러운 맛이 난다.

열이 펄펄 끓어오른다. 태어나서 한 번도 느껴보지 못한 뜨거운 열기가 주체할 수 없도록 솟구친다.

나모하린은 정신없이 자신의 입술을 탐하는 북하에게 한동안 입술을 내맡겼다. 그러다가 어느 순간, 북하의 몸을 약간 밀쳐 떼어놓았다.

그러고는 일어서서 옷을 하나씩 벗기 시작했다. 저고리를 벗고 치마를 벗고, 속저고리를 벗고 속치마를 벗고 속곳까지 벗어나갔다.

북하는 벽에 기대앉아 나모하린을 지켜보았다. 달빛이 나무창살 사이로 넘실거리는 가운데 옷을 하나씩 벗어가는 열여섯 살 처녀 나모하린은 마치 하늘에서 내려온 선녀 같다. 달빛이 나모하린의 살갗에 부딪혀 하얗게 부서진다.

나모하린은 하얀 광목천 위에 반듯이 누웠다.

나모하린은 북하의 얼굴을 빤히 올려다보았다. 그러면서 들숨을 크게 쉬면서 가슴을 들어올렸다. 젖가슴이 부풀어 오른다.

"오라버니, 나 이번 달에 첫 경도를 시작했어. 며칠 전에 끝났어."

열여섯 살이면 월경이 있을 나이다. 첫 월경을 했다면 이제부터 나모하린은 진짜 처녀.

"아버지는 내가 첫 경도를 했다는 것을 알고 내일부터는 꽃값을 벌어오래. 거부할 수 없다는 거, 오라버니도 알잖아. 이제부터 뭇남자에게 몸을 팔 신세, 첫정만큼은 오라버니에게 주고 싶어."

나모하린은 북하의 품에 얼굴을 파묻었다.

"오라버니, 우리 이대로 죽어 버리면 안 될까? 나, 다른 남자들 품에 안기기 정말 싫어. 무서워."

북하는 아무 말도 못하고 어깨를 들썩이는 나모하린을 꼭 껴안아 주었다. 나이가 찬 여사당이 공연이 끝난 후 뭇사내에게 몸을 판다는 것은 누구보다 북하 자신이 잘 아는 업이다. 자신의 어머니 산홍도 그렇게 살아왔고 다른 여사당들도 지금 그렇게 살아가고 있지 않은가.

그러나 나모하린까지 그렇게 된다는 것은 상상도 못할 일이다. 나모하린이 다른 남자의 몸에 짓눌린다는 생각을 하니, 북하는 복장이 터질 것만 같다.

"내가 아버지께 말씀드려서 혼인을 시켜달라고 할게. 그러면 그런 짓 안 해도 될 거야."

북하가 달래자 나모하린은 울음을 그쳤다. 그러고는 서로 부둥켜안았다.

"오라버니!"

"나모하린!"

북하와 나모하린은 다시는 떨어지지 않을 듯 서로를 꽉 끌어안았다.

격정의 순간을 보낸 후, 두 사람은 거친 호흡을 가라앉히며 나란히 누웠다.

달이 서쪽으로 기울었는지 넘어갔는지, 상여집 안으로는 더 이상 달빛이 더 비쳐들지 않았다. 그래도 바깥이 훤해서 그런지 어슴푸레한 빛은 남아 있다.

나모하린은 자리에서 일어나더니 하얀 광목천을 내려다보았다. 뻘건 얼룩이 져 있다. 첫경험의 자국이다.

나모하린은 옷을 입고 나서는 광목천을 차곡차곡 접어 품속에 넣었다. 마치 소중한 보물이라도 되는 양.

"뭐야? 혼인이라니, 그게 무슨 망발이냐?"

나모하린과 혼인을 시켜달라는 북하의 청에 의부 이지군은 길길이 뛰었다.

"남매지간에 혼인을 하다니, 아무리 사당패라지만 그건 법도에 없는 소리다."

이지군은 단칼에 거절했다.

"말이 남매지간이지 나모하린과 저는 피 한 방울 섞이지 않은 남남이지 않습니까?"

북하가 따지고 들었다. 어차피 부모가 전혀 다른 명목뿐인 남매지간인데 혼인을 못할 이유가 없다.

"그래도 안 된다."

이지군은 북하의 말을 들으려 하지 않고 밖으로 나가 버렸다.

그날부터 이지군은 공연을 하면서 나모하린을 선전했다.

"이 아이는 다섯 해 전에 우리 사당패에 들어온 여진족 처녀 나모하린입니다. 제가 딸처럼 정성껏 키워 왔습지요. 백두산 산삼을 어찌나 많이 먹고 자랐는지 그 높은 산을 오를 때도 뒷동산 오르듯 가볍게 뛰어가는 야생마지만, 아직 이 아이 등에 사람 한 번 태워 보지 않았답니다."

이지군은 공연 때마다 나모하린이 숫처녀라고 노골적으로 선전했다. 그러면 사내들은 춤추고 노래하는 나모하린의 엉덩이와 가슴을 음험한 눈길로 훑었다. 그 가운데 가장 많은 값을 부르는 사내가 그날 밤 나모하린의 몸을 사게 되고, 나모하린은 낭창한 몸을 탐욕스런 사내의 욕정 앞에 내맡겨야 한다.

원래부터 외모가 고운 데다가 춤과 노래 솜씨도 뛰어난 나모하린은 인기가 높았다. 특히 꽃값을 받기 시작하면서부터는 사당패의 숙소에서 잠을 자는 날이 거의 없을 정도로 이곳저곳으로 팔려다녔다.

나모하린이 다른 사내의 품에 드는 날마다 북하는 가슴이 터질 것만 같았다. 나모하린이 팔려간 집의 담장 아래 숨어 당장 뛰어 들어가 나모하린을 끌어내고 싶은 충동을 참으며 분노를 삼키기도 하고, 몸을 팔며 살아가야 하는 사당패 운명을 원망하기도 했다. 지옥이 따로 없었다. 나모하린이 다른 남자 앞에서 옷을 벗는 것을 참고 견뎌야 하는 현실이 북하에게는 바로 지옥이었다.

그렇게 한 달이 지난 어느 날, 참다못한 북하는 또다시 의부 앞에 나섰다.

"혼인은 안 시켜 주어도 좋습니다. 제발 나모하린이 몸을 팔지 않게 해 주십시오. 나모하린 몫까지 제가 벌겠습니다."

이지군은 나모하린이 몸을 판 이후로 눈이 퀭하니 들어갈 정도로 초췌해진 북하를 유심히 바라보았다.

"너희들, 이미 남매지간의 법도를 어겼구나."

이지군은 북하의 눈에서 번뜩이는 분노를 보았다. 어떤 힘으로도 누를 수 없는 분노가, 언제 폭발할지 모르는 분노가 들끓고 있었다.

"나모하린은 사당이다. 사당은 그렇게 살아가는 법이다. 네 어미도 그렇게 살아오지 않았느냐. 사당은 천민이다. 천민은 양반들 노리개다. 말이나 소 같은 생구生口다."

이지군은 북하를 진정시키려고 차분히 타일렀다.

"나도 처음에는 네 어미를 다른 사내들한테 보낼 때면 피눈물을 흘렸다. 웬만큼 세월이 흐르니 그것도 익숙해지더라. 다른 놈 품에 안겨도 내 사람은 내 사람이니까. 에휴, 이놈의 팔자."

"안 됩니다. 나모하린은 절대 안 됩니다. 나모하린을 또 팔면 사 간 놈도 죽이고 나모하린도 죽이고 저도 죽겠습니다."

북하는 피를 토하듯 절규했다. 나모하린이 다른 사내들의 노리 갯감이 되는 것을 참을 수가 없었다. 첫날 밤, 나모하린이 말한 대로 이대로 둘이 함께 죽어 버리는 게 나을 듯싶었다. 그리하여 그

곳이 비록 무간지옥이라 하더라도 몸을 팔지 않아도 되는 세상으로 가고 싶었다.

이지군은 낭패스런 표정으로 북하를 바라보았다.

그 이후로 이지군은 나모하린을 꽃으로 내놓지 않았다. 노래와 춤, 줄타기만 시키고, 나모하린을 넘보는 사내가 있어도 정중히 거절했다.

덕분에 북하와 나모하린은 꿈같은 나날을 보낼 수 있었다. 식구들이 모두 잠든 밤이면 몰래 숙소를 빠져나와 어느 날은 물레방앗간에서, 어느 날은 당산나무 뒤에서, 어느 날은 뉘집 헛간에서 음양의 묘미를 나누었다. 북하는 나모하린을 품에 안으면 온 세상을 다 품은 듯 마음이 든든해지고, 조금만 떨어져도 온 세상을 잃은 듯 허전했다. 몰래 숨어 나눌 수밖에 없는 궁벽한 운우지정이건만, 한 밤에도 몇 번씩 정염을 불태우고 또 태웠다. 그렇게 해도 타오르는 불길을 잠재울 수가 없었다.

나모하린 역시 북하에 대한 열망이 끝이 없었다. 한 번 폭풍우가 휩쓸고 지나가면 다시 끌어안고, 또다시 욕정의 소용돌이 속에 휘말려 들어갔다.

그렇게 며칠을 보낸 어느 날이었다. 공주에 도착해 첫 공연이 끝난 뒤, 이지군이 북하를 불렀다.

"안성 유기장에 가서 꽹과리 좀 사오고, 송파장에 가서 장구를 사오거라. 또 새로 기예를 시작하는 아이들 옷도 몇 벌 지어 오너라. 그리고 부적이 떨어졌으니 안성 청룡사에 들러 한 보따리 얻어 오너라."

북하는 넙죽 절을 하고는 심부름을 떠났다. 자신이 청을 한 이후로 나모하린을 꽃으로 팔지 않는 의부의 배려가 고마워 저절로 그 앞에 엎드리게 되었다. 몸을 섞은 이후로 더욱 정이 두터워진 나모하린과 떨어지는 것은 싫으나 자신의 청을 들어준 의부를 위해서라면 대엿새쯤 떨어져 있는 것은 아무 일도 아니라는 생각이 들었다.

북하는 나모하린을 다시 보고 싶은 마음에 한시도 쉬지 않고 일을 보아 예정보다 하루 앞당겨 닷새만에 공주로 돌아왔다. 그런데 청천벽력 같은 일이 벌어져 있었다. 나모하린이 보이지 않았다. 식구들에게 물어보니 어디론가 팔려갔다고 했다. 어머니에게 묻자 팔려간 사실은 알지만 어디로 갔는지는 모른다고 했다.

화가 난 북하는 이지군에게 달려들어 다짜고짜 멱살을 잡았다. 이지군이 나모하린을 팔아먹기 위해 자신을 속여 일부러 한양으로 심부름을 보냈다는 사실을 알아차린 것이다.

"누구한테 팔았어요! 알려줘요!"

열일곱 살의 청년이 된 북하는 이제 의부 이지군에게 매를 맞으며 자라던 어린아이가 아니다. 사당패에서 무술과 기예를 익힌 북하의 젊은 힘을 늙은 의부는 당해내지 못했다.

"부, 북하야. 이, 이것 놓고 말해라."

이지군은 멱살을 틀어쥔 북하의 손을 떼어놓으려 용을 썼다.

"북하야, 아버지에게 이러면 안 된다."

어머니가 달려와 북하의 바짓가랑이를 잡고 매달렸다.

"그애를 위해서 보낸 것이다. 평생 사당패로 이놈 저놈에게 몸 팔고 사느니 부잣집 소실이 되어 편하게 사는 게 낫지 않겠니?"

북하의 어머니는 아버지 이지군을 죽일 듯이 달려드는 아들을 잡아뗴었다.

북하는 불 같은 주먹 몇 대를 아버지 이지군의 가슴팍에 쥐어 박고 나서야 떨어졌다.

그날 북하가 알아낸 것은 나모하린을 사간 사람이 황 진사라 는 사람이란 것뿐이었다. 어디에 사는지는 모르나 돈이 무척 많은 양반이라는 것이 이지군이 알고 있는 전부였다.

그길로 북하는 사당패를 뛰쳐나와 나모하린을 찾아 공주 인근 부터 뒤지기 시작하고, 물어물어 마침내 두 해 만에 전주 황 진사 집을 찾아낸 것이다. 그길이 이 산막까지 이어져 지금은 석전 노인 의 제자가 되기에 이른 것이다.

"사연은 구슬프다마는 이제는 사당패보다 못한 살인자 신세로 구나. 나졸에다가 보부상이라…… 누군가 자네를 빌미로 살인을 일삼고 있는 게 분명해. 대체 무슨 일이 일어나고 있을까."

북하의 이야기를 다 듣고 난 석전이 심각한 얼굴로 말했다.

"어쨌든 당분간 여기 머물며 검법이나 익히는 것이 좋겠다. 자, 자네가 쓸 진검을 구해 왔으니 구경해 보게."

석전은 하얀 천에 둘둘 말아 둔 칼*을 내밀었다.

북하는 두 손으로 칼을 받쳐들었다. 그리고 조심스럽게 하얀 무명천을 풀어냈다. 빛나는 칼 한 자루가 나온다. 언뜻 보아도 대장간에서 이틀 만에 쉽게 벼린 칼이 아니다. 손때가 묻은 손잡이며, 용무늬가 놓인 칼집을 보니 아주 오래되고 귀중한 보검 같다.

"이 칼은 대장간에서 금방 만든 게 아닌 듯합니다."

북하의 말에 석전은 빙그레 웃으며 천천히 고개를 끄덕였다.

"바로 보았네. 이 보검은 우리 조부님이 쓰시던 칼이네. 조부께서 내게 이 칼을 물려주셨는데, 나한테 자식이 없어서 나만 아는 곳에 몰래 감춰 두었다가 가져온 것일세. 조부님께서 말씀하시기를, 8대조 할아버지께서 임란 때 의병장이셨는데 그때 왜적을 물리친 칼이라고 하더군. 왜구들이 다시 준동할 때 이 칼로 응징하라는 뜻이네."

웬만한 집안에서는 가보로 삼을 만한 보검이다. 석전은 그런 귀중한 칼을 제자에게 선뜻 건네준 것이다. 북하는 스승의 각별한 배려에 황송하기만 했다.

"왜구를 응징할 때가 또 왔나요?"

"그건 나중 일이고, 지금은 실력을 기를 때일세."

---

* 검(劍)은 찌르는 무기이고, 칼(刀)은 베는 무기다. 다만 검은 청동기 시대에 제련 기술 부족으로, 또 청동이 무르다보니 짧게 만들 수밖에 없어 대개 적을 찌르는 용도로 쓰였다. 칼은 청동보다 더 강한 철을 벼려 만드는 것으로 길게 뽑을 수 있다 보니 상대를 베기에 편리하다. 이후 검과 도는 구분 없이 칼로 불린다.

석전은 북하의 질문이 너무 빠르다는 듯이 슬쩍 말길을 돌렸다.

"옛 무인들은 칼을 제 몸같이 여겼네. 숨을 쉬듯, 제 살결을 만지듯 말일세. 요즘 세상에야 어디 그렇겠느냐마는 그래도 소중히 간직해야 한다네."

"명심하겠습니다. 스승님."

"내일부터는 진검으로 배울 것이니 더욱 마음을 가다듬어라."

어느새 석전의 말투는 '하게'에서 '해라'로 바뀌었다. 그만큼 북하와 가까워졌다는 표시다.

"예, 스승님."

북하는 석전에게서 받은 검을 받들어 산막 안에 세워두고 계곡으로 내려갔다. 그리고 옷을 훌훌 벗어젖힌 뒤 물웅덩이로 들어갔다. 그러고는 아직도 끓고 있는 가슴 속의 불을 식혀 담금질했다.

아침저녁으로 서늘한 바람이 불어온다. 산에 들어온 뒤로 계절이 두 번째 바뀌었다. 그 사이 북하는 늠름한 어른으로 바뀌었다. 자신감도 크지만, 다른 무엇보다 눈빛이 달라졌다. 눈에서는 불을 뿜는 듯한 빛眼光이 뻗치고, 몸은 느릿느릿 걷다가도 언제든지 바람처럼 날아오를 수 있는 용수철 같은 탄력이 붙었다. 석전 덕분이다.

산꼭대기 나뭇잎이 빨갛게 물들기 시작했다. 사람이 변했으니 세상도 변한다.

"북하야."

차다찬 계곡물에 몸을 담그고 호흡을 고르는 북하에게 석전의 묵직한 목소리가 떨어졌다.

"눈을 뜨지 말고 내 얘기를 잘 들어라."

석전의 목소리는 뒤쪽, 아니면 옆쪽 어디선가 들려오는 듯하다.

"너는 사당패가 아니다. 꼭두쇠의 아들도 아니고 송 주부의 서자도 아니다. 또 어름사니 산홍의 아들도 아니다."

"무슨 말씀이신지요?"

목소리가 시키는 대로 눈을 질끈 감았으나 그 목소리가 들려오는 방향을 향해 본능적으로 고개를 이리저리 돌렸다.

"너는 또한 이북하, 송북하도 아니다."

석전의 목소리는 물이 흐르는 소리처럼 귓전을 흘러간다. 마치 꿈결에서, 허공에서 들려오는 것 같다.

"그럼 저는 누구입니까?"

북하는 새삼스레 자신이 어떤 존재인가 의문이 들었다.

"너는 하늘을 지키는 신장神將이다. 잠시 이승에서 할 일이 있어 인간의 몸을 빌려 내려온 것이다. 너는 천주天主이신 제석천과 우주를 창조한 범천梵天의 명을 받드는 신장이란 사실을 잊지 말라."

"예? 제가 신장이라고요? 하늘을 지키는 신장이라고요?"

북하가 깜짝 놀라 되물었다.

"그렇다."

"그런데 왜 하늘을 지키지 않고 땅에 내려와 이렇게 힘들게 사는 거지요? 신장인데 왜 조롱받고 멸시받으며 살아갈까요?"

"이 조선 땅에 지금 네가 지켜야 할 천신이 내려와 계시기 때문이다. 선천 세상의 궂은일은 네가 감당해야만 한다. 그래야만 천신으로서 사람이 된 그 신인을 지킬 수 있다."

석전의 목소리는 북하의 등 뒤에 묵직하게 떨어졌다.

"제 몸 하나도 지키지 못해 숨어 사는 제가 누굴 지킨다는 겁니까? 천신이며 천인이 대체 뭡니까."

"제석천, 곧 하느님이 천신이시다. 조선은 혼란 속으로 빠져들고 있다. 조선만이 아니라 장차 세상이 다 혼란스러워진다. 세상이 어지러우면 반드시 영웅호걸이 난다. 조선이 무너져 가는 이때에 하느님이 직접 내려와 인간의 형상을 하신 신인神人으로 나투실 것이다. 하느님이신 천신의 화신化身이 바로 신인이다. 그분은 묵은 하늘을 고쳐 새 하늘을 여실 분이다. 앞으로 너는 그 신인을 찾아 받들어야 한다."

석전의 목소리는 먼 동굴 속에서 울려나오는 듯 아득하게 느껴졌다.

"하느님이 내려오셨다고요? 그분이 어디 있는데요?"

"지금쯤 조선 땅 어딘가에 숨어 있으면서 마치 잠룡潛龍처럼 몸을 숨긴 채 때를 기다리고 있다. 지금 조선에는 정도령이네 미륵이네 하느님이네 제석천이네 해서 새 지도자를 자처하는 사람이 수없이 많다. 그들 중 딱 한 사람만이 진짜 조선의 지도자다. 수많은 가짜 속에 그분이 숨어 있다."

"숨어 있다고요?"

북하는 눈을 감고 계속 들숨과 날숨을 고르면서 석전의 목소리에 귀를 기울였다.

"어쨌든 그분은 이미 조선 땅에 내려왔다. 장차 진흙탕에 빠져 허우적거리고 타는 숯불을 밟으며 고통받을 조선 백성을 구하고 악귀 같은 서양오랑캐를 물리쳐 새 조선을 열어줄 신인이다. 너는 그분을 지키기 위해 이 세상에 내려온 신장이다."

"제가 정말 신장이라면 왜 이토록 혹독한 시련을 겪게 합니까? 양반집 아들로 태어나게 해 주었더라면, 아니 하다못해 장사꾼 아들로만이라도 태어났으면 이렇게 힘들고 어렵게 살지는 않았을 텐데요."

북하는 목멘 소리로 한탄했다. 석전은 아무 대답도 하지 않았다.

"그 신인을 어디에서 찾아야 합니까?"

북하가 물었으나 석전의 목소리는 들리지 않는다.

몇 번을 반복해 묻던 북하는 아무 대답이 들리지 않자 그제야 눈을 뜨고 주위를 돌아다보았다. 아무도 없다. 분명히 조금 전까지만 해도 지척에서 목소리가 들려왔는데, 좌우 어디에도 사람의 그림자는 보이지 않는다.

'내가 신장이라고? 하늘에서 내려온 신인을 호위할 신장이라고?'

북하는 이상하기도 하고 신기하기도 해서 옷을 찾아 걸치고 산막으로 뛰어올라갔다.

석전은 거기서 좌정을 하고 있었다.

"스승님, 좌정에 드셨습니까?"

석전은 천천히 눈을 떴다.

"오냐."

"혹시 조금 전에 계곡에서 저를 부르시지 않으셨습니까?"

석전은 도로 눈을 감는다.

"제가 신인을 지키는 신장이라고 하면서 그 신인을 찾아 지키라고 하지 않으셨습니까?"

석전은 반쯤 눈을 뜨고 북하를 한참 동안 바라보다가 또다시 눈을 감았다. 그러고는 무겁게 입을 떼었다.

"북하는 듣거라. 그렇다. 너는 신장이다. 내가 네게 글을 가르치고 무예를 가르친 까닭이다. 그러니 내가 시키는 대로 따라라. 내게도 신인으로부터 받은 임무가 있다."

"그렇지만 그 신인이 누군지를 가르쳐 주셔야지요."

"차차 알게 될 것이다. 서둘지 말라."

북하는 그것으로 물러나왔다. 스승 석전은 역시 예사 어른이 아니라는 생각이 들었다.

'내가 하늘에서 내려온 신장이라니……'

절에 가보면 눈 부릅뜨고 서서 하늘을 지키는 그 신장들이 이 땅으로 내려오고, 그중의 하나가 북하란 말인가.

충격적인 말이다. 기이하고 무섭기도 하면서 한편으로는 자신이 엄청난 사명을 띠고 이 땅에 태어났다는 게 신기하고 가슴 설렌다.

다음 날 아침.

북하는 잠자리에서 일어나 여느 때처럼 보리밥과 나물반찬으로 아침상을 차려 석전의 산막으로 갔다.

"스승님, 조반 준비하였습니다."

북하는 허리를 굽히고 산막 안으로 들어갔다.

석전이 보이지 않는다.

북하는 밥상을 내려놓고 얼른 밖으로 뛰어나왔다.

"스승님."

대답이 없다. 오직 산새들이 지저귀는 소리만 어지러이 들려올 뿐이다.

"스승님, 어디 계십니까?"

북하가 다시 산막으로 들어가 보니 석전이 좌정하던 자리에 서찰 한 통이 놓여 있다.

세상이 어수선하니 내게 할 일이 많다. 잠시 산을 내려가니 너는 절대로 이곳을 뜨지 말고 부단히 무예를 닦으며 때를 기다리고 있거라.

철침(鐵鍼)

결코 사람의 발길이 닿은 적이 없는 깊은 수풀을 헤치며 십수 명의 사람들이 산을 오르고 있다. 울긋불긋한 단풍나무 사이로 한낮의 햇살이 듬성듬성 스며든다.

산허리에 이르자 사방이 확 트이면서 장관이 펼쳐진다. 첩첩산 중이지만 틀 곳은 트이고, 가릴 곳은 잘 가려져 주변이 다 아늑하다.

조선 땅의 등뼈에 해당하는 백두대간. 그리고 그 등뼈에서 갈빗대처럼 갈라져 나온 금남정맥에는 크고 작은 산봉우리가 능선을 따라 이어진다. 위에서 내려다보면 능선이 죽죽 뻗어나가면서 여인의 치마폭처럼 차곡차곡 주름을 이룬다.

산을 오르는 사람은 마두대를 이끄는 이시다와 그를 따르는 두 마두 오히라와 도미야쓰, 이시다의 지령에 따라 움직이는 일본인 첩자 십여 명, 그리고 돈에 탐이 난 조선인 풍수 두 명이다.

이시다는 맨몸에 지팡이를 짚고, 두 마두와 첩자들은 보부상처럼 길다란 봇짐을 등허리에 매었다. 조선인 풍수는 패철佩鐵을 들고 여기저기 방위를 살핀다.

이시다는 앞서 걸으며 가끔씩 고개를 들어 먼산을 휘둘러보았다. 뭔가를 유심히 살피는 눈길이다. 그러다가 한 자리에 서서 골똘히 생각에 잠긴다. 그럴 때면 오히라와 도미야쓰 역시 걸음을 멈춘다. 이시다가 고개를 끄덕이며 다시 걸어가면 다른 사람들도 따라서 움직인다.

잠시 후에 그들은 산꼭대기에 다다랐다. 산 정상에 집 서너 채만한 커다란 너럭바위가 두 쪽으로 갈라져 있다. 언뜻 보면 펑퍼짐한 여인네의 엉덩이 같다.

"이쯤인가?"

이시다가 조선인 풍수들에게 물었다.

조선인 풍수들은 위로 아래로 부지런히 움직이며 패철을 놓아보기도 하고, 좌청룡과 우백호의 지기를 살핀다며 손바닥을 뻗쳐보기도 한다.

"여깁니다."

그 중 한 풍수가 위쪽 너럭바위를 가리켰다. 이시다는 그 한가운데에 좌정했다. 이시다는 눈을 감고 호흡을 고른 뒤 좌정에 들어갔다.

한참 동안 앉아 있던 이시다가 갑자기 한쪽을 찌를 듯이 손가락질을 하며 외쳤다.

"맞다. 바로 이곳이다. 여기가 조선의 기가 솟구치는 혈穴이다."

흥분에 들뜬 목소리다.

이시다는 자리에서 일어나 지팡이를 들어 건너편 산봉우리와 멀리 산을 휘돌아 흐르는 물줄기를 차례로 가리키며 이리저리 측량했다. 그러다가 이시다는 너럭바위 뒤쪽 틈새에 지팡이를 꽂았다.

"준뻬이준비하라!"

이시다의 명에 따라 오히라와 도미야쓰는 등에 짊어진 봇짐을 풀었다. 나머지 일행도 각자 가져온 짐을 풀어 놓았다. 봇짐 안에서 큰 쇠망치와 한 발 정도 되는 기다란 쇠꼬챙이를 몇 개 꺼냈다.

"우주 개벽의 기운이 조선 땅에 내리지 못하게 하려면 우선 땅의 기운을 흩트려 놓아야 한다. 땅에도 핏줄이 있다. 혈을 짚으면 사람이 거동을 못하는 것처럼 땅이라는 것도 혈을 찔리거나 눌리면 기운이 멎고 괴다가 마침내 썩는다. 사람의 몸에 침을 놓는 것과 같은 이치지. 철침鐵鍼을 박아두면 앞으로 백 년은 시간을 잡아둘 수 있다."

이시다는 조선 풍수들이 알아들을 수 있도록 큰 목소리로 말했다. 이번에는 일본말이다.

"그저 조선놈들은 영구불변토록 우리 심부름이나 하면서 빌어먹도록 만들어야 하느니라. 이런 미개한 족속한테서 행여라도 똑똑한 놈이 나와서는 안 되지. 제발이지 저희들끼리 헐뜯고, 죽이고, 욕하고, 싸움질하는 놈들만 줄줄이 나오거라. 자, 깊이깊이 철침을 박아 버리자."

젊은 두 마두는 비장한 표정으로 이시다의 명령에 귀를 기울였다.

"저 지팡이가 꽂혀 있는 자리에 쇠말뚝을 박아라! 그리고 나머지는 내가 지정하는 곳에다 각자 철침을 때려 박아라!"

이시다의 말이 떨어지기 무섭게 오히라와 도미야쓰는 철침을 하나씩 들고 지팡이가 있는 곳으로 갔다. 그리고 지팡이를 뽑아낸 뒤, 그 자리에 철침을 대고 망치질을 시작했다.

쩡, 쩡, 쩡······.

쇠망치를 두드리는 소리가 깊은 산속에 울려 퍼진다. 이 소리는 계곡을 타고 흘러내려간다. 갑작스런 소음에 놀란 산새들이 가녀린 날갯짓을 하며 이골 저골 날아올랐다.

쇠망치 소리는 메아리가 되어 돌아왔다.

고요한 조선 땅에 울려 퍼진 쇠망치 소리. 이는 비극의 신호음이다. 조선 땅이 뱉어내는 비명이다.

쩡, 쩡, 쩡······.

쇠망치 소리에 따라 조선 땅의 옆구리에 해당하는 너럭바위 틈새로 철침이 박혀 들어갔다. 사람의 몸에 독침이 꽂히듯 그렇게 철침은 깊숙이 박혀 들어간다.

철침으로 조선 땅의 혈맥을 끊는 작업은 하루 종일 계속되었다. 단단한 바위틈에 쇠말뚝을 박아 넣는 일은 그렇게 쉬운 일이 아니다. 이시다와 혈기 방장한 두 젊은 마두, 그리고 일본에서 비밀리에 들어온 첩자들은 기어이 그 일을 해내고야 말았다.

일이 끝난 뒤 이시다가 입을 열었다.

"주역에 이르기를, 만물이 끝나고 만물이 다시 시작되는 곳이 바로 간艮이라 하였다. 간은 동북의 괘卦이니 이는 곧 조선 땅을 가리키는 말이다. 조선 땅의 형세를 살펴보면 백두산을 천정天頂으로 하여 금강과 설악을 잇는 백두대간은 등줄기에 해당하고, 그 등뼈에서 소백이 갈라져 나와 전체적으로는 호랑이寅의 형상을 취하고 있다. 그러니 소백의 한 지점에 조선 땅의 단전丹田이 있을 것이다. 아마도 계룡산 부근 어디쯤 될 것이다. 계룡은 수닭이니 암닭 계룡까지 찾아 철침을 때려 박아야 한다. 씨를 뿌리지도 못하고, 알을 낳지도 못하게 하리라."

이시다는 산맥 너머 먼 산을 손가락으로 가리켰다.

"흐흐흐. 어차피 절단 난 나라지만 그나마 일점 희망마저도 지워 없애자. 그래서 선천 하늘 아래 가장 열등한 민족으로 만들어 놓아야 하느니라."

도미야쓰가 이시다에게 물었다.

"그렇다면 계룡산에도 철침을 박아야 하는 것 아닙니까?"

"그렇고말고. 산태극수태극山太極水太極의 바람개비를 꺾어놓아야 한다. 암닭계룡도 있다니 그 혈맥도 끊어라. 조선 산천의 혈맥을 모조리 끊는 일은 앞으로도 계속 해야만 한다. 그와 함께 우리는

정도령인지 미륵인지 무엇인지 하는 자를 어서 찾아내어 없애야
한다.”

유창한 일본말로 대화를 주고받던 이시다는 조선말로 풍수쟁
이들을 불렀다.

“이봐, 풍수들.”

“예, 노인장.”

멀찍이 앉아서 작업이 끝나기를 기다리던 조선인 풍수들이 헐
레벌떡 뛰어왔다. 이시다는 그들에게 돈주머니를 건넸다.

“앞으로도 계속 도와주게나. 조선 팔도를 죄다 돌아다니며 철
침을 박아야 하느니. 침 놓으면 사람이 맥을 못추지 않던가? 이렇
게 혈맥마다 침을 놓으면 조선이 푹 꺼지는 거야. 오래오래 쉬란
말이지.”

이시다는 일부러 조선 풍수들을 데리고 다니며 철침을 박는 모
습을 보여주곤 했다.

조선인 풍수들은 고개를 연신 꾸벅이며 돈을 챙겨들고 물러났
다. 그들이 멀찍이 사라지는 걸 보고 도미야쓰가 이마를 찡그렸
다.

“저것들을 죽여 철침 박은 땅에 놈들의 피도 함께 묻는 게 어
떻겠습니까?”

“도미야쓰, 넌 아직도 용기만 믿는구나. 저놈들을 죽여봤자 잠
시 즐거울 뿐이다. 놈들이 살아 있어야 조선놈들끼리 두고두고 이
야기를 할 것 아니냐. 저놈들이 떠들면 떠들수록 조선인들은 절

망에 빠지리라. 내가 하는 말을 다 들었거든."

그들의 입을 통해 백두대간에 쇠말뚝을 박아 장차 조선은 백
년간 잠들리라, 맥을 못추리라, 이런 소문을 민간에 퍼뜨리려는
속셈이다. 일본인들은 아무도 믿지 않는 풍수 효과야 보든지 말
든지, 그보다는 조선인들 스스로 먼저 무너져 내리라는 의도다.

이시다는 비웃는 눈초리로 풍수들을 흘낏 쳐다보고는 말을 이
었다.

"저 두 사람이 바로 소문의 진원지가 될 것이다. 제놈들이 낀
일이고, 적당히 겁을 주었으니 위치를 발설하지는 못할 것이다. 결
국 풍수를 목숨처럼 여기는 조선놈들은 저절로 모가지를 꺾고 어
깨를 움츠리게 될 것이다. 기 싸움에서 우리가 앞서자는 것이지.
뭐 이 사실을 알아도 철침 뽑으러 이 높은 산까지 달려올 기운도
없을 테니까."

이시다는 첩자들과 조선인 풍수들을 이끌고 또 다른 산으로
움직였다.

이시다 일행이 박은 철침은 그들 자신도 수효를 다 헤아리지
못할 정도로 많다. 그저 수천 개라고만 기억할 정도다. 조선인은
구경하지도 못하는 대동여지도大東興地圖를 이들은 어디서 구했는지
지도를 봐가면서 끈질기게 팔도 명산을 누볐다. 그러다가 틈틈이
산에서 수련을 하는 도인을 만나면 대화를 나누어 깊이를 쟀다.
신인인지 아닌지 알아보기 위해서다.

그 누구도 조선 땅에서 이런 일이 일어나고 있으리라고 상상하

지 못했다. 임진왜란 때에도 첩자 수백 명이 먼저 조선에 잠입한 뒤 이들이 보낸 정보를 바탕으로 도요토미 히데요시가 보낸 일본 군이 바다를 건너 침략해 왔었다. 조선은 이런 사실일랑 까마득히 잊어버리고 수백 년 만에 또다시 같은 비극을 그대로 당하고 있다. 마두들의 끝에는 틀림없이 일본군이 몰려올 테지만 누구도 그런 사실을 알지 못하고 있다.

석전의 두 얼굴

　북하는 홀로 무술 훈련에 집중했다. 자신이 신인을 지키는 신
장이라는 석전의 말이 실감나지는 않지만, 괜한 말을 했을 리 없
다는 믿음으로 부지런히 무예를 닦았다. 자신이 지킬 사람이 누
구든 그를 지키려면 힘과 재주를 기르고 검술을 닦아야 한다.

　잠시라도 쉴 참이면, 나모하린을 찾아야겠다는 생각이 불쑥불
쑥 일었다. 나모하린을 찾으려면 그 행방을 알고 있는 황 진사의
누이동생을 찾는 게 급하다. 처녀가 쫓겨가 있다는 고부로 어서
가보아야 한다.

　지금은 가벼이 움직일 수 없다. 무엇보다 살인죄를 뒤집어쓰고
있는 처지고, 그런 자신의 안위를 걱정해 하산을 하면서도 절대로

산막을 뜨지 말고 때를 기다리라며 당부한 스승의 말씀을 지켜야 한다.

북하는 나모하린이 생각나면 더 열심히 무술을 닦고, 조급증을 누르기 위해서라도 쉬지 않고 뛰었다.

그런 지 꼭 한 달.

"북하, 안에 있느냐?"

찬서리가 내린 이른 새벽, 북하가 잠을 깨기도 전에 홀연히 사라졌던 석전의 목소리가 어디선가 들려왔다.

"스승님, 이제 오십니까?"

"오냐. 어서 나오거라."

북하는 반가운 마음에 서둘러 일어나서 산막을 열고 밖으로 나갔다.

"아니, 스승님?"

삿갓을 눌러쓴 석전의 뒤로 군사 수십 명이 산막을 에워싼 채 창을 겨누고 있다. 역관에서 차출한 역졸들과 관아의 군사들임에 틀림없다. 지난번 북하를 쫓던 나졸들과는 달리 이 군사들은 활과 창, 칼 등 여러 가지 무기를 지니고 있다. 빈틈이라곤 전혀 보이지 않을 정도로 대오가 반듯하다.

그런데 왜 그들 앞에 석전이 서 있는지 북하로서는 도무지 납득이 가지 않는다.

"어린애처럼 놀라긴? 내가 아무려면 아무 대가도 안 바라고 너를 거두었겠느냐?"

석전이 뒤를 돌아보며 손짓을 하자, 군사들은 앞으로 한 발 한 발 다가서며 벽력같이 소리를 질렀다.

"죄인은 당장 무릎을 꿇어라!"

군사 하나가 화상畵像을 펼쳐들고 그림 속의 얼굴과 북하를 몇 번이나 대조했다.

"틀림없는 그놈입니다."

옆에 서 있던 병방兵房이 즉각 명령을 내렸다.

"오라를 지어라!"

명령이 떨어지기 무섭게 군사들은 북하에게 달려들었다. 도망칠 새도 틈도 없다. 창끝의 서늘한 감촉이 목에 닿는다.

"노인장은 고부 관아로 함께 가서 이놈 모가지에 붙은 현상금을 타가도록 하시오. 자, 관아로 돌아가자."

어이없는 일이다. 일이 있어 하산한다며 무예를 닦으며 기다리라던 석전이 군사를 몰고 올 줄은 꿈에도 생각해 보지 못한 일이다.

"스승님, 어떻게 제게 이러실 수가 있습니까? 예?"

뒤통수를 크게 얻어맞은 듯한 충격을 겨우 추스른 북하가 항의하자, 석전은 입가에 쓴웃음을 물었다.

"너를 살려 주고 먹여 준 빚을 받는 것뿐이다. 나 한 몸 사는 것도 고단하다 보니."

"그럼, 저더러 신장이라고 한 말씀도 전부 거짓말이었습니까? 뭣 하러 공부를 가르쳐 주고, 무예를 가르쳐 주신 겁니까?"

"만 냥이나 버는 일인데 그만한 공을 안 들일 수 있나? 그래야 네가 나를 믿고 도망치지 않을 것 아니냐."

이죽거리는 석전의 얼굴은 이제까지 북하가 보아 온 그 스승이 아니다. 작고 가는 눈매는 표독스럽고, 얇은 입술은 야비하기 짝이 없어 보인다. 어떻게 사람이 이렇게 변할 수 있는지 도대체 믿기지 않는다.

"제게 귀한 칼까지 주셨지 않습니까? 그건 도대체 왜 주신 겁니까?"

북하는 나졸들에게 끌려가며 피를 토하듯 물었다. 석전은 안면몰수하고 딱 잡아떼었다.

"칼? 내가 언제 네게 칼을 주었느냐? 병방 나리, 이놈에게 무슨 칼이 있다고 합니다. 산막을 수색해 보셔야겠습니다."

병방은 즉시 산막으로 뛰어 들어갔다.

금세 석전이 북하에게 주었던 칼을 찾아가지고 나왔다.

"이 칼이 어디 갔나 했더니 네놈이 훔쳐갔구나."

병방은 횡재한 표정으로 칼을 들여다보며 북하를 향해 호통을 쳤다.

"뭣이? 그게 무슨 소리요?"

"이 칼은 우리 고부의 조 군수님께서 애지중지하시는 보검이다. 전주부에서 가 쉬시던 중 네놈이 황 진사 집에서 난동치던 날 잃어버리셨다."

"아……."

북하는 모든 걸 체념하고 말았다. 석전에게 철저히 속아 넘어간 것이다. 도무지 어디서부터 잘못된 것인지 알 수가 없다. 보부상들과 한바탕 싸운 끝에 정신을 잃고 헤맨 이후로 지금까지 겪은 일이 모두 꿈속에서 일어난 일만 같다. 어디서부터 속고 어디서부터 말려든 것인지 짚이는 게 하나도 없다.

"오늘은 사냥 한번 제대로 했구나."

군사들은 석전과 북하가 묵어온 산막에 불을 질러 버렸다. 가을 햇볕에 바싹 마른 움막은 불길이 한 번 닿자 후루룩 하며 붉은 화염을 토해냈다.

군사들은 산짐승을 잡아끌 듯 북하의 손목을 묶고 의기양양하게 하산했다.

북하는 그길로 고부 관아로 끌려갔다. 이럴 줄 알았으면 석전의 말을 믿고 무작정 기다릴 게 아니라 산을 내려와 황 진사 여동생이나 먼저 찾을 것을…… 하고 생각하니 후회가 막심하다.

살인죄를 뒤집어쓰고 잡혀온 북하로서는 이런저런 궁리를 할 틈이 없었다. 관아에 잡혀오자마자 그때부터 형방의 심문이 시작되었다.

"네놈이 전주 황 진사 집에 침입했던 그놈이냐?"

"사람을 해치지는 않았소."

"묻는 말에만 대답해라."

형방은 육모방망이로 북하의 가슴을 내리치며 소리를 버럭 질렀다.

"네놈이 황 진사 집에 침입했던 그놈 맞냔 말이야!"

"그러니까 잡아온 거 아니오? 내 참."

"이 자식 봐라? 때리는 내가 힘들다. 아가야, 네가 우리 군수님 칼을 훔친 놈이 맞긴 맞느냐?"

"석전 그 늙은이가 준 거라고 몇 번이나 말했잖아요? 날 고변한 그 늙은 귀신 말이오."

북하는 필사적으로 부인했다. 형방은 북하의 말은 아랑곳하지 않고 질문만 연거푸 던졌다. 신문은 그저 사실 확인만 하는 형식 적인 절차임에 틀림없다.

"그 노인은 네놈이 무서워 산막에 붙잡혀 있다가 겨우 도망쳐 나와 우리 관아에 신고한 것이다. 노인이 왜 거짓말해? 늙은이가 무슨 힘이 있다고?"

"아이고, 어머니."

북하는 억울해서 피를 토할 지경이다. 석전이 상금을 노려 자 신한테 누명을 씌운 걸 생각하면 분하고 원통해 땅이라도 치고 싶다.

"게다가 너는 나졸 한 명을 죽였다. 그것도 혈을 짚어 즉사케 했다. 네 짓이렷다!"

"난 정말로 모르는 일이오. 혈을 짚어 사람을 죽이다니, 난 혈 이 뭔지도 모르오. 그런 기술 있으면 좀 알려주시오. 그 늙은이부 터 죽여 버리게."

"가증스럽게도 너는 길을 가던 선량한 보부상을 두 명이나 죽였다."

"보부상과 싸운 적은 있지만 죽이지는 않았소."

"싸운 뒤에 죽였겠지."

형방은 북하의 말을 가볍게 일축해 버렸다. 그러고는 제 마음대로 결론을 내버렸다.

"이제 네 죄는 명명백백해졌다. 내일 군수 나리께서 친히 심문하실 것이다. 감히 거짓을 아뢸 생각일랑 하지 말거라. 어차피 죽을 목숨이니 쓸데없이 매를 불러 고생하지 말라. 예, 예이, 죽을죄를 지었습니다. 이러면 매는 안 번다."

형방은 생각해 준답시고 요령을 알려주고는 일어섰다.

옥사獄舍에 갇히고 나서야 북하는 하늘이 무너지는 듯한 공포심이 몰려와 몸서리를 쳤다.

'살인죄를 뒤집어쓰다니. 그것도 한 명이 아니라 세 명이나 죽였다니 이제 난 여기서 꼼짝없이 죽게 생겼구나.'

살 길은 탈옥하여 도망가는 수밖에 없다. 그러나 칼枷을 쓰고 오랏줄에 묶여 몸도 자유롭지 못한 데다 옥졸獄卒을 피해 튼튼한 옥사를 뚫고 나갈 방법도 없다. 밤 사이에 옥에 갇힌 몸을 빼낼 길이 없을까 궁리를 하고 또 했지만 묘책이 떠오르지 않는다.

'그 여우같은 늙은이 거짓말을 미련곰탱이처럼 믿었다니, 내가 바보지.'

절망스럽다. 달리 길도 없다.

'아니야. 나모하린을 만나기 전에는 절대로 죽을 수 없다. 석전, 그 늙은이. 내 손으로 죽여 없애버려야지.'

북하는 공포를 애써 떨쳐 버리며 석전을 향한 분노를 곱씹었다.

이튿날.

분한 마음에 뜬눈으로 밤을 새운 북하는 형리들에 이끌려 군수 앞으로 나갔다. 죄인은 북하만이 아니다. 앞에 여인 하나가 묶여 있으니 다음 차례를 기다려야 한다.

높다란 의자에 앉아 다른 죄인을 심문하고 있는 군수가 눈에 들어왔다.

"네 죄를 네가 알렷다?"

북하는 군수 이하 그 자리에 모인 사람들을 휘둘러보았다. 젊은 여인이 죄인이 되어 마당에 무릎을 꿇어 엎드려 있고, 주변에 구경꾼들이 빙 둘러 서 있다. 구경꾼들 틈에는 석전도 끼어서 고개를 쭉 빼고 죄인 심문 과정을 지켜보고 있다.

'저, 저놈이!'

석전을 발견한 북하가 오랏줄에 묶인 몸을 뒤틀며 짐승처럼 눈을 부라렸다. 석전은 북하와 마주친 눈을 피하기는커녕 오히려 히죽히죽 웃었다.

"당장 사실대로 아뢰지 않느냐!"

죄인으로 끌려온 여인이 군수의 엄명에도 아무 대답이 없자, 아전들이 덩달아 목소리를 높이며 죄를 따져 물었다.

심문하는 내용으로 보아, 머리를 풀어헤친 채 엎드려 있는 여인은 젊은 나이에 남편과 사별한 청상과부다. 인근에서 소문이 자자한 미모의 수절과부라는데, 사대부 집안의 독자獨子에게 출가한 만큼 넉넉한 재산을 가지고 있다.

"네 죄를 네가 알렷다?"

사법권을 손에 쥔 지방관들은 죄인을 심문할 때 먼저 피의사실을 알려주는 것이 아니라 무턱대고 매를 휘둘러 흠씬 때린 뒤 자백부터 강요한다. 하물며 탐관오리들이 누명을 씌우기로 작정하면 오죽하겠는가.

"제가 무슨 죄를 지었다고 하시는지 모르겠나이다."

여인이 모기만한 목소리로 말했다. 자신이 지은 죄가 무엇인지조차 모르는 여인은 느닷없이 잡혀와 당하는 변고에 겁을 잔뜩 먹고 바들바들 떨었다.

"네년의 그 더러운 죄를 본관의 입으로 일일이 열거해야 하겠느냐? 하, 이거야 참."

군수는 여인의 죄를 말하기조차 민망하다는 듯 입맛을 쩍쩍 다셨다.

여인이 고개를 들어 군수의 얼굴을 바라보았다. 군수는 욕심으로 똘똘 뭉친 듯한 위인이다. 어느 한구석 목민관牧民官다운 자애慈愛가 보이지 않는다.

여인은 포기하지 않은 듯 군수를 똑바로 노려보았다. 그 눈이 벌겋게 충혈되어 가더니 급기야 눈물이 주르륵 흘러내린다.

여인이 눈물을 흘리며 똑바로 쳐다보자 군수는 어찌 할 바를 몰랐다. 여인의 눈길을 피하느라 시선을 허둥거리기도 하고, 눈꼬리까지 가볍게 떨었다.

군수가 당황하자 눈치를 살피던 이방이 기세를 높여 소리쳤다.

"네 이년, 여기가 어느 안전이라고 고개를 반짝 쳐드느냐? 눈깔 달렸다고 아무 데나 훑어봐도 되는 줄 아느냐? 이년이 볼기짝을 맞아야 정신이 들겠구나!"

형방도 앞으로 나서서 소리를 버럭 질렀다.

"네년이 아주 매를 버는구나, 매를 벌어!"

여인은 포기한 듯 고개를 떨구었다.

'저자들이 이 여인한테서 바라는 것이 무엇일까?'

신임 군수가 재물과 여색을 밝힌다는 이야기는 간밤에 옥사에서 주워들었다. 재물이 있다면 한번 써보라고 옥졸들이 이 여인과 북하에게 은근히 권한 말이다.

"옥졸 노릇하다 보니 화타고 허준이고 다 필요없고, 딱 하나 돈처럼 확실한 약이 없어. 돈 주면 이방, 형방이 알아서 풀어준다니깐."

군수와 아전들은 여인의 재물이나 몸을 노리고 있을 게 뻔하다. 아니면 재물과 몸을 한꺼번에 노리는지도 모른다.

생각이 여기에 미치자 북하는 몸이 부르르 떨렸다. 억울하기로 말하면 여인이나 자신이나 다를 바가 없다.

"나으리, 제가 지은 죄가 있다면 명명백백히 밝혀 주십시오. 죄가 있다면 마땅히 벌을 받아야겠지만, 죄 없는 양민을 함부로 대하신다면 하늘이 천벌을 내리실 겁니다."

여인은 그냥 당할 수만은 없다고 생각했는지 어금니를 깨물고 입을 열었다.

"뭣이라고! 아직도 네년이 저지른 죄를 네가 모른다구? 하니, 형방 이방, 뭐가 어떻게 된 거야! 당장 형틀에 묶어 살집을 뭉개 주어라!"

"예잇!"

군수의 명령에 형리들이 급히 형틀을 찾아 동헌 뜰로 꺼내왔다. 그리고 여인에게 달려들어 겉치마를 벗기고 얇은 속치마 차림의 여인을 형틀에 큰 대★ 자로 묶었다. 죄가 믿지도 모르는 데다 그에 대해 미처 항변할 겨를도 없이 모든 것이 순식간에 벌어졌다.

"여봐라 형방!"

"예이—."

"저년의 죄목을 고하라. 아 좀 제대로 해! 귀찮아 죽겠네."

"예이—. 아녀자라고 살살 다뤘더니 저 모양입니다."

형방은 옆구리에 끼고 있던 두루마리를 펼치고는 캑캑거리며 목을 가다듬었다. 실은 간밤에 군수와 함께 머리를 쥐어짜 만든 작문이다.

"죄인 과부 신씨는 조상 대대의 법도를 저버리고… 남편이 병석에 누워 있을 때부터 음탕한 마음을 참지 못하여 이웃집 머슴을 방앗간으로 유인하여 3차에 걸쳐 통정을 한 바… 남편이 상을 당하였을 때도 음란한 행각을 계속하고… 겉으로는 수절하는 척하면서 색정을 즐긴 죄과를 물어 중형으로 다스려야 할 줄로 아뢰옵니다."

형틀에 묶인 채 형방의 공소 내용을 듣고 있던 여인은 까무러칠 듯이 몸부림치며 울부짖었다.

"우리 마을에는 방앗간이 없소. 우리는 연자방아를 쓰오!"

"아무 방아면 어떠냐? 찧으면 방아지."

여인은 다른 말은 못하고 억울하다는 말만 반복했다.

기가 막힐 노릇이다. 남자의 살 냄새를 맡아본 지 어언 3년이 넘는다. 야심한 때에 가끔씩 남정네가 그리운 적이 있기는 했으나 결단코 그런 마음을 내비친 적이 없을 뿐만 아니라 행여라도 그런 내색을 들킬까 두려워 숨도 크게 안 쉬고 마음을 다스려 왔다. 그런데 음행을 했다니, 천부당만부당한 말이다.

"하늘이 알고 땅이 아는 일이오. 어찌 이러시오!"

여인은 실성한 사람처럼 마구 소리를 지르며 울었다. 군수는 여인의 절규에는 아랑곳하지 않고 절차를 밟아나갔다.

"형방이 알고 군수님이 아는 일인데 왜 너만 모르느냐! 이년아, 그래 같이 방아 찧을 놈이 없어 이웃집 머슴놈을 불러 찧었느냐? 그래, 그게 그렇게도 좋더냐? 그럴 거면 기방으로 나가 서방질이나 할 일이지?"

여인은 더는 아무 말도 하지 않았다. 아무리 부인해 봤자 어쩔 수 없는 일이란 것을 이미 깨달은 것이다. 짜고 벌이는 짓을 무슨 수로 막는단 말인가.

군수는 마음껏 이죽거리며 준비된 연극을 계속했다.

"고년 얼굴 하난 반반해가지고 집안 들어먹기 딱 알맞게 생겼네그려. 하여간 형방, 죄인이 대답을 안 한다는 건 자신의 죄를 시인하는 것일 터. 다만 재판은 공정해야 하는 것이니 증인을 세우겠다. 여봐라!"

군수의 명령이 떨어지기도 전에 미리 대기하고 있던 형리가 증인이라는 사내를 끌고나왔다. 여인은 얼핏 고개를 돌려 증인이라는 사람이 누군가 바라보았다. 옆집 종 만복이다.

"너는 우리 옆집 종 만복이가 아니냐? 네가 여기 웬일이냐?"

농사일이 바쁠 때면 가끔씩 품을 빌려 쓴 일이 있어서 여인은 그에게 손수 참을 내다 주기도 하고, 부드러운 말로 노고를 격려해 준 적이 더러 있기는 하다. 결단코 그에게 부정한 생각을 품어본 적이 없다.

"증인은 듣거라. 터럭만큼이라도 거짓 증언을 하면 네놈의 목이 성치 못할 것이니라!"

군수는 증인에게 다짐을 시키고 예정된 심문을 벌였다.

"방아를 찧었느냐 안 찧었느냐?"

"소인이 재 너머 밭에서 일을 하고 있는데 저 마님이 방아를 찧어달라고 해서 함께 찧었습죠."

"오냐, 넌 뭘 좀 아는구나."

"방아 찧고 나니 돈을 주더냐? 잘했다고 네 등 두드리면서?"

"돈은 주었는데 등은 안 두드린 것 같은데요?"

형방이 다가오더니 만복이 귀에 대고 뭐라고 속삭인다.

그러자 말이 달라진다.

"마님께서 소인을 근처 숲속으로 끌고 갔습지요. 제 손을 끌어다 이상한 데도 만지게 해서…… 가슴이 뛰고 자꾸만 숨이 가빠지는데, 그래서 그만……."

만복이는 여인과 눈이 마주칠 때마다 얼굴을 붉히며 말을 잇지 못했다. 부끄러운 게 아니라 밤새 외운 대사를 까먹은 탓이다. 알고 듣는 증언이지만 그래도 형리를 비롯한 이속吏屬들은 낄낄거리며 좋아라 한다.

"이놈아. 그래서 이년이 가랑이 벌리고 가려우니 긁어달라고 했다면서?"

그쯤해서 형방이 나섰다.

"글쎄 나중에 마님이 그 방망이를 잡아끌 때까지도 저는 무슨 일이 일어나고 있는지 전혀 몰랐습지요. 전 그저 제 바지 속에 웬 방망이가 들어 있나 걱정했지요. 연자방아 돌리는 방망이가……."

"와하하……."

"고놈 제법이다. 그 방망이 한번 좀 보자!"

만복이의 진술을 듣고 있던 구경꾼들이 한꺼번에 웃음을 터뜨렸다.

"어허, 조용히들 하지 못할까?"

군수는 짐짓 위엄을 갖추고 좌중을 진정시켰다.

사람들은 웃음을 거두면서도 귀는 쫑긋 세웠다.

"그래서?"

"간지럽고, 아프고, 눈물이 났습지요. 맞어유?"

"맞겠지. 그래서?"

"몰라유. 난 안해 봐서 잘 몰라유. 왜 간지럽다고 하래유? 알지도 못하는 걸!"

"이놈아, 그냥 간지럽고 그런 거지 무슨 다른 이유가 있어! 그만해도 된다. 그만해."

또 구경꾼들이 마구 웃어제낀다.

사실 만복이는 여자와 살조차 맞대본 적이 없는 종이다. 그러므로 만복은 그저 시키는 대로 대사를 외웠다가 순서에 맞추어 얘기만 하는 것이다.

"더 얘기하면 너도 창피하고, 점잖은 나까지 체면이 구겨지잖느냐? 이 정도면 네 죄를 알겠느냐?"

군수는 근엄한 목소리를 억지로 꾸며가며 여인에게 물었다. 여인은 대답 대신 핏발 선 눈으로 만복이를 노려보았다. 만복이는 여인의 독기 어린 시선을 의식하고는 얼른 얼굴을 돌려버렸다.

"억울하오. 저놈이 날 모함하는 것이오. 만복이 이놈아, 네놈은 본래 고자거늘 어찌 나를 범했다고 거짓말하느냐? 은혜를 원수로 갚는단 말이냐!"

만복이는 여인의 말에 금세 얼굴이 홍당무처럼 벌게졌다.

그 말은 사실이다. 언젠가 혼사를 주선하려고 하녀 한 명을 만복이 방에 넣어 준 적이 있는데, 나중에 하녀가 화를 버럭 내면서 도망쳐 나와 만복이가 고자라는 사실이 동네 사람들에게 알려지고 말았다.

그 사실까지는 미처 모르고 있던 형방이 당황해서 얼른 앞으로 나서더니 사태를 수습했다.

"저런, 발칙한…… 그게 육모방망이처럼 꼭 커야만 되느냐! 작아도 할 건 다하더라!"

군수가 멍하니 다른 데를 보자 형방은, 한번 더 잔뜩 화난 목소리로 다짜고짜 매를 때리라고 시켰다.

"이년이 정신을 못 차렸구나. 여봐라, 매맛을 보여주어라."

형방의 말이 떨어지기 무섭게 형리는 매를 내리쳤다.

"철썩."

길다란 매가 여인의 엉덩이로 떨어졌다.

"철썩."

형리는 형방이 시키는 대로 연거푸 매를 내리쳤다. 매가 살갗에 닿을 때마다 여인은 비명을 지르며 엉덩이를 들썩거렸다.

어느새 여인의 속치마가 찢겨나갔다. 찢어진 옷 틈으로 하얀 맨살이 드러난다. 이속들은 여인의 몸놀림과 속살을 힐끔힐끔 들여다보며 히히덕거렸다. 그들의 눈에는, 억울한 여인에 대한 동정심보다는 묘한 색정이 어른거렸다. 그중에서도 형방은 마른침까지 꿀꺽 삼킨다.

만복이라는 종놈을 매수하여 일을 꾸민 당사자는 바로 형방이다. 그는 평소 과부 여인의 자태에 색정을 느껴오다가, 군수에게 재물을 미끼로 여인을 치죄하도록 종용하고, 역시 재물에 눈이 어두운 군수는 옳다구나 하고 일을 허락한 것이다.

다섯 차례에 걸쳐 여인의 고통스런 비명이 동헌 마당에 울려 퍼졌다. 그리고 매가 여인의 엉덩짝을 여섯 차례나 내리쳤을 때, 더 이상 비명소리가 나지 않았다. 혼절한 것이다. 군수는 그제야 태형笞刑을 거두라고 지시했다.

"살살 좀 해. 형방, 멍들면 아주 보기 싫어."

여인은 실신한 상태로 질질 끌려서 하옥되었다.

다음은 북하 차례다.

북하가 앞으로 나서자 그때까지 뒤에서 구경만 하고 있던 석전이 군수 곁으로 다가가 머리를 조아렸다.

"노인장이 누구인가 밝히고, 저놈을 신고하게 된 경위를 저놈도 잘 알아들을 수 있도록 크게 설명하시오."

군수는 위엄이 가득한 목소리로 석전에게 명했다.

"예, 저는 저 산중에서 산막을 치고 약초를 캐다가 장에 내다 파는 늙은이외다. 그런데 어느 날 저 청년이 산막으로 들어와서는 저를 꼼짝 못하게 잡아놓고는 치료를 해라, 먹을거리를 내놓아라 위협했소이다."

석전은 여느 늙은이나 다를 바 없이 어깨를 구부정하게 늘어뜨린 채 굽신거렸다. 공부를 가르치고 무예를 가르칠 때 보여주던 그 근엄하고 자상하던 눈빛은 싹 가시고 약삭빠른 늙은이로 변해 있다.

"저자에게 잡혀 꼼짝 못하고 시중들면서 이제나저제나 눈치를 보다가 놈이 깊이 잠든 사이에 관아로 도망쳐 내려와 신고를 하게 된 것입니다. 워낙 흉악한 놈이라 어찌나 무서웠던지 모르오."

군수는 석전의 진술을 흡족하게 듣고는 북하를 돌아다보았다.

군수는 이 살인범을 바라보면 저절로 웃음이 나온다. 호남 일대를 덜덜 떨게 만든 흉악한 살인범을 잡았으니 전주 감영에 가서 얼굴을 세울 수 있는 데다, 잘하면 국왕에게 직접 보고를 올릴 수 있는 절호의 기회다.

"네놈 이름이 이북하렷다?"

"이씨인지 뭔지 성씨는 몰라도 이름은 그러하오."

"이놈아, 너같이 천한 것들이 성씨야 아무려면 어떠냐? 살인죄는 인정하느냐?"

"나는 사람을 죽이지 않았소."

"뭣이? 이노옴! 네놈이 동생년을 찾아 황 진사 집을 침입했던 바로 그놈이 아니더냐!"

"그건 그렇지만."

북하가 시인할 수 있는 것은 이것 하나뿐이다. 나머지는 모두 북하와 관련 없는 사건이다. 그러나 군수는 최근에 일어난 사건을 모조리 북하한테 걸었다.

"너는 황 진사와 황 진사댁 아랫것들을 폭행했다. 그런 뒤 나졸 한 명하고, 보부상 두 명 해서 무려 세 명이나 죽인 흉악한 살인범이니라. 게다가 감히 내 보검까지 훔쳐갔다. 고얀 놈! 목숨을 구걸할 생각은 아예 하지 말거라."

"억울합니다. 나는 사람을 해친 적이 없습니다. 보검으로 말하자면 저 늙은이가 갖다 준 것입니다."

"저, 저런 발칙한 놈 보았나! 형방은 뭣하는가! 어서 저놈 주둥아리를 썩 뭉개 버리지 않고."

형방은 성난 얼굴로 포교를 돌아보며 주먹을 불끈 쳐들었다 힘껏 내리쳤다. 포교는 포교대로 형리들에게 눈짓을 했다. 한 판 매우 치라는 신호다. 군수의 뜻을 알아차린 형리들은 북하를 끌어다가 형틀에 비끄러맸다. 북하를 묶던 형리가 귓속말로 북하에게 속삭였다.

"이놈아, 죽는 것도 억울한데 매까지 사느냐? 차라리 죄를 실토하고 죽을 때까지나 편히 살다 가는 게 좋지 않겠느냐? 어서어서 실토해라. 때리는 우리도 힘들고 귀찮단 말이다. 집도 절도 없는 떠돌이 때려봐야 돈 나올 것도 아니고……. 젠장."

북하는 형리의 말에 얼른 생각해 보았다.

그 과부 여인처럼 매를 맞는다면, 게다가 남자라고 더 때릴 게 뻔한데 실성할 만큼 맞는다면 파옥破獄은커녕 그대로 붙들려 있다가 꼼짝없이 참수당할 것 아닌가 하는 생각이 들었다. 차라리 죄를 인정하고 기회를 도모하는 편이 낫겠구나 하는 데까지 생각이 이르자, 북하는 고개를 얼른 쳐들었다.

"군수 나리, 죄를 자백하겠나이다. 잠시 사또를 속여 보려고 거짓으로 아뢰었으나 덕 높으신 군수님 얼굴을 뵙고 죽은 사람들까지 생각하자니 차마 우기지 못하겠나이다."

군수는 그것 보라는 얼굴로 쓰윽 수염을 쓸어내리면서 미소를 지었다. 사태를 지켜보던 석전도 치켜뜬 눈을 슬며시 내리깔았다.

군수는 형방을 불렀다.

"저런 악질 살인범을 감영으로 압송시키면 전라감사의 칭찬은 물론 한양 조정에서도 소문이 자자하리라. 저놈을 잘 감시했다가 때를 보아 내가 직접 압송하리라. 어떠하냐? 상하지 않게 잘 데리고 있어야 하느니."

"그러믄입쇼. 저런 큰 죄인을 잡은 것은 우리 고부군의 영광이옵니다."

"저놈을 신고한 석전 노인에게는 관에서 약속한 현상금을 하사할 것이니 받아가도록 하시오. 이방, 전하게나."

이방은 전주 감영까지 달려가 받아온 돈 천 냥을 석전에게 건네주었다.

"저, 저는 현상금이 만 냥인 것으로 알고 있는뎁쇼?"

석전은 군수가 약속과 달리 천 냥밖에 주지 않자 그 연유를 물었다. 군수는 도리어 석전에게 호통을 쳤다.

"아니 만 냥이 어떤 돈인데 함부로 주겠소. 그냥 하는 소리지. 감사께서는 천 냥밖에 못 주시겠다는 걸 내가 떼를 쓰다시피 해서 겨우 삼천 냥을 얻어왔소. 삼천 냥도 큰돈이라 천 냥을 우선 주고, 이천 냥은 수일 내로 지급하겠소."

군수의 말이 끝나자 이방이 쪼르르 마당으로 내려와 석전의 손을 잡고 동헌 뒤로 끌고갔다. 몇 마디로 달래보자는 수작이다.

석전도 더는 어쩔 수 없음을 알아차린 듯 그거라도 고맙다는 얼굴로 히죽거리며 일행까지 데리고 관아를 빠져나갔다.

"자, 죄인이 순순히 자백도 하고, 현상금도 주었으니 저놈은 매 스무 대를 쳐서 도로 옥사에 가두어라. 어차피 한양까지 가서 죽여야 할 테니 칼을 씌우고 족쇄를 채워 두어라. 거, 엉덩이 찢어지면 귀찮으니까 뭐라도 대고 그냥 아프게만 때려. 자, 다음 죄인 엎드려라. 여봐라, 시간 없으니 서두르자."

북하는 깜짝 놀라서 군수를 올려다보았다. 태형을 면하려고 거짓 자백까지 했건만 매 스무 대라니. 그것도 군수는 애들 장난치듯 마구 지껄이는 게 아닌가.

어쨌거나 형리들은 군수의 명령이 떨어지자마자 북하를 두들겨 패기 시작했다.

"아, 이놈아. 그러게 처음부터 자백할 일이지 왜 뜸을 들였느냐? 그래도 이만한 게 다행이지 네놈이 박박 우겼더라면 오늘 이 자리에서 맞아죽었을 것이다."

"엉덩이 힘 빼, 인마. 살 터지면 치료해 주기 귀찮으니까. 의원 부르자면 그것도 돈이야."

형리들은 약을 올리면서 북하의 볼기를 쳤다. 연거푸 스무 대를 다 맞고 나자 북하는 걸음을 떼어놓을 수 없을 만큼 고통스러웠다. 그 몸을 한 채 북하는 도로 옥사에 갇혀 칼을 뒤집어썼다.

마침 옆의 칸에서는 조금 전에 매를 맞고 들어온 과부가 앓는 소리를 하는 게 들려왔다. 원래 남녀 옥사가 다른데 마침 여자 옥사를 수리 중이라고 임시로 같이 쓴다. 조선의 옥은 남녀 옥이 다르고, 여름과 겨울 옥이 다르다.

"하늘이 알고 땅이 알고 네놈이 알고 내가 아는데 통정을 했다고?"

억울함이 사무치는지 여인은 계속 발광하듯 몸부림치며 외쳐 댔다. 세상 쓴맛을 겪어 보지 못했는지 여인은 좀처럼 분을 가라앉히지 못했다. 여인은 내장이라도 토해낼 듯 한 서린 푸념을 늘어놓았다.

그래도 어쩔 수가 없다. 감옥에 갇혀 한탄해 보았자 듣는 사람이라곤 함께 옥에 갇힌 북하밖에 없다.

"억울하기로야 그대나 나나 매한가지요."

몸부림치다 지친 여인이 잠시 맥을 놓았을 때 북하가 나직이 한 마디 던졌다.

땅을 치고 통곡하기로 하자면 북하가 더 하고 싶다. 살인범으로 몰린 데다 자백까지 했으니 이제 남은 것은 목 떨어져나갈 일밖에 없다. 석전 그 늙은이한테 속은 것도 억울하고, 살인죄를 다 뒤집어쓰고 잡힌 것도 억울하고, 매 맞지 않으려고 거짓 자백을 한 것도 억울하다. 이래저래 부아가 치밀지만 어깨에 칼을 얹어 쓰고 옥에 갇힌 몸으로서는 아무런 수도 낼 수가 없다.

"그대가 알고 내가 알고, 하늘이 알고 땅도 알 테니 너무 억울해하지 마오."

북하의 위로에 여인은 잠자코 듣기만 했다.

"서로 알면서 속이고 속고 그러는 것이 세상이지."

북하는 여인에게 하는 말인지 자신에게 하는 말인지 모를 소리를 중얼댔다.

숨죽여 흐느끼는 소리가 들려온다. 흥분을 가라앉힌 여인이 헤어나올 수 없는 올가미에 걸린 자신의 처지를 바로 보고 흘리는 울음소리다.

다음날, 여인의 친정아버지라는 사람이 옥사로 찾아왔다. 그는 땅문서를 몽땅 가져다가 군수에게 바쳤다며 딸을 위로했다.

"어쩔 수가 없구나. 저런 악질 탐관한테 걸린 게 죄다. 저놈한테 걸려 재산 빼앗기지 않은 사람이 없다더구나. 한 이레쯤 있다가 너를 풀어주겠다고 군수 그 인간이 약속했으니 며칠만 더 참고 견디거라. 네가 죄가 없다는 것은 고부 사람이면 누구나 다 아는 일이니 그 점은 걱정 말거라."

"재산이 목적이면 오늘 당장 풀어 주지 않고 어찌 이레씩이나 옥에 가두어 둔단 말입니까, 아버님."

여인이 쉰 목소리로 한스럽게 물었다.

"그놈들도 체면이 있을 것 아니냐. 죄인이라고 잡아 가두었다가 땅문서 받고 바로 풀어주기 민망한 게지. 그러니 꾹 참거라. 이런 말세에는 참을성이라도 있어야 목숨 부지한다. 성질 파르르하면 젤 먼저 죽어."

여인의 친정아버지가 돌아가자 북하가 한숨을 푹 쉬며 부럽다는 듯이 말했다.

"당신은 집안 재산이라도 있으니 다행이네요. 재산 덕분에 목숨은 건졌잖아요. 집도 절도 없는 나는 살인죄를 뒤집어쓴 채 꼼짝없이 죽게 되었으니 이 억울함을 어디다 하소연하겠습니까."

북하도 여인이 무사히 나갈 것으로 믿었다.

"남정네가 살인죄를 뒤집어쓴 거나, 사대부집 과부가 음란죄를 뒤집어쓴 거나 억울하기로 치면 어느 것이 덜 하다 할 수 없지요. 목숨은 구했다지만, 장차 어찌 얼굴을 들고 다녀야 할지, 혀라도 깨물어 죽고 싶은 심정입니다."

여인은 말끝에 다시 흐느꼈다.

"나처럼 죽는 것보단 낫지요. 목숨이라도 쥐고 있어야 원수를 갚든지 하지요. 날 무고한 그 늙은이를 당장 때려죽이고 싶은데 손발이 묶여가지고는 아무것도 할 수가 없잖습니까."

북하는 여인을 위로하며 그쪽으로 몸을 움직여 가까이 다가갔다. 여인에게 부탁을 해 볼 요량이다.

"저……, 전주 황 진사 여동생이 고부 외가에 와 있다고 하던데, 혹시 그런 사람을 아시오?"

"전주 황 진사 여동생이라면 혹시 부영이를 말하십니까?"

"아, 이름이 부영이로군요?"

마침 여인은 황 진사의 여동생인 부영을 잘 알고 있었다. 알고 있는 정도가 아니라 의자매를 맺을 정도로 각별한 사이다. 일찌감치 혼자 된 여인으로서는 양반가 처녀인 부영이 외가에 놀러올 때마다 자주 왕래를 하고, 올케한테 쫓겨 아예 외가로 돌아오면서부터는 더욱 가까워져 서로의 처지를 위로하며 의자매의 연까지 맺게 되었다.

"부영이는 황 진사 부친이 늘그막에 들인 소실한테서 얻은 막내딸이지요. 그래서 오라비인 황 진사와 나이 차이가 많이 난다고 합니다."

황부영은 북하보다 두 살 아래인 열일곱 살이란다. 나모하린보다는 한 살 아래인 정축丁丑, 1877년 생으로 생모는 돌림병으로 일찍 죽었단다.

"어머니를 잃은 어린 부영이를 황 진사가 친동생처럼 알뜰히 거두어 양반가 규수로 자라나게 됐지요. 하지만, 황 진사가 중풍으로 쓰러지자 올케가 숫제 종처럼 부려먹더니, 몇 달 전에는 아예 외가로 쫓아내 버렸어요. 덕분에 외로운 저는 벗을 얻어 좋지만, 부영이는 혼기가 찼는데 혼인할 엄두를 못 내고 있어 안타까워하던 참이었어요."

북하는 여인에게 자신과 나모하린에 얽힌 사연을 이야기해 주었다. 그리고 황 진사 집에 침입했다가 도망가던 중 부영과 잠시 만난 이야기도 했다.

"부영이를 만나면 여동생의 행방을 찾을 수 있겠군요?"

북하의 말을 듣고 있던 여인의 얼굴에 생기가 돌았다. 옥사에 갇힌 뒤로 처음 보는 밝은 표정이다.

"그렇지요. 그러니 부탁이오. 여기서 나가시거든 부영이 처녀를 만나 나 대신 나모하린을 찾아달라고 부탁해 주시오. 내가 여기 갇혀서 이렇게 억울한 죄로 죽게 되었으니, 죽기 전에 한 번만이라도 만날 수 있게 해달라고요."

가느다란 희망이라도 생기니 북하의 눈에서 뜨거운 눈물이 흘러내렸다.

"예. 제가 살아서 나가기만 한다면야 그렇게 하지요. 하지만……"

여인의 얼굴에 금세 먹장구름이 끼었다.

"저들이 살려 준다고는 했지만 도무지 믿을 수가 없어요. 하도 흉한 일을 많이 꾸미는 망나니들이라. 고부 아전들이 얼마나 악독한지 소문이 자자해요."

여인은 어두운 얼굴로 고개를 흔들었다.

"원하던 바를 얻었으니 목숨을 빼앗지는 않겠지요."

"그걸로 끝날지 어떨지…… 저 악독한 자들 하는 짓으로 봐선……"

여인은 옥에 갇힌 뒤로 풀 방구리 드나들 듯 옥사 출입이 잦은 형방이 생각나는지 잠시 진저리를 쳤다. 그 징그럽고 음흉한 눈빛으로 봐서 재산만 차지하는 걸로 끝나지 않을 것만 같다.

"그러면 저도 부탁을 드리겠어요."

여인은 형방의 음흉한 속셈이 뭔지 알겠다는 듯이 아랫입술을 지그시 물었다.

"내가 죽고 청년이 살아나가면, 그러면……."

여인은 울음이 복받치는지 잠시 말을 끊었다가 이었다.

"내가 얼마나 억울하게 죽었는가, 그것을 세상에 알려주세요. 나는 간통한 적도 없고, 음심을 품은 적도 없다고요."

"당연하지요. 나야 믿지만 도움이 되지 않으니 어쩝니까. 다만 살아나기만 하면 꼭 약속을 지키겠습니다. 까짓 거 형방 놈을 죽여주기라도 하지요 뭐."

북하는 살아날 가망이라고는 한 줄기도 없는 막막한 상황이지만, 허망한 약속이나마 굳게 했다. 여인의 격정이라도 누그러뜨리기 위해서다.

"그리고 만약 내가 억울하게 죽고 나면, 내 패물을 찾아서 부영이에게 전해 주세요. 제가 부영이를 시집보내 주겠다고 약속했는데 이렇게 갇힌 몸이 된 데다 무슨 일이 벌어질지 모르는 판국이니……."

여인은 자꾸 불길한 예감이 드는지 유언을 남기듯 슬픔을 억누르고 씩씩한 척 말을 이었다.

"굳이 명문가나 부잣집에 시집보낼 것 없이, 평범하지만 건강한 사람한테 가서 행복하면 좋겠어요. 저처럼 병약한 사람한테 시집가 후손도 없이 일찌감치 신랑 잃고 간음죄까지 쓰는 억울한 일당하지 않게……."

혼인하자마자 홀로 남은 여인은 정붙일 자손조차 없다. 그래서인지 평소 마음으로 서로 의지해 온 의자매 부영을 배려하는 마음이 크다.

"요즘 세상이 하도 어수선하여 패물을 광에 숨겨 두었어요. 시집올 때 친정에서 해 준 패물, 시어머님이 물려준 패물들을 모두 오동나무 상자에 넣어 광 안쪽에 있는 커다란 소금독 밑바닥에 넣은 다음 소금을 들이부었어요. 그걸 찾아 부영이한테 좀 갖다 주세요."

"부영이 처녀 걱정일랑 마시고, 몸이나 잘 추스르시오. 억울한 생각만 너무 하면 밖에 나가더라도 병을 얻기 십상이오."

북하는 할 수 있을지 없을지 모를 부탁을 들어주며 굳게 약속했다.

끔찍한 사건은 그날 밤에 일어났다. 오랜 대화를 나눈 여인과 북하가 옥에 갇힌 이래 모처럼 깊은 잠에 들었을 때 형방이 술병을 들고 슬그머니 들어왔다.

북하는 형방이 들어와 속삭이는 소리를 듣고 잠에서 깨어났다. 옥사에 갇힌 죄인은 북하와 여인 두 사람뿐이었다. 낮에 몇 명이 더 잡혀 왔으나 모두 부리나케 뇌물을 바치고는 빠져나갔다.

"이보게, 마음 한 번만 바꿔 먹으면 내일 아침이라도 여기서 나갈 수 있네. 나하고 한번 이짝저짝 맞춰 보세. 나한테 있지만 너한테 없고, 너한테 없지만 나한테 있는 게 있지 않나? 그걸 한번 딱 맞춰 봄세. 그게 음양합일이라지 아마. 내가 힘만 쓰면 이 더러운 곳을 빠져나가는 거야 식은죽 먹기지. 또 아는가? 나하고 그렇고 그렇게 지내면 잃어버린 재산을 도로 찾아줄 수 있을지도 모르는 일."

옥사에 들어선 형방은 여인의 귀에 대고 은근한 목소리로 거듭 속삭였다.

"이게 무슨 해괴한 짓이오."

여인은 형방의 회유에 콧방귀를 뀌어 버렸다.

"사실 군수야 철따라 바람따라 이리저리 옮겨다니는 사람들이지만 우리네 아전은 죽을 때까지 관아에 붙어사는 귀신들 아닌가? 군수보다는 우리가 더 힘이 있다는 걸 왜 모르는가? 그러니 고집 피우지 말고 내 청을 좀 들어주게나."

"당신같이 더러운 물건을 어찌 받아들이겠소. 차라리 부지깽이를 쑤셔 넣을지언정 그 물건은 못 넣겠소. 그러지 말고 날 죽여주시오."

"얼굴은 반반한 게 말하는 본새는 어찌 그리 뻣뻣하냐? 그러다가 재산을 되찾기는커녕 목숨을 부지하기도 어려울 터!"

여인이 순순히 응하지 않자 형방은 협박을 하기 시작했다.

"흥. 저승에 있는 내 남편이 당신을 가만두지 않을 것이오. 형방은 염라대왕 저승사자가 안 무섭소? 썩 물러가시오."

회유도 협박도 통하지 않자 형방은 마침내 강제로 여인의 몸을 취하기로 작정하였는지 옥졸을 불러 여인의 손과 발을 묶게 했다.

"주인 없는 구녕을 좀 들여다보자는데 뭐가 그렇게 대단하다고 꽉 틀어막고 내 청을 거절한단 말이냐? 한강에 나룻배 한 번 지나가는 거나 마찬가지다."

　옥졸들은 그동안 이런 일이 한두 번이 아니었다는 듯이 여인에게 달려들어 능숙한 솜씨로 옷까지 벗겨내 주었다. 그러고는 손바닥을 탁탁 털며 밖으로 나갔다. 이런 일 도와주면 내일은 형방이 술이라도 낸다.

　북하는 잠에 빠진 척하면서도 실눈을 뜨고 옥사에서 벌어지는 일을 눈여겨보았다.

　여인의 겉모습은 비록 초췌했으나 속살은 등잔불에 비쳐 복사빛처럼 뽀얗게 빛났다. 말이 과부지 여인은 아직 청춘이다.

　형방은 술병을 들어 여인의 아랫도리에 쏟아 버렸다. 차가운 술기를 느낀 여인이 몸을 뒤척이자 살빛은 더 반짝거린다.

　'저, 저 녀석이!'

　형방이 바지춤을 까내리는 걸 본 북하의 눈이 저절로 커졌다. 그때 여인의 눈이 북하의 눈과 마주쳤다. 허망한 눈빛이다. 도와줄 수도 없고, 소리친들 상황을 바꿀 수 없다. 답답해 미칠 지경이다.

　북하는 차라리 눈을 감아 버렸다. 여인이 당하는 수모를 훔쳐봐야 하는 무력감에 온몸이 스러져 내리는 것만 같다. 그것도 잠시, 북하는 비록 이 죄악을 바로잡지는 못할망정 증인은 돼야 한다는 의무감에 부끄러운 눈을 치켜떴다. 다시 한번 여인의 눈과 북하의 눈이 마주쳤다. 여인의 눈에서는 이미 허망한 빛이 사라지고 분노의 불길이 활활 타오른다. 그 눈빛을 본 북하는 머리털이

쭈뼛 서는 듯했다.

"네 이놈. 하늘이 이 죄를 가만두지 않을 것이다. 너 같은 악귀를 살려둔다면 내가 하늘을 저주하리라."

여인은 눈을 질끈 감으면서 독설을 토해냈다.

"옳거니? 기왕 앙탈부리는 것, 그 정도는 돼야 제맛이 나는 법."

웬만한 반항쯤이야 진작 예상한 형방이다. 도리어 여인의 독설은 성폭행을 일삼아온 그의 욕정을 더욱 부추겼다. 마른침을 한번 꿀꺽 삼키고는 여인에게 달려들었다.

"진작에 이럴 일이지, 왜 그렇게 애간장을 태웠느냔 말이다. 아이고, 뜨끈뜨끈하구나."

형방은 급한 불이라도 끄려는 사람마냥 후끈 달아오른 아랫도리를 여인의 몸에 마구 비벼넣었다.

흥분이 극에 달한 형방은 격렬하게 파고들었다. 그러다가 절정에 이르기 직전 그는 여인의 얼굴을 들여다보려고 고개를 들었다.

"어떠냐? 막상 천둥치듯 음양이 합일하니 너 또한……"

그 순간 형방은 외마디 소리를 질렀다.

"어어? 아악!"

북하는 차마 더 이상 지켜볼 수 없어 외면했던 고개를 돌려 여인 쪽을 돌아다보았다.

북하 쪽으로 고개를 돌린 여인의 입에서 시커먼 선지피가 흘러내린다. 두 눈은 흰자위를 허옇게 드러낸 채 천장을 올려다보고 있다.

'저런, 혀를 물었구나.'

북하는 참혹한 광경을 보고는 몸서리를 쳤다.

형방은 질겁해서 죽은 여인의 몸에서 빠져나오려고 발버둥쳤다. 이게 어찌된 일인가.

여인의 죽음을 보고 형방이 경기를 일으키자 양근陽根마저 놀라 뻣뻣하게 굳어 버렸다. 그 바람에 꽉 끼어서 빠지질 않는다. 방사 직전에 벌어진 일이라 커질 대로 커진 양근은 쉽사리 수그러들지 않았다. 형방으로서는 여인이 자신의 양근을 꽉 쥔 채 놓아주지 않는 것만 같았다.

"옥졸들, 게 있느냐! 밖에 누구 없느냐!"

형방은 고통스런 목소리로 옥졸들을 불렀다. 밖에서 대기하던 옥졸들은 재빠르게 달려왔다.

"이년을 좀 떼내거라."

형방은 옥졸들의 도움을 받아 여인의 몸과 한참이나 씨름을 벌였다.

"아파 이놈아! 살살 해!"

"찬물을 끼얹어봐! 너, 가서 찬물 좀 받아온."

옥졸들이 이리 뛰고 저리 뛰며 헉헉거리고 나서야 쪼그라든 양근을 겨우 뽑아내어 가랑이에 추슬러 넣을 수 있었다.

"서늘한 것이, 죽은 지 좀 됐는데요?"

옥졸 한 놈이 여인의 목에 손을 대보더니 시큰둥하게 말한다. 결국 형방은 시간屍姦을 한 셈이다.

"아이고, 이년 구녁이 백 년 묵은 여우굴이었구나. 내가 지금 독사한테 물린 거지!"

한숨 돌린 형방은 북하가 갇혀 있는 곳으로 다가오더니 칼끝으로 툭툭 쳤다. 그때까지도 북하는 자는 척하고 있었다.

"입에 재갈을 문 듯 꽉 다물어야 하느니라. 그러기만 하면 내가 감영의 망나니한테 뇌물을 쳐서 고통 없이 목을 잘라 주도록 부탁하마."

형방은 북하가 자지 않았다는 사실을 다 알고 있다. 하긴, 그런 소란 중에 잠을 잤다고 하면 아무도 믿지 않을 것이다.

북하는 너무나 끔찍한 사건에 아무 대꾸도 못하고 몸을 떨었다. 여인의 한맺힌 영혼이 옥사 안에 떠다니는 것 같다. 머리 뒤쪽지가 서늘하다.

"어찌 말이 없느냐? 이년은 스스로 부정한 짓을 저지른 죄책감을 느끼고 오늘 제 혀를 물어 자결했느니라."

형방은 이렇게 말하고는 어기적거리는 걸음으로 옥사를 나갔다. 옥졸들은 시신을 나누어 들고 밖으로 나갔다.

이튿날, 옥졸들이 두런거리는 말을 엿듣자 하니 군수 이하 모든 아전이 과연 형방의 말대로 소문을 퍼뜨리면서 여인의 시신을 가족에게 내주었다고 한다. 어차피 토색질할 때부터 한 패거리요, 매사 공범이므로 군수나 아전들이나 손발이 척척 맞는다.

군수로서는 이번 사건을 문제 삼을 이유가 전혀 없다. 사건이

나기 전에 이미 챙길 것은 다 챙겨 놓았으니 손해날 게 하나도 없다. 더구나 본인이 죽어 없어졌으니 증거도 후환도 깨끗이 사라졌으니 더욱 홀가분하다.

"흐흐흐. 그러나저러나 질겁한 우리 형방은 다시는 사내구실을 하지 못한다네그려."

"처녀를 봐도 서지 않을 거라니, 거 참 깨소금이다."

비리非理라면 동색同色인 옥졸들마저 형방의 탐욕을 비난했다.

군수의 학정은 날로 거세지고 바깥 민심은 갈수록 흉흉해진다는 말이 옥사까지 들려왔다.

"미쳐 날뛰는 군수 때문에 백성들 원성이 하늘을 찌를 듯하니 걱정이야."

"이러다가 민란이라도 일어나면 우리까지 함께 당하는 거 아냐? 여차하면 나르자구."

옥졸들은 불안한 마음으로 서로 수군거렸다. 그러나 그것도 어쩌다 하는 걱정이다. 옥졸들은 옥사에 갇힌 사람들을 만나러 오는 가족들에게서 잔돈푼이나 얻어 쓰고, 순찰이랍시고 고부 장터라고 돌라치면 한껏 거드름을 피우는 맛에 세상 돌아가는 민심을 그다지 크게 신경을 쓰지는 않았다.

중죄인으로 몰린 북하는 옥졸들이 갖다 주는 밥이나 얻어먹고 하루 종일 그들과 어울려 잡담하고, 떠도는 소문이나 들어가면서 하루하루를 보냈다. 본래 중죄인을 처형하려면 절차가 복잡해 시간이 오래 걸리기 마련이다. 군이나 현에서는 기껏 태형밖에 가할 수 없고, 전주 감영에서도 장형杖刑까지밖에는 형벌을 내릴 수 없다. 그런즉 유형流刑이나 참형斬刑에 해당하는 중죄를 지은 죄인들은 한양 의금부까지 올라가 조사를 받은 다음 형을 받게 되어 있다. 따라서 살인이라는 무거운 혐의를 쓴 북하의 경우, 우선 군수가 살인범을 체포했다는 보고를 전주 감영에 올리고 전주의 전라 감사는 한양에 보고를 해야 한다. 그런 만큼 북하는 한양에서 명령이 내려오거나, 전라 감영에서 압송하라는 영이 내릴 때까지 고부의 옥사에 머물러 있어야 한다.

북하가 갇혀 있는 중에도 숱한 농민들이 옥사를 들락거렸다. 죄인이 많이 들어올수록 군수나 아전들의 수입은 는다. 죄를 짓지 않고 끌려온 사람한테는 억울하기 그지없는 일이지만, 돈 좀 있으면서 진짜로 죄를 지은 사람들한테는 고부군이야말로 천국 같은 곳이다. 아무리 큰 죄라도 전라 감영까지 소문만 나지 않은 사건이라면 돈으로 해결되지 않는 게 없다.

"이보시오. 성 참판 댁 며느리가 옥졸한테 욕을 면하기 위해 몰래 숨겨 들여온 은장도로 자진했다고 하는데, 그게 사실이오?"

"그게 아니라니깐. 옥졸이 아니라 형방일세. 성 참판 며느리가 여간 색을 밝히는 게 아니라네. 감옥에 갇힌 이후 형방과 눈이 맞아 옥사에서 남몰래 합궁하다가 복상사가 일어나 죽을 뻔했다지 않은가? 그 일로 성 참판 며느리는 죽고, 형방도 사내구실을 못하게 됐다고 하네."

"과부가 오랜만에 사내 맛을 봐서 사지가 뒤틀렸는가 보이."

옥사가 꽉 차는 날은 간혹 북하의 옥사에도 죄인들이 들어오기도 했다. 북하가 옥사에 갇힌 지 오래되었다는 걸 알게 되면 그들은 감옥에서 일어난 일이 궁금해 이것저것 물었다. 그러면서 옥사 밖에서 떠도는 소문을 전해 주었는데, 죽은 여인이 벌떡 일어날 만큼 억울한 내용이 많다.

"현장에 있던 사람이 더 잘 알게 아닌가? 이보게, 말 좀 해 주게. 누구 말이 사실인가?"

북하는 억울하게 죽어간 여인에 관해서는 입도 뻥긋하지 않았다. 그랬다가는 형방이 북하에게 또 어떤 죄를 덧씌워 쥐도 새도 모르게 죽일지 모른다. 죄수가 시름시름 앓다가 죽었다는 데야 누가 관심 갖겠는가. 그보다 자신이 말해 준 진실 역시 한낱 여러 소문 중 하나가 되어 떠돌 것이니 더더욱 발설할 수 없다.

'반드시 살아나가야 한다. 살아나가서 여인의 억울한 사연을 알려야 한다.'

북하는 밤마다 어금니를 꽉 물며 맹세했다. 나모하린을 만나기 위해 살아야 한다는 목적 한 가지에 어느새 여인의 억울한 죽음까지 알려야 한다는 목표가 더 늘어났다. 어떻게 살아나갈지는 모르지만 살자, 어떡하든 살자고 북하는 몇 번이고 맹세했다.

고부 민란

그해 12월.

눈이 오는지 비가 오는지 바깥세상은 통 알 수가 없다. 겨울 옥사에 갇혀 지내는 북하로서는, 춥다는 것 말고는 바깥 날씨가 어떤지, 눈이 내리는지 얼음이 어는지 옥졸들의 대화를 들어봐야 그나마 짐작할 수 있다.

"이봐, 어서들 나와."

나졸 하나가 옥사로 달려와 죄인들을 지키고 있는 옥졸들을 불러냈다.

"무슨 일인데 이리 소란스러워?"

"난리라도 났어? 옥졸도 차출되는 거야?"

옥졸들은 창을 꼬나쥐며 모두 밖으로 뛰어나갔다.

옥사 바깥은 왁자지껄하다. 옥졸들까지 동원되는 걸 보고 북하는 뭔가 큰일이 났나 보다 짐작했다.

얼마 후 수십 명의 군민이 오라에 묶여 옥사로 들어온 뒤에야 사건의 전말을 알 수 있었다.

이날 고부 관아에는 군민 40여 명이 들이닥쳤다. 고부 군민이 뽑은 대표들로, 군수 조병갑趙秉甲에게 만석보 물세를 감면해 달라는 진정서를 올리러 찾아온 이들이다. 진정서 제출을 주도한 사람은 전봉준全琫準, 고부에서 제법 알려진 서당 훈장이며 동학 접주를 맡고 있는 사람이라고들 했다.

관아에서야 이들의 요구를 순순히 받아들일 리가 없다. 돈 모으는 재미로 군수하는데, 거저 생기다시피 하는 물세를 포기할 수가 없다. 도리어 진정서를 올리고 선처를 호소하던 군민들을 그 자리에서 모조리 체포해 옥사에 가두는 것으로 대응했다.

"조병갑은 탐관 중의 탐관이야."

"그러게 말이야. 그 위인이 우리 말을 들어줄 리가 없다고 내가 애초에 말하지 않았어?"

잡혀온 군민들은 하나같이 고부 군수를 욕했다.

"기생의 자식이 어찌 바른 정치를 알겠는가?"

"옳은 말일세. 근본은 속일 수가 없어."

"여보게들, 말조심하게. 잘못 걸렸다간 곤장 맞고 죽는 수가 있어!"

옥사에 갇힌 사람들이 떠드는 바람에 북하는 그제야 고부 군수의 정체를 알게 되었다.

고부 군수 조병갑.

당대의 세도가이던 영의정 조두순趙斗淳의 서조카로, 고부에만 이번으로 두 번째 부임한 군수다.

조병갑은 훗날 바로 자신 때문에 경천동지할 대사건이 일어날 줄은 꿈에도 생각지 못하는 듯 재물 모으기에 혈안이었다. 대부분의 군수, 현감들이 다투어 탐학질에 나서던 때인 만큼 자신이 하는 짓이 특별하다고는 생각하지 못했다. 한양 육조거리에서는, 벼슬 사느라 들인 돈은 각자 알아서 뽑아먹어야 한다는 말을 심심찮게 들을 수 있다. 《목민심서》 같은 책은 어디까지나 구색 갖추는 장서藏書로 서가에 모셔둘 뿐, 조병갑하고는 아무런 상관이 없다.

조병갑의 생모는 기생이라고들 했다. 정승의 서조카, 그러니까 기생의 아들인 조병갑, 그가 만일 지방관으로서 선정을 베풀었다면 백성들은 그런 출신을 두고 탓하지는 않았을 것이다. 그러나 그의 악명이 위세를 떨칠수록 고부 백성들 사이에서는 조병갑의 출생을 두고 은밀하게 비꼬는 목소리가 담장을 넘나들었다.

탐관오리에게 전라도 곡창지대의 군수나 현감 인수를 준다는 것은 그야말로 고양이에게 생선가게를 맡기는 격이다. 농사가 잘 되는 땅이 널려 있는 만큼 거둘 세금도 많고, 그 많은 세금을 만지다 보면 챙길 것도 그만큼 많기 때문이다.

벼슬 하나만 얻으면 이 자들은 부리나케 달려와 농삿거리로 숨겨둔 종자마저 털어갔다.

물론 이런 자들도 제 가문에 들어가면 과거에 급제하고, 무슨 벼슬, 무슨 벼슬을 했다면서 가문을 빛낸 인물로 손꼽히는 자들이다. 조선조 말기의 관리들이 대개 이러했다.

조병갑은 부임 다음해인 1893년 봄부터 자신의 특기인 탐학 본색을 드러내기 시작했다.

"조병갑은 고부읍 북쪽 동진강 상류의 멀쩡한 보가 부실하다며 그 아래에 새 보를 짓는다는 명목으로 농민들을 강제 징발하여 추수기에 이르러 새 보에 대한 수세水稅를 강제로 징수하였소."

조병갑은 새로 쌓은 보를 만석보萬石洑라고 불렀는데, 그만큼 만석의 쌀을 생산할만한 농토가 고부 땅에 있었다. 괜히 둑 하나 더 쌓고 그 핑계로 물값을 더 물린 것이다. 세목을 만드는 데는 귀신이다.

"보의 윗논은 한 마지기 당 쌀 2두, 아랫논은 1두씩 거두어 모두 7백여 석을 착취하였지요. 또 면세 조처를 약속하고 황무지 개간을 허가해 주더니 추수기에 느닷없이 세금을 내놓으라고 윽박지르고, 혹은 돈 많은 부호를 잡아들여 불효니 불목不睦이니 음행이니 잡기니 하는 허무맹랑한 죄명을 씌워 빼앗은 돈만도 2만 냥쯤은 될 거요."

"그것뿐인 줄 아시오? 대동미를 쌀 대신 돈으로 거두고, 그것으로 질 나쁜 쌀을 사서 감영에 상납하고 그 차액을 횡령했다오. 심지어는 일찍이 태인 군수를 지낸 제 아비의 비각을 세운다고 천 여 냥에 달하는 큰돈을 강제로 거두어들였지요."

조병갑의 탐학을 더 이상 견뎌낼 수가 없던 고부 농민들이 한 꺼번에 대들었다가 모조리 옥사에 잡혀들어 온 것이다. 잡혀온 농 민들은 분을 삭이지 못하고 저마다 군수의 악정을 성토했다.

고부 농민들은 며칠씩 옥사에 갇혀 있으면서 번갈아 불려나가 수십 대씩 매를 맞았다. 보름여 계속되는 매질에 농민들은 하는 수 없이 더 이상 수세 감면을 요구하지 않고, 제때 꼬박꼬박 내겠 다는 각서를 쓰고 나서 겨우 방면되었다.

또다시 북하만 옥사에 홀로 남아 전라 감영으로 압송될 날을 기다렸다. 겨우내 고부 농민들하고 세상 돌아가는 이야기를 나누 느라 그런 대로 지낼 만했는데 섣달이 되어서는 쓸쓸하기 짝이 없 었다.

1894년 갑오년 새해가 답답하고 어두컴컴한 옥사에도 찾아왔 다. 이제 북하도 전라 감영으로 압송될 날이 며칠 남지 않은 때 였다.

군수 조병갑은 설날이 되자 군민들로부터 신년 하례를 받았다. 당연히 지방 유지들은 뇌물을 싸들고 문지방이 닳도록 조병갑의 관사를 남몰래 드나들었다.

1월 9일양력으로는 2월 14일.

신년을 맞아 거두어들일 만한 것은 다 받은 조병갑은 다음날 전라 감영에 하례를 드리러 간다며 수선을 피웠다. 감영에 가면 전주부에서 소란을 피운 살인범 북하를 인계하고, 그길로 죄인을 압송한다는 핑계로 한양까지 올라가 두루두루 뇌물을 써야 한다. 이방 등 관아에 딸린 아전들이 바리바리 짐을 싸느라고 잰 걸음으로 오갔다.

옥졸들은 그동안 사형수인 북하와 제법 정이 들었는지 앞으로 일어날 일을 넌지시 튕겨주었다.

"너는 내일 전라 감영으로 압송된다. 거기서 취조가 끝나는 대로 한양으로 끌려가 참수받을 것이다. 하긴 넌 잡범에 불과하니 형조에는 서류만 올라가고, 처형은 감영에서 하라고 할 수도 있지. 부디 내생에는 죄를 짓지 말고 똑바로 살아라. 그리고 인간 세상에 다시 돌아오려거든 양반집 아들로 태어나거라. 양반집 자제였더라면 너도 이런 죄를 짓지 않았을 것 아니냐."

"죄도 없는데 목이 잘려야 하다니, 억울합니다."

북하가 볼멘소리를 하자 옥졸은 퉁박을 주었다.

"이놈아, 죄가 있고 없고가 무슨 상관이야! 천하게 태어난 게 죄지! 넌 이런 세상에서 이십 년 넘게 살아봤으면서도 아직 철이 덜 들었구나? 저 군수 같은 양반네가 죄가 있다고 하면 죄가 있는 것이고, 없다고 하면 없는 거 아니냐. 넌 조선 땅에 사당패로 태어날 때부터 죄인이었어!"

북하는 억울함에 가슴을 치며 밤을 꼬박 새웠다. 옥졸들 말이야 구구절절 옳지만 그렇다고 죄도 안 짓고 멀쩡한 목을 내밀기는 싫다.

'아, 다 틀렸구나.'

북하는 그래도 살아야 한다는 염원을 버리지 않았다.

다음날인 1월 10일.

북하는 옥졸들이 내주는 특별 식사를 밥알 하나 남기지 않고 다 먹어치웠다. 어떻게 해서든 압송길에 탈출해야겠다는 생각에서다. 그러지 못하면 영영 기회가 없을 것 같다.

꽁보리밥에 시래깃국, 나물무침, 그리고 옥졸들이 정으로 넣어준 고기 몇 점으로 아침식사를 마치자 형리들이 들어와 칼을 쓴 북하의 두 손에 오라를 지었다.

"가자."

북하는 형리들을 따라 옥사를 나섰다. 조병갑도 번쩍거리는 관복을 차려입고 행차에 나서려는지 동헌 디딤돌을 밟으면서 내려오던 참이었다.

동헌 마당에는 북하를 호송할 달구지가 한 대 준비되어 있었다. 손이 묶이고, 칼까지 쓰고, 함차艦車에 타는 날이면 탈출은 도저히 불가능하다.

"얘들아, 그 살인범 잘 다루어라. 그놈이 보통 비싼 몸이냐? 잘하면 그놈 잡은 공로로 부사, 감사 자리도 노려볼 만하다. 험험."

군수가 너스레를 떨면서 호기 있게 말에 올라탔다.

"와— 와—"

그때 동헌 바깥이 갑자기 소란해졌다. 군수에게 진정하려는 사람들이 또 몰려오는 모양이다.

"아니, 이것들이 또 물세를 깎아달라고 몰려오는구나. 병방! 형방! 이방! 당장 군사들을 풀어 죄다 잡아들여라! 이번에는 본때를 톡톡히 보여줘야겠구나."

조병갑은 만사 귀찮다는 듯이 손을 내저은 뒤 말에 채찍을 가볍게 던지며 아전들을 향해 냅다 소리쳤다.

"어서 체포해! 그리고 형방이 알아서 적당히 두들겨 잡아라. 다녀오는 대로 주리를 틀어 주리라."

"예, 알겠습니다. 걱정 마시고 잘 다녀오십시오."

아전들과 동헌 마당에 몰려 있던 군사들이 우르르 밖으로 달려나갔다.

"와— 와."

밖에서는 조금 전보다 더 큰 함성이 동헌 담을 넘어 밀고 들어왔다. 수십 명, 아니 수백 명이 한꺼번에 지르는 고함이다.

"이, 이놈들이. 이거 민란 아니야?"

난亂이란 베틀에 올린 실이 뒤엉켜 피륙을 짤 수 없다는 글자로, 민란은 백성들이 질서를 잃어 마구 날뛴다는 뜻이다.

잠시 후, 군사들이 백성들에게 밀려 동헌 마당까지 들어왔다. 조병갑은 바짝 긴장한 안색으로 칼을 뽑아들었다.

"민심이 천심이라는 걸 보여주자!"

농민들은 머리에 흰 수건을 동여매고 손에는 쇠스랑, 괭이, 죽창을 들고 와아 함성을 지르며 동헌 마당으로 들이닥쳤다. 한눈에 보아도 그 기세가 만만치 않다. 조병갑에게 맺힌 원한이 뭉치고 뭉쳐 이 날 폭발한 것이다.

"조병갑을 잡아 죽여라!"

"그냥 죽여서는 아깝다! 껍데기를 벗겨 죽이자!"

아침 정적을 깨고 달려드는 군중의 엄청난 기세에 놀란 조병갑은 칼을 거두었다. 그러고는 재빨리 말에 채찍을 날리면서 뒷문을 통해 꼬리가 빠져라 달아났다.

군수가 도망친 걸 알아차린 군사들은 대항할 의지를 잃어버리고 일제히 창과 칼을 집어던지면서 두 손을 번쩍 쳐들었다. 형방과 이방 같은 아전들만 끝까지 대항하다가 농민들의 공격에 죽어나자빠졌다.

성난 농민들은 조병갑을 잡는다고 객사, 동헌, 옥사까지 다 뒤졌으나 찾아내지 못했다. 눈치 빠른 조병갑은 이미 멀리 사라져버린 뒤다. 화가 치민 농민들은 관아를 부수고 무기고를 열어 칼과 창, 활을 닥치는 대로 집어들었다.

농민들은 동헌 마당 한가운데에 놓인 함차에 묶여 있는 북하에 대해서는 관심도 갖지 않았다.

"나 좀 풀어 주시오. 억울한 사람이오."

북하가 지나가던 농민들에게 소리쳤다.

몇 사람이 우르르 몰려들어 북하가 쓰고 있던 칼을 벗겨 주고 포승도 풀어 주었다. 지난번 물세 시위 때 옥사에 함께 갇혔을 때

안면을 익힌 사람들이다. 덕분에 북하의 억울한 사정도 잘 알고
있다.

"조병갑에게 고초를 당한 사람은 우리네 농민들과 다 한가지
라. 어서 우리와 함께 조병갑이 놈을 잡아 죽입시다!"

북하는 뜻하지 않게 죽음의 문턱에서 벗어났다. 살아났다는 감
격을 누릴 새도 없이 북하는 농민들이 건네주는 죽창을 집어들었
다. 바로 그의 눈앞에 석전 노인이 서 있었다.

"이 늙은이야, 뭐 주워 먹을 게 있다고 여기까지 나타났느냐?
내 죽창을 받아라!"

북하는 죽창을 치켜들며 소리쳤다.

석전은 깜짝 놀라서 뒤를 돌아다보았다.

"돈에 눈이 멀어 죄 없는 사람을 탐관오리에게 팔아먹어? 쳐 죽
일놈!"

북하는 석전의 가슴팍을 향해 있는 힘껏 죽창을 던졌다.

턱.

북하가 던진 죽창은 석전의 가슴께까지 날아가다 말고 그 앞에
서 툭 떨어졌다. 누군가가 칼로 쳐냈다.

"젊은이, 미안하네."

눈 깜짝할 사이에 말을 탄 사람이 나타나 석전을 막아서며 말
에서 뛰어내렸다.

"누구시오? 저자는 죄 없는 백성을 살인범으로 몰아 현상금을
타먹는 비열한 늙은이요. 날 말리지 마시오."

북하가 피를 토할 듯이 소리쳤다.

"하하하. 난 이 농민군을 이끄는 동학 접주 전봉준일세."

말에서 내린 사람은 북하를 향해 느닷없이 웃음보를 터뜨리며 자신을 소개했다. 키는 작지만 체구가 당당하고 얼굴도 야무지게 생긴 38세의 사내다.

"일이 어찌 되다 보니 그렇게 되었다네. 그러니 자네가 좀 양해하게."

"목숨을 잃을 뻔했는데, 양해는 무슨 얼어죽을 양해요?"

"허허. 그럴 만도 하이. 허나, 내 말을 듣고 나면 이해가 갈 걸세. 실은, 석전 선생은 우리 농민군 봉기 자금을 구하느라고 일부러 젊은이를 관아에 넘긴 거라네. 그러니 화를 풀게. 어차피 우리가 자네를 구하러 오지 않았나?"

"뭐, 뭐라고요?"

석전은 그제야 전봉준이 탄 말 뒤에 숨어 있다가 삐죽 얼굴을 내밀었다. 그러고는 얼떨떨해하는 북하의 손을 덥석 잡았다.

석전의 표정은 어느새 야비하고 교활한 얼굴에서 전과 같은 엄숙한 노스승으로 바뀌었다.

"북하, 미안하구나. 방편으로 너를 잠시 썼다. 큰일을 할 사람이라면 이 정도 고초쯤은 능히 견뎌야 한다. 이것도 공부였다."

석전은 북하를 동헌 한켠으로 이끌고 갔다. 그러고는 그간의 일을 자세히 설명해 주었다.

"보검을 구하러 산을 내려왔을 때 마침 물세를 내지 못해 고민

하는 고부 농민들을 돕던 전봉준 접주를 만났지."

동학의 남접南接을 맡고 있던 전봉준은 최제우가 사망한 이후 호남 지역에서 가장 존경받는 인물이었다. 석전은 전봉준이 고부 군수의 죄를 물으려 한다는 것을 알고 그 자금을 구하기 위해 임시방편으로 북하를 이용했다는 설명이다.

"고부 군수의 칼도 실은 관아에서 전봉준 접주와 내통하던 사람이 몰래 훔쳐다 준 것이지. 나 혼자 무슨 수로 가져오겠니."

북하를 넘겨준 대가로 받은 상금 천 냥을 석전은 전봉준에게 넘겨주고, 전봉준은 그 돈으로 핵심 요원들의 말과 무기를 마련하는 데 썼다. 그 덕분에 무사히 고부 관아를 점령할 수 있었다는 것이다.

"저는 그런 줄도 모르고……."

북하는 스승의 깊은 뜻은 까마득히 모르고 원망하고 저주해 온 자신이 부끄러워 귀밑이 벌겋게 달아올랐다. 역시 석전의 수數는 북하가 따라갈 수 있는 경지가 아니다.

"다시는 스승님을 원망하지 않겠습니다."

"오냐, 너는 신인을 지키러 이 세상에 내려온 신장이다. 천하사를 도모하는 신장이 작은 의심에 흔들려서는 안 된다. 나는 너를 풀무질하여 불에 달궜느니라."

석전은 북하가 신장임을 다시 한 번 강조하며 임무를 맡겼다.

"전봉준 접주가 바로 우리가 찾는 신인일지도 모른다. 너는 저분 가까이에 있으면서 지켜드려라."

석전은 고부 농민들을 이끌고 있는 전봉준을 가리켰다. 비록 키는 작지만, 말을 탄 채 농민군을 지휘하는 전봉준의 늠름한 자세는 마치 거인 같다.

"그러나 네가 신장이라는 사실을 절대로 말해서는 안 된다. 항상 곁에서 지키되, 마치 그림자가 주인을 따르듯, 파도가 물을 따르듯 하되 너를 드러내서는 안 된다."

오해가 풀리자 북하는 전같이 석전을 스승으로 받들었다. 무예와 학문이 출중함은 물론 지혜까지 뛰어난 스승에 대해 북하는 존경심이 더욱 커졌다.

"현상금 만 냥을 다 받아냈더라면 얼마나 좋았을까요?"

"약아빠진 조병갑이 천 냥이라도 내준 게 오히려 다행이다. 오늘 이곳 부고를 털어버릴 거니 걱정할 건 없다."

북하는 스승 석전을 한없이 존경 어린 시선으로 올려다보았다.

농민군은 관아를 장악하고 나서 그동안 조병갑이 물세로 거두어들인 양곡을 끌어내 농민들에게 되돌려 주고, 창고에서 털어낸 세곡은 가난한 백성에게 나누어 주었다. 전봉준은 곧 농민군을 이끌고 조병갑의 돈줄인 만석보로 달려가 원한의 둑을 허물어 버렸다. 이때 북하는 석전의 지시에 따라 전봉준을 지키는 위사衛士가 되어 농민군과 함께 만석보를 허물었다.

이후 전봉준과 농민들이 말목장터에 군영을 짓고 전라 감영이 어떻게 나오나 추이를 살피자 북하도 그 무리에 섞여 몸을 숨겼다. 거기서 나가 보았자 또다시 살인범 누명을 쓰고 관군에게 잡힐지 모르기 때문에 아예 농민군과 행동을 같이하는 게 여러 모로 유리하다.

석전은 이때 농민군 진영에 머물지는 않았다. 긴한 일이 생기면 가끔 모습을 드러내 전봉준만 만나고는 곧장 사라졌다. 북하와 마주치면 전봉준을 밤낮으로 호위하는 임무를 소홀히 하지 말라고 거듭 지시했다.

한편, 단신으로 관아를 빠져나간 조병갑은 재빨리 관복을 벗고 정읍을 거쳐 전라 감영으로 들어갔다. 그러고는 전라감사 김문현 金文鉉에게 고부 군민의 소요는 몇몇 역도들이 저지른 소행이라고 둘러대었다. 물론 살인범으로 체포된 북하도 군민들이 빼앗아갔다는 말도 덧붙였다.

"정병 1천 명만 내주시면 당장 진압하겠습니다."

전라감사 김문현은 이 사실을 조정에 보고하는 한편, 조병갑의 제의는 묵살해버렸다. 감영에 군사 1천 명은 있지도 않다. 전라병사는 강진에 있고, 감영 내 중군은 200명, 기생 등 모든 관속을 다 합쳐야 800명이다.

"어리석은 인간아, 그까짓 농민 따위가 무서워 밤을 달려 도망쳤단 말인가! 조병갑을 체포하여 하옥하라!"

전라감사는 군위軍尉 정석진鄭錫珍을 시켜 군졸 50여 명을 이끌고 즉시 고부로 출동하라고 명령했다. 물론 50명으로는 말이 안 된다.

군위 정석진은 그 수로는 안 될 게 뻔하자 먼저 군졸들을 변복시켜 고부읍으로 잠복시켜 놓고, 그는 홀로 전봉준의 영막을 찾아갔다.

"무력으로는 아무것도 해결할 수 없소. 우리 대화로 풀어 봅시다."

정석진은 애써 웃는 얼굴을 지으며 전봉준과 마주앉았다. 그때 담판 자리에 배석해 있던 석전이 전봉준의 귀에 뭔가 속삭였다. 전봉준의 얼굴에 놀라는 기색이 스치고 지나갔다. 그와 동시에 정석진의 표정이 흙빛으로 변했다.

긴장된 분위기를 감지한 북하는 뭔가 명령이 내려질 것을 감지하고는 칼을 쥔 손에 힘을 주었다. 그러고는 전봉준을 응시했다.

아니나다를까. 전봉준이 정석진 쪽으로 시선을 주며 고개를 슬쩍 왼쪽으로 움직였다. 아무 말도 없는 몸짓이지만, 북하는 그게 어떤 명령인지 금세 알아차렸다.

"이놈, 꼼짝 마라!"

북하는 정석진의 혼이 나갈 만큼 큰소리로 외치며 정석진의 목에 칼끝을 들이대었다.

"이, 이거 왜들 이러시오?"

정석진은 앉은 채로 주춤주춤 뒤로 물러서며 손을 내저었다.

"흐흐흐. 네놈들 계략을 모를 줄 알았더냐!"

전봉준은 바위처럼 꼼짝 않고 앉아 있고, 석전이 대신 나섰다.

"네놈이 여기 와서 군민들이 해산할 것을 권유하는 동안, 변복한 군졸들로 하여금 영막을 습격하여 전봉준 접주를 체포하도록 잔꾀를 쓴 것이 아니더냐?"

석전은 전봉준이 이끄는 농민군의 군사軍師 역할을 자임하고 있었다. 뒤에서 지략만 내는 것이 아니라 개인 정보망을 동원했다. 이번 일도 관에 심어둔 정보원을 통해 미리 정보를 빼낸 것이다.

"감히 백성을 속이려 들다니!"

전봉준이 천둥처럼 소리쳤다. 정석진의 얼굴은 퍼렇다 못해 하얗게 바뀌었다.

"난 조정과 싸우자는 게 아니오. 탐관오리만 처리하면 됩니다. 어서 변복한 군졸들을 데리고 감영으로 돌아가시오. 그리고 감사에게 가서 전하시오. 다시는 이런⋯⋯."

전봉준이 말을 채 마치기도 전에 석전이 벌떡 일어났다.

"아니, 그냥 돌아가라니요? 백성을 두려워할 줄 모르는 관리는 그 백성이 얼마나 무서운지 알게 해 줘야 합니다."

석전은 정석진의 뒷덜미를 잡고 밖으로 끌고 나갔다. 그리고는 농민군이 다 들을 수 있게 큰 소리로 외쳤다.

"이자는 강화를 제의하는 척하면서 우리 접주를 체포하러 온 자다!"

석전의 고함에 농민군 진영은 금세 바람 부는 수수밭처럼 소란스러워졌다.

"감영에서 보낸 군졸이 변복한 채 숨어들었다!"

"백성을 속여 먹으려는 못된 탐관오리들이다. 이들에게 백성이 얼마나 무서운지 보여주자!"

"모두 찾아내어 깡그리 목을 베어야 한다!"

석전이 앞장서 선동하자 농민군들은 분기탱천하여 일제히 죽창을 들고 일어섰다.

"변복한 군졸을 찾아 없애라."

"한 놈도 살려 보내서는 안 된다."

일을 벌이기도 전에 속셈을 들킨 정석진과 정체가 탄로 난 변복 군졸들은 담판은커녕 화가 난 군민들의 죽창에 찔려 죽거나 잡히고 말았다.

보고를 받은 왕비파 중심의 조정은 군수 조병갑을 파면하고, 즉시 체포하여 국문하라는 영을 내렸다. 그와 함께 군위 정석진을 파병한 작전이 무산된 책임을 물어 감사 김문현에게도 삼등감봉三等減俸 처분을 내렸다. 그리고 서둘러 익산의 용안현감으로 있던 박원명朴源明을 신임 고부 군수로, 장흥 부사 이용태李容泰를 안핵사로 임명하여 사태를 수습하라고 지시했다.

신임 군수 박원명은 광주 출신으로, 지방 민정을 잘 아는 사람이다. 부랴부랴 고부 군수로 부임한 박원명은 온건한 수습책을 폈다. 덕분에 사태는 진정 국면을 맞았다. 일반 민란의 경우에 비추어 본다면 이제 주모자 체포와 처벌만이 남아 있는 셈이다.

안핵사 이용태는 분위기가 험악하다는 소식을 듣고는 병을 빙자하고 한 달간 시간을 끌었다. 그런 다음 신임 군수 박원명으로

부터 가까스로 민심을 수습했다는 보고를 들은 한 달 뒤, 전라우도 일대에서 끌어 모은 8백여 명의 역졸驛卒, 역에 딸려 심부름하던 사람, 비상시에는 군사로도 쓰였다을 데리고 전주 감영에 도착하고, 다시 고부에는 알리지도 않고 기습적으로 진입했다. 그러고는 사태를 진정시킨 현감 박원명을 도리어 나무라면서 군수 권한을 회수해 버렸다. 뿐만 아니라 이용태는 농민들을 겁주기 위해 대대적인 소탕령을 내렸다.

"여봐라, 지금 당장 고을을 뒤져서 난리에 가담한 것들을 죄다 잡아들여라!"

"예이!"

역졸들은 기다렸다는 듯이 대답하고는 차례로 관아를 빠져나갔다. 난리 통에 고부 나졸들까지 죄다 흩어져 고을 사정을 아는 사람이 드물다.

명령을 내리고 난 이용태는 목이 컬컬하다며 기원으로 행차했다.

안핵사가 사태 파악을 하지 못한 채 기생의 옷고름이나 잡아당기며 노는 사이, 동학군 체포에 나선 역졸들은 어떻게 피의자를 가려낼 것인지 몰라 허둥거렸다. 잡아들일 죄인의 명단을 가지고 있는 것도 아니고 오로지 그런 낌새가 보이는 사람을 잡아 겁이나 주라는 영이므로 집행하기가 여간 어렵지 않다. 게다가 역졸들이란 게 본시 여기저기 역에서 주워 모은 병졸들인 만큼 지휘 체계도 서지 않고, 서로들 얼굴조차 잘 모르는 사이다. 그러자 역졸들

은 아는 얼굴로 두어 명씩 조를 지어 내키는 대로 쏘다녔다. 역졸
신분 그대로 검은 패랭이를 쓰니 위엄도 없다.

"누가 농민군인지 동학당인지 어떻게 아느냔 말이야."

"낸들 알겠나, 대충 기분 나쁘게 생긴 놈 몇을 끌고 가면 되는
거지."

"하긴, 그 수밖에 없겠네."

애초부터 난리에 가담한 피의자를 가려낸다는 것은 불가능한
일이라는 걸 모두 알고 있었다. 역졸들이 할 수 있는 일이란, 눈에
걸려든 주민을 아무나 붙들고 공포감을 주어 아예 동학군에 가입
하지 못하도록 겁을 주는 것뿐이다. 어쩌면 이용태도 그런 효과를
노리고 무모한 체포 작전을 구상했는지도 모르는 일이다.

역졸들은 닥치는 대로 민가를 수색하거나, 그도 지치면 하릴없
이 거리를 쏘다녔다. 주막에 하루 종일 앉아 조는 역졸도 있고, 열
심히 동학교도를 쫓아다니는 역졸도 있다.

그러나 사태는 그리 간단하게 흘러가 주지 않았다. 일은 항상
엉뚱한 데서 예기치 않게 일어나는 법. 작은 권력이라도 손에 쥐
어 주면 언제나 이를 즐기는 무리들이 있다. 역졸들 가운데는 반
란에 가담한 농민을 잡는다는 구실로 위세를 부려 눈에 띄는 남
자란 남자는 무조건 포박하여 두들겨 패며 관아로 끌고가는 자
들이 있었다.

이 정도는 점잖은 편이다. 상전들이 하는 짓을 익히 보아온 질
나쁜 역졸들은 재물을 약탈하고, 조금이라도 반항하는 기색을 보

이는 집은 방화도 서슴지 않았다.

문제는 바로 이런 자들이었다. 탐관오리를 뺨치는 이 역졸의 작태를, 정작 안핵사 이용태는 까마득히 알지 못했다. 그렇게까지 농민들을 험하게 다루라는 명령을 내린 사람은 그 누구도 없건만, 역졸들 가운데 일부는 제 세상을 만난 듯 고부 일대를 멋대로 휘젓고 다녔다.

그중에서도 가장 악랄한 역졸이 둘 있었다. 눈매가 날카로운 이 역졸들은 숫제 칼을 쳐들고 다니면서 잔인하게 양민들을 다루었다. 다른 역졸들이 머뭇거리면 모범이라도 보이려는 듯 앞장서서 달려들어 아무나 닥치는 대로 두들겨 팼다. 주막에서도 괜스레 술상을 걷어차고, 가만히 앉아 있는 사람이라도 등짝에 방망이를 휘둘러 밖으로 내몰았다. 길 가는 여인이라도 보면 남편이 동학군에 가담한 게 아니냐며 머리채를 잡아당겨 길바닥에 내팽개쳤다.

이들이 거칠게 백성을 다루는 모습을 본 다른 역졸들은 그 행태를 따라하며 마구잡이로 나갔다. 약탈을 하게 되니 무엇보다 재미가 붙기 시작했다.

그날도 눈매가 날카로운 역졸 둘은 벌써 골목에 나란히 서 있는 집 두 채에 불을 놓아 홀랑 태워 버린 뒤, 제법 살림 규모가 있음직한 기와집 대문을 거칠게 발로 걷어찼다.

쾅쾅쾅…….

대문이 부서질 듯 요란한 소리를 냈지만 안에서는 기척이 없었다. 역졸 둘은 대문을 부수고 곧장 안방으로 뛰어들었다.

안방은 텅 비어 있었다.

화로에 알불이 그대로 남아 있는 것으로 보아 빈 집은 아니다. 손바닥으로 화로를 만져 보던 키 큰 역졸이 작은 역졸을 바라보았다. 그 눈에 살기가 시퍼렇다. 작은 역졸이 짧게 고개를 끄덕여 보였다. 둘은 곧장 안방을 나와 사랑채에 딸린 방이며 광을 차례로 뒤졌다.

그때 사랑채 끝에 붙은 광문이 열리면서 사람이 뛰어나왔다. 여인이다. 품에는 낳은 지 백 일도 안 되어 보이는 젖먹이 아이가 안겨 있다.

"살려 주세요."

여인은 작은 역졸의 발 아래 무릎을 꿇고 엎드려 살려 달라고 애원했다. 고개를 숙이고 있는 여인의 귀밑으로 하얀 목덜미가 드러났다.

작은 역졸은 칼집으로 여인의 턱을 치켜들었다. 여인은 마치 자석에 이끌린 듯 고개를 들었다. 여인의 시선과 작은 역졸의 시선이 마주쳤다. 젖먹이 말고도 위로 아이 서넛은 더 낳았음직한 나이였으나 제법 미색이 도는 얼굴이다.

작은 역졸의 입가에 얼핏 미소가 피었다가 싸늘하게 사라졌다.

"다른 식구들이 숨은 곳을 대라."

"다, 다들 한양에 갔어요."

"한양 간 게 아니라 전봉준이 놈을 따라갔겠지?"

역졸은 칼을 휙 뽑아들었다.

"악, 안 돼요!"

작은 역졸이 여인을 다그치는 사이, 여인이 조금 전에 나왔던 광으로 들어간 큰 역졸이 댕기머리 처녀를 찾아내어 밖으로 내몰았다.

"살려 주세요."

처녀는 먼저 나온 여인의 옆에 엎드려 애원했다.

"사내들은 어디로 갔단 말이냐?"

"하, 한양 갔어요. 피난 갔어요."

처녀도 같은 대답을 했다.

"흥, 다 도망갔단 말이렷다."

작은 역졸은 여인의 뒤에 서서 바람소리가 나도록 치켜들었던 칼을 내리그었다.

"아악!"

"으앙."

"외숙모!"

여인이 비명을 지르자 품에 안겨 있던 아기는 울음을 터뜨리고, 옆에 무릎을 꿇고 있던 처녀는 부인 쪽으로 다가가며 외마디 비명을 질렀다. 그 와중에도 처녀는 놀란 여인의 품에서 울고 있는 아이를 받아들었다.

"으흐흐. 겁먹긴. 쪽진머리가 거추장스러워 잘라낸 것뿐이다."

작은 역졸이 기분 나쁜 웃음을 흘렸다. 날카로운 칼에 쪽진머리가 통째로 잘려나가자 여인의 머리칼이 우수수 쏟아져 내린다.

"킬킬킬."

큰 역졸이 칼끝으로 안방문을 가리켰다. 그 의미를 알아차린 여인과 처녀는 손을 싹싹 비벼대며 애원했다.

"제발, 살려 주세요. 제발, 살려 주세요."

역졸의 칼끝은 여전히 안방 쪽을 가리켰다.

"이년아, 재미 좀 보자는데 웬 앙탈을 부리는 게야."

작은 역졸은 여인의 저고리 안으로 칼을 집어넣었다. 작은 역졸이 칼끝을 넣고 한 번 쓱 긋자 겉저고리, 속저고리, 속치마까지 한꺼번에 잘려, 여인의 젖가슴이 출렁 드러난다.

"흐흐흐. 거, 탐스럽구먼. 내가 이 맛에 애 낳은 여인을 즐긴다니깐."

작은 역졸은 칼을 옆으로 내려놓고 여인의 젖무덤을 거친 손으로 뭉턱 잡았다. 그러고는 어깨를 획 잡아당기며 젖꼭지를 입에 집어넣었다.

"놔라, 이 더러운 놈아!"

순간, 여인은 작은 역졸을 벌컥 떠밀며 옆에 놓인 작은 역졸의 칼을 집어들었다.

"아니, 저년이 죽고 싶어 환장했나?"

큰 역졸이 칼을 치켜들며 여인에게 다가섰다.

"내 자식이 먹는 젖이다. 그 젖이 네놈에게 더럽혀졌으니, 내 이런 젖을 더 이상 아이에게 먹일 수 없다."

여인은 칼을 높이 쳐들어서는 자신의 젖무덤을 향해 내리그었다. 작은 역졸의 입에 들어갔던 바로 그 젖이다.

"으윽."

여인의 젖무덤 반이 뭉텅 도려졌다. 그와 함께 피가 철철 흘러내렸다.

"으, 독한 년."

작은 역졸은 사색이 되었다.

"내 죽으면 귀신이 되어서라도 네놈들에게 복수하리라."

여인은 이를 악물며 원한을 토하더니 처녀가 안고 있는 아이의 손을 꼭 잡았다. 그것도 잠시, 여인의 손은 스르르 풀리기 시작했다.

"이런 일로 겁먹기는."

엄청난 출혈로 여인이 기절하자, 큰 역졸이 작은 역졸에게 용기를 돋우었다. 그러는 큰 역졸의 목소리도 떨렸다. 그럴수록 큰 역졸은 일부러 목청을 높이며 두려움을 쫓았다.

"너무 거칠게 대하니까 놀라서 이러는 것 아닌가? 쥐새끼도 막다른 골목으로 몰면 쩩 하고 덤빈다네. 좀 부드럽게 살살."

큰 역졸은 여인이 자신의 젖무덤을 스스로 도려낸 칼을 집어 작은 역졸에게 던져 주었다. 그러고는 처녀에게 다가섰다.

"아이는 방해가 되니까 치워라."

큰 역졸은 빙글거리며 처녀에게 다가섰다.

여인은 역졸이 시키는 대로 아이를 작은 방에 뉘었다. 아이는 어느새 진정되었는지 쌔근쌔근 잠이 들었다.

"살려 주세요. 집에 있는 돈하고 패물을 다 드릴게요."

아이를 방에 누이고 나온 처녀는 마당에 무릎을 꿇고 앉아 빌었다. 모든 것을 털어 바치더라도 목숨과 정조는 잃지 않겠다는 일념으로 매달렸다.

큰 역졸은 처녀의 애원 따위는 아예 관심이 없는 듯 들은 체도 하지 않았다.

"돈이나 패물 따위는 필요 없다. 네게 성스러운 제국의 씨를 뿌려 주마!"

처녀는 고개를 들어 큰 역졸의 얼굴을 바라보았다. 놀란 눈이라 그런지, 역졸의 눈이 큰지 코가 높은지는 눈에 들어오지 않았다. 다만, 피라고는 한 방울도 흐르지 않을 것 같은 싸늘한 냉기만 느껴졌다. 정말이지 온기라고는 전혀 없는 차가운 얼굴이다. 거역할 수 없는 공포가 전신을 휘감아들었다.

처녀는 체념을 하고 일어서서 안방으로 들어갔다. 두 역졸은 처녀를 따라 안방으로 들어섰다.

"네 손으로 옷고름을 풀어라."

큰 역졸은 처녀에게 명령했다.

"치마도 벗어라."

처녀는 시키는 대로 따라했다.

"어허, 속곳도 벗어야지. 그것도 가르쳐 줘야 아는가? 이놈의 조선년들은 말귀를 못 알아듣네."

처녀는 떨리는 손길로 속곳까지 벗어내렸다. 그것으로 처녀는 실오라기 하나 걸치지 않은 알몸이 되었다. 처녀는 수치심에 두 손으로 젖가슴을 감싸고 하체를 잔뜩 움츠렸다.

"손 내려."

큰 역졸이 칼끝으로 처녀의 손을 건드렸다. 처녀는 놀라서 젖가슴을 가리던 두 손을 내렸다. 큰 역졸은 다시 칼끝으로 허벅지를 가리켰다. 처녀는 움츠렸던 다리를 폈다.

"누워."

큰 역졸이 아랫목에 깔린 보료를 가리키자, 처녀는 그 위에 가서 누웠다.

"으흐흐."

역졸은 마침내 아랫도리를 풀어 젖히고 처녀를 짓밟았다. 처녀는 공포에 질려 속수무책으로 겁탈을 당했다. 처음으로 사내를 겪는 몸인지라 아랫도리에서 피가 배어나오고 살을 도려내는 듯 아프지만, 처녀는 너무도 두려운 나머지 수치심도 아픔도 느끼지 못했다.

"이보게, 자네도 아타라시 맛 좀 보게. 일품일세."

일을 마친 큰 역졸은 처녀가 누운 자리에 배어든 핏자국을 보고 흡족한 웃음을 흘렸다.

"그래? 그래도 난 설익은 아타라시는 싫으네. 농익은 오바상이 좋지. 그렇지만 그런 걸 따질 계제가 아니지."

작은 역졸도 바지를 까내리며 킬킬거렸다.

"난 밖에 나가 뒤처리를 하겠네."

큰 역졸은 밖으로 나가고 작은 역졸은 처녀의 가슴으로 엎어졌다.

치익.

그 순간, 살이 타는 냄새가 나면서 작은 역졸의 입에서 비명이 터져 나왔다.

"악. 으아아."

작은 역졸은 팔뚝을 감싸고 일어섰다.

처녀는 인두를 잡고 있었다. 마침 화로에 꽂혀 있던 것이라 시뻘겋게 달궈져 있다. 그 인두로 사내의 왼쪽 팔뚝을 지져버렸다.

"이 짐승 같은 놈들아!"

처녀는 자신이 알몸이라는 사실은 잊어버리고 이를 악물었다. 하나도 아니고 두 놈에게 연이어 욕을 당할 수는 없다는 절박함으로 필사의 저항을 했다.

처녀는 인두를 꽉 잡고 다시 작은 역졸을 찌를 태세로 방안을 빙빙 돌았다.

"저, 저것이? 감히 덤벼?"

작은 역졸은 표정이 괴물처럼 일그러지면서 눈이 벌겋게 충혈되었다. 왼쪽 팔은 인두에 데여 금세 벌겋게 부어올랐다.

작은 역졸은 미처 죽지 않은 양근을 바지 속에 밀어 넣고 작심을 한 듯 칼을 집어 높이 쳐들었다.

"야앗!"

작은 역졸이 칼을 휘두르자, 처녀는 인두를 쳐들어 막아내었다. 그러고는 알몸인 채 밖으로 뛰쳐나갔다.

"사람 살려, 사람 살려!"

처녀는 실성한 사람처럼 고함을 지르며 대문 밖으로 뛰어나갔다.

"무슨 일이야?"

밖에서 집안 곳곳에 불을 지르고 있던 큰 역졸이 놀라 뛰어왔다.

"저년을 잡아, 저년을!"

작은 역졸이 마루로 뛰어나오며 큰 역졸을 향해 소리쳤다. 큰 역졸은 칼을 빼들고 대문 밖으로 쫓아나갔다. 그러다가 주춤거리더니 뒤돌아오며 작은 역졸을 향해 다급하게 소리쳤다.

"동학군이 몰려온다. 빨리 도망쳐."

두 역졸은 쏜살같이 뒤꼍으로 달려갔다.

"네 이놈들, 어딜 도망가느냐?"

마침 처녀의 집을 향해 오고 있던 동학군들은 알몸으로 뛰쳐나온 처녀를 보고 사태를 금세 알아차렸다.

"저기, 저쪽!"

동학군 하나가 뒤꼍으로 모습을 감추는 역졸 둘을 발견했다.

"저놈들을 잡아라."

동학군 몇이 역졸들을 따라잡기 위해 뒤꼍으로 달려갔다.

"아기, 아기가 저기에."

동학군을 따라 집으로 달려온 처녀가 작은 방을 가리켰다. 작은 방에는 큰 역졸이 놓은 불이 옮겨 붙어 창호지 문이 화르륵 타오르고 있었다.

"저 방에 아기가 있다고 한다."

동학군 하나가 즉각 작은 방으로 돌진했다. 그러고는 타오르는 불길 속으로 뛰어 들어가 안에서 자고 있던 아기를 안고 나왔다.

동학군이 아기를 구해 오자, 처녀는 아기를 품에 안더니 그 자리에 풀썩 주저앉았다.

"아니?"

처녀가 주저앉은 옆에 여인 하나가 쓰러져 있었다. 아기를 구해 온 동학군은 쓰러져 있는 여인에게 다가갔다.

여인의 옆에는 뻘건 피가 흘러 마당을 흠뻑 적시고 있었다.

동학군은 여인에게 다가가 코에 손을 대었다. 아무런 기척이 없다. 이미 죽었다.

"부영 낭자, 어서 옷부터 입으시오."

동학군은 벌거벗은 몸으로 넋을 놓고 있는 처녀에게 다가와 나직하게 말했다. 그때까지 부끄러움도 모르는 채 아기를 안고 망연자실 앉아 있던 처녀는 눈이 화등잔만해졌다.

"어, 어떻게 제 이름을?"

"내가 그대의 오라버니 집인 전주 황 진사 집에 여동생을 찾으러 갔던 바로 그 사람이오. 기억나오?"

"그렇다면?"

"그렇소. 이북하오."

그제야 처녀는 벌거벗고 있는 처지를 깨닫고는 금세 얼굴이 달아올랐다. 처녀는 황급히 안방으로 달려 들어갔다.

"이곳은 됐다. 우리도 놈들을 쫓자."

동학군을 이끈 사람은 바로 북하였다. 그는 불을 끄고 있던 동학군들을 향해 소리쳤다. 다행히 불길은 얼마 안 돼 잡혔다.

"게 섰거라."

역졸들은 뒷담장을 넘어 도망친 듯했다. 먼저 달려간 동학군들이 집 뒤 야산을 타며 뒤쫓고 있는 게 보였다.

북하 일행은 야산을 향해 달려갔다. 워낙 발이 빠른 북하인지라 먼저 간 일행을 금세 따라잡았다.

"놈들은 어디로 갔소?"

"저, 저쪽 산 위로 올라갔소. 어찌나 재빠른지 뒤쫓을 수가 없군요."

앞선 일행은 헉헉거리며 숨을 골랐다.

북하는 그들을 지나쳐 산마루로 뛰어올라갔다. 어디에 숨은 건지, 아니면 그새 멀리 달아난 건지 놈들의 모습은 보이지 않았다. 단숨에 산꼭대기까지 달려 올라갔으나 놈들의 자취를 찾을 수 없었다.

북하는 하는 수 없이 부영의 외가로 돌아가 칼에 죽은 여인의 시신을 수습해 주기로 했다.

북하는 다른 동학군들에게 죽은 여인을 묻어달라고 부탁하고는 부영이가 옷을 입으러 들어간 안방으로 향했다.

"아니?"

안방 앞의 대청마루를 올려다보던 북하는 짚신을 신은 채 쏜살같이 달려 올라갔다. 부영이 대들보에 목을 매는 중이었다.

"부영 낭자, 무슨 짓이오?"

북하는 왼손으로 처녀의 허리를 잡고 오른손으로 목을 죄는 줄을 칼로 끊어 버렸다. 목덜미에 손을 대보니 아직 숨은 붙어 있었다. 조금만 늦었어도 한을 품고 세상을 떠날 뻔했다.

"부모한테서 받은 몸을 어찌 함부로 하오?"

부영의 목에 벌건 줄이 나 있고, 얼굴은 백지장처럼 변해 있었다.

북하는 먼저 부영을 안아서 안방에 누이고 가슴을 두드려 주었다.

"이미 더럽혀진 몸, 그대로 떠나게 놓아두시지 않고…… 흑흑."

얼마 후, 부영은 겨우 눈을 뜨더니 살려 준 북하를 향해 도리어 원망의 눈물을 내비쳤다.

"이 아기는?"

엄청난 일을 당한 충격으로 자결을 결심한 부영의 생각을 돌리기 위해서다.

"제 외사촌 동생이에요. 저기 마당에 있는 외숙모의 아들……."

역졸들한테 저항하다 죽어간 외숙모 일로 부영은 어깨가 들썩이도록 흐느껴 울었다.

"이녀석, 참 잠을 달게 자는군."

아기는 세상모르고 쌕쌕 잠을 자고 있었다. 가끔 입을 오물거리는 것이 젖이 먹고 싶은 모양이었다.

"이렇게 어린 동생을 두고 혼자 세상을 떠나면 어쩌겠다는 말이오?"

북하는 짐짓 부영을 나무랐다.

"아기 아버지는 어디로 갔소?"

"고부가 하도 소란스러워서 아이들 데리고 한양으로 피신했어요. 외숙모만 몸 푼 지 얼마 안 돼서 먼 길을 가지 못해 여기에 남아 있었지요."

"낭자는 외숙모를 돌보느라 함께 남았구려?"

"예. 재산 좀 가진 게 있어 동학군한테 해코지당하면 어쩌나 하고 다들 피신했는데, 역졸들한테 당할 줄이야……."

부영은 다시 눈물을 흘렸다.

가난한 몰락 양반인 부영의 외가는 부영이 어머니가 전주 제일 부자인 황 진사 부친의 소실로 들어간 뒤 그 집 도움을 받으며 살았다. 덕분에 고부에서는 웬만큼 행세할 수 있는 농토를 지녀 풍족하게 살았다. 아무리 몰락했기로서니 양반가에서 어린 딸을 나이 많은 부자의 첩실로 팔았다고 손가락질을 받긴 했지만, 어느 정도 세월이 흐르고 해마다 재산이 불어가자 그런 말은 저절로 사라지고, 양반가의 위엄도 다시 서게 되었다. 가세를 찾고 나니, 비록 한참 윗대 벼슬이긴 하나 주변에서는 진사 댁으로 불러주기도 했다.

"북하 님은 어떻게 우리 집을 찾아오셨어요?"

한참을 흐느끼던 부영이 감정을 가라앉히고 북하에게 물었다. 나모하린의 행방을 궁금해하던 북하인지라 전주 집에서 쫓겨나 고부 외가에 와 있는 자신을 찾아올 것으로 예상하고는 있었다. 그런데 때마침 부영이 역졸한테서 겁탈을 당하고 목숨까지 위태로운 이때 찾아와 목숨을 구해 준 것이 고맙기도 하고 한편으로는 원망스럽기도 했다.

"역졸들의 만행이 극심하다는 보고가 동학군 진영에 들어왔소. 소식을 들은 전봉준 장군께서 우리를 내보내 민심을 살피라는 특명을 내리셨거든요."

전봉준은 동학군을 여덟 명씩 무리를 지어 주고 곳곳을 살피라고 명령했다. 늘 자신의 곁에서 호위하는 북하까지도 내보냈다.

"부영 낭자도 알겠지만 나는 살인 누명을 쓰는 몸이었소. 그 죄로 고부 관아에 잡혀 있을 때, 성 참판 댁 며느님과 함께 옥살이를 했지요. 그 여인한테서 낭자의 소식을 들었구요."

그동안 북하는 전봉준을 따르느라 바빠 부영을 찾지 못했다. 성 참판 집을 찾아 옥사에 함께 갇혔던 여인이 억울하게 죽어간 기막힌 사연도 전해 주질 못했다. 그러다 오늘 마침 명령을 받고 나온 길에 북하는 먼저 성 참판의 집부터 찾아갔었다.

성 참판 댁은 거의 폐허가 되어 있었다. 그 속에 늙은 성씨 내외가 늙은 하인 내외의 수발을 받으며 병석에 누워 있었다. 그러잖아도 늦게 얻은 아들이 일찍 죽은 데다 며느리까지 감옥에서 자결했다는 소식이 알려지자 성씨 내외는 그길로 자리에 누워 버렸다.

북하가 찾아가 며느리가 억울하게 죽어간 이야기를 전하자, 시아버지는 자리에서 벌떡 일어났다.

"그럼 그렇지. 내가 진작 우리 아이가 그럴 리 없다고 생각했소."

시아버지는 언제 자리를 보전한 환자였냐는 듯 목소리에 생기가 돌았다.

"여보, 마누라. 어서 일어나시오. 이제 세상도 바뀌었으니 조병갑이한테 빼앗긴 재산을 되찾읍시다. 열녀문부터 세워 구천에 떠돌고 있을 우리 며늘아기를 위로하고, 양자도 들입시다."

시아버지 성 씨는 허청거리며 일어서서 도포를 입고 갓을 썼다.

"문중회의부터 소집해야겠어. 그래서 이 사연을 널리 알리는 게야. 우리 며느리가 정조를 지키느라 목숨까지 티끌처럼 버렸다는 걸 집안에 널리 알리는 게야."

북하가 전해 준 진실은 다 죽어가던 성 참판 댁 내외를 되살려 놓았다. 가문의 명예를 목숨처럼 여기는 사람들인지라 그들은 언제 환자였냐는 듯이 벌떡 일어나 앉았다.

북하는 며느리의 유언도 전했다. 집안 어딘가에 황부영에게 전할 패물이 있으니 다시 찾아오겠다고 알리니, 성 참판 댁 부부도 며느리 유언이라면 기꺼이 그러라고 허락했다.

북하는 식혜라도 먹고 가라는 성 참판 댁의 권유를 물리치고

부영의 집을 찾아가던 중에 이 난리를 마주친 것이다.

"언니와 함께 옥에 계셨다고요?"

부영의 눈에는 다시 눈물이 맺혔다.

"언니는 관아에서 밝힌 대로 음탕함을 뉘우쳐 자결한 게 아니지요? 그렇지요?"

북하는 자세한 사연을 말해 주지 않고 고개만 끄덕였다. 그러잖아도 오늘 일로 혼란스러운 부영에게 여인이 겪은 비극까지 전했다가는 무슨 일이 날지 모른다.

"그 사연은 나중에 말하기로 합시다. 그 언니가 유언하기를, 패물 좀 모아놓은 게 있는데 나더러 찾아가지고 부영 낭자 시집보낼 때 쓰라더이다. 지금은 정신없어 그냥 두었는데, 난리가 좀 가라앉으면 찾아다 드리리다. 성 참판 댁에는 말을 해서 허락까지 받았으니 나중에라도 갖다주리다. 그건 그렇고……"

북하가 이런 상황에서 나모하린의 행방을 묻는 것이 민망하여 말을 흐리자 부영이 눈치를 채고는 먼저 대답해 주었다.

"새언니 소식이 궁금하신 거지요? 새언니는 머슴하고 눈이 맞아 도망간 게 아니었어요. 큰올케가 머슴 달쇠한테 돈을 주며 새언니 데리고 도망치라고 사주했어요."

부영과 나모하린은 시누이 올케 사이지만 나이가 한 살 차이밖에 안 나 각별하게 지냈다. 둘 다 설움 받는 처지라 서로 위로하며 다른 사람한테는 못하는 얘기를 터놓고 말하기도 했다.

"큰올케라면, 황 진사의 부인?"

"예. 새언니는 아들 영재를 두고 갈 수 없다고 몸부림쳤으나 달쇠가 강제로 끌고 갔어요. 그렇게 해놓고 큰올케는 중풍에 쓰러져 말도 못하는 오라버니한테는 물론 집안 권속들에게도 새언니가 머슴 달쇠와 눈이 맞아 도망갔다고 소문을 냈어요. 하지만 속사연을 아는 사람은 다 알아요."

북하는 황 진사 부인은, 남편이 전신불수가 돼 제 구실을 못하게 되자 그렇지 않아도 눈엣가시인 나모하린을 내쫓고, 나모하린의 아들 영재를 제 아기로 키우기 위해 술수를 부린 것이다.

"하지만, 새언니가 어디로 갔는지는 저도 몰라요."

부영은 고개를 저었다.

"그러면 그때 도망가는 나를 왜 불러 세웠소?"

북하는 실망하여 다시 물었다.

"새언니를 만날 길이 아주 없지는 않아요."

"뭐라고요?"

북하는 나모하린을 만날 수 있다는 말에 정신이 번쩍 들었다.

"새언니는 멀리 떠나 살아도 어떻게 해서든 해마다 초파일이 되면 모악산에 있는 금산사金山寺에 오겠다고 했어요."

"금산사에?"

"예. 큰올케가 다니는 절이에요. 큰올케는 초파일만은 꼭 그 절에 가요."

"그런데 나모하린이 왜?"

북하는 부영의 말이 무슨 뜻인지 얼른 알아듣지 못했다.

"절에 갈 때면 큰올케가 영재를 데리고 가거든요. 그래서 새언니는 아들을 만나러 가는 거예요. 지난해 초파일에도 금산사에 큰올케와 저, 영재, 그리고 종 몇이 함께 갔는데 새언니가 왔더라고요. 큰올케 몰래 영재를 보고 갔지요."

"음. 아들이 보고 싶어서 한 해에 한 번은 금산사에 간다?"

"지난해 초파일 새언니를 만났을 때 북하 님이 왔다간 이야기를 했어요. 새언니는 깜짝 놀라면서 다시는 새언니를 찾지 말라고 말씀드리랬어요. 그러다 공연히 몸만 다치니 이제 새언니는 이 세상에 없는 사람이라 생각하고 잊으시래요."

북하는 나모하린이 자신을 걱정했다는 말에 가슴이 아려 왔다. 나모하린은, 북하를 만나기 싫어서가 아니라 잘못될까봐 근심이 되어서 그렇게 말했을 거라고 믿었다.

어쨌든 북하는 황부영 덕분에 나모하린과 닿는 끈을 하나 잡은 셈이다. 지난봄에 바로 부영을 다시 만났더라면 초파일에 바로 나모하린을 만날 수 있었을 텐데, 이제야 알았으니 올 초파일을 기다릴 수밖에 없다.

"고맙소. 이 은혜 평생 잊지 않을 거요. 부영 낭자도 죽을 생각일랑 아예 말고 꿋꿋이 살아가시오. 적어도 여기 있는 어린 동생을 제 아버지한테 데려다 주기는 하고 죽어야 할 것 아니오. 고아로 만들지 마오."

북하는 부영을 한참 동안이나 더 달래어 죽지 않겠다는 다짐을 받고 나서야 자리에서 일어섰다.

"응애, 응애."

잠에서 깬 어린 외사촌 동생이 먹을 것을 달라고 울어대자, 부영은 미음을 끓이겠다며 부엌으로 나갔다.

북하는 그제야 부영의 외가 대문을 나섰다.

북하는 그길로 몇 군데 더 암행을 한 뒤 전봉준이 주둔 중인 본부로 돌아갔다.

"접주님, 역졸들의 만행이 날로 심각합니다. 백성들의 재물을 무차별로 빼앗는 것은 물론, 부녀자를 겁탈하기도 합니다. 군수 조병갑이 시절보다 더하면 더하지 덜 하다고는 말하지 못하겠습니다."

그 자리에는 마침 석전 노인도 와 있었다.

"그것 보시오. 녹두 장군. 관리들이 아직 제정신을 차리지 못했소. 다시 봉기해야 하오. 백성의 힘이 어떤 것인지 따끔한 맛을 보여주어야 한다는 말이오."

북하의 보고가 끝나기 무섭게 석전이 끼어들어 전봉준을 부추겼다. 석전은 북하가 도착하기 전부터 전봉준에게 농민군을 다시 일으켜야 한다고 설득하던 중이었다.

"몇몇 못 된 역졸이 있다면 지금처럼 혼을 내주면 그만입니다. 그런 사소한 일로 봉기한다는 것은 국왕에 대한 반역입니다. 우리가 지난번에 고부 관아를 점령한 것은 조병갑 이하 몇몇 아전들을 혼내주려는 것이었지 고부 관아를 꼭 장악하려던 것은 아니었습니다. 대원군 합하께서도 우리 일로 힘을 얻어 왕비일족을 물리치셨으면 좋겠습니다."

"여기서 왜 대원군이 나옵니까."

석전은 고개를 갸웃거렸다. 무슨 사연이 있는지 전봉준은 끄떡도 하지 않았다.

"박원명이 군수로 내려와 얼마간은 우리 농민들이 마음 편히 살 수 있었지만, 이용태가 안핵사로 내려오면서 악귀 같은 역졸들을 끌고들어 온 뒤로는 상황이 더 나빠졌소. 동학의 큰 사상으로 조선팔도는 물론 온 세상을 구원해야 할 마당에 이런 작은 고을마저 궁지에 빠지도록 내팽개친다면 누가 동학군을 따르겠소? 녹두 장군. 어서 고부를 다시 장악하고, 나아가 인근 군현郡縣을 차례차례 점령합시다. 어서 동학 신천지를 만듭시다. 새 하늘 새 땅을 엽시다."

석전은 당시 백성들이 전봉준에게 붙인 '녹두 장군'이란 칭호를 재차 부르며 간곡히 권했다. 백성들은 체구가 작고 당찬 전봉준을 녹두에 빗대어 이런 애칭을 붙여 주었다.

"석전 선생은 지금 반역을 부추기시는 겁니까? 전 국왕을 받들고 왕실의 안녕을 도모해야 할 유림입니다."

석전이 끈질기게 설득하려 들자 전봉준은 마침내 역정을 냈다.

"저는 우리 국왕을 위해 탐관오리를 친 것일 뿐입니다. 우리 아버님 역시 조병갑에게 맞아서 돌아가셨소. 원한으로 치자면 그런

자를 관리로 임명한 이 나라 임금의 멱살이라도 잡아채고 싶소만, 허나 그럴 수는 없는 것이오. 임금은 임금이고, 백성은 백성이오. 임금 없는 조선은 안 되오. 탐관오리의 죄만 보아야지 그 밖의 것을 노려서는 안 되오. 지금은 매관매직을 일삼는 민씨 일파만 때려잡으면 되는 것이라고 생각하오."

전봉준은 석전의 제안을 단호하게 물리쳤다.

그가 재봉기를 주장하는 세력들의 목소리를 번번이 물리치자 실망하는 사람들이 날로 늘어갔다.

그렇지만 전봉준의 의지는 확고했다. 그는 동학이 뭔지도 모르고 참전했던 순수 농민군은 고향으로 돌아가 농사에 전념하라고 권했다. 그리고 자신은 일반 동학 신도들을 데리고 수련하는 데만 골몰했다.

결국 전봉준에게 재봉기를 촉구하던 석전 노인은 설득하기를 포기하고 물러섰다. 그러고는 북하에게 나중에 연락을 하겠다고 말한 뒤 홀연히 모습을 감추었다.

북하는 전과 변함없이 전봉준을 지키면서 틈틈이 동학교도들과 어울려 경전을 읽기도 하고, 주문을 외는 공부를 기웃거리기도 했다.

그러던 어느 날, 한 달여 동안 소식이 없던 석전이 보부상을 통해 편지를 보내왔다.

북하는 보라.

전봉준은 세상을 구할 만한 위인이 아닌 것 같다. 군신의 독에 썩어빠진 몰락 양반에 불과하다. 저런 용렬한 위인이 어찌 도탄에 빠진 조선 백성을 구제하고 새 세상을 연단 말인가.

내가 팔도에 귀를 기울여 찾아보니 아무래도 그 신인은 연산에 사는 김항(金恒)이란 사람인 듯하다. 김항이야말로 새 시대를 열 비책을 가지고 있는 인물이 틀림없는 것 같다. 그러니 너는 일단 연산 지방 동학당과 어울리면서 때를 기다려라. 그리고 네 신상에 무슨 변동이 있거나 김항의 주변에 변동이 있으면 반드시 내게 그 사실을 알리거라.

제2부
하늘은 죽었다

영가(詠歌)

갑오년甲午年, 1894년 고종 31년 2월, 겨울의 끝 무렵.

겨울을 마감하는 매서운 추위가 끝가리에 진을 친 충청도 연산 지방의 동학군 둔영을 휘감아들었다. 그나마 짧은 겨울 해는 어느덧 향적산 국사봉 뒤로 넘어가는 중이다. 계룡산의 꼬리격에 해당하는 향적산의 길다란 능선으로 황금색 햇살이 부챗살같이 퍼져 오른다.

동학군 둔영에서 보초를 서고 있던 청년이 넋을 잃고 이 광경을 바라보았다. 두루마기도 입지 않은 홑저고리 바람에 바지는 여기저기 구멍이 나 맨살이 그대로 드러났다. 신고 있는 버선과 짚신도 이미 어떤 게 버선이고 어떤 게 짚신인지 구분이 안 될 정도로 해져 있다. 남루한 차림새와는 다르게 체격은 빈틈없이 탄탄하다. 북하다.

석전으로부터 비밀 편지를 받은 북하는 전봉준에게 말해 연산 지방 동학당으로 옮겨 달라고 청했다. 굳이 동학당에서 동학당으로 또 옮긴 것은 살인범으로 수배된 게 아직 풀리지 않았으므로 몸을 더 숨기려는 것이다. 전봉준은 북하의 청을 받아들여 연산 지방 접장에게 편지를 써주었다. 그러는 길에 성 참판 댁에 들러 며느리의 유언대로 패물을 챙기고, 그만 아는 비밀한 곳에 숨겨놓았다.

"노을이 참 곱구나."

북하가 한숨처럼 내뱉는 말이다. 그 노을 속에서 북하는 나모하린의 빠알간 볼을 보았다.

어둠이 점점 짙어지면서 저녁 노을빛도 검붉게 변해갔다. 아름다우면서도 장렬하다. 나모하린의 볼처럼 옅고 곱던 노을빛이 붉은 핏빛으로 바뀌었다. 그동안 관군과 수차례 치른 전투에서 죽어간 동료들이 흘린 피의 색깔이 그러하고, 또한 오랜 세월 동안 탐관오리들이 농민들에게서 짜낸 핏빛이 저토록 붉을 것이다.

생각이 여기까지 미치자 문득 경련이 인다. 자신의 몸 속에 조선조 5백 년을 통해 백성들의 피와 기름을 짜먹어 가며 거들먹거린 양반의 피가 흐르고 있다는 사실이 소름끼치듯 싫다.

그때 누군가 뒤에서 북하의 등을 툭 쳤다.

"이보게. 무슨 생각을 그렇게 하고 있나?"

북하는 화들짝 놀라서 뒤를 돌아다보았다. 연산 접장이 순찰을 돌고 있다. 북하는 얼른 인사를 하고는 쑥스러운 표정을 지었다.

"노을빛이 아름다운가?"

접장은 향적산 능선으로 시선을 주며 말했다.

"아니오, 마치 핏빛 같습니다. 하늘이 아픈 모양입니다."

북하는 고개를 가로저으며 대답했다. 접장은 짧게 한숨을 내쉬며 말했다.

"흠, 자네도 가슴에 맺힌 게 많은가 보군. 저 하늘은 아픈 정도가 아니라 무너지고 있다네. 그걸 떠받쳐야지."

"누가 저 큰 하늘을 떠받칩니까?"

북하가 망연한 마음으로 물었다.

"우리가 떠받쳐야지. 동학이 반드시 새 세상을 열어 줄 걸세. 동학만이 희망일세."

그때 노을진 서쪽 하늘에서 마치 북이 울리는 듯한 소리가 두둥두둥하면서 들려왔다.

"하늘북이 울리네요. 비라도 올 모양이지요?"

"그러게 말이야. 요즘은 하늘에서 북소리가 자주 들리는군."

"묵은 하늘이 새 하늘로 바뀌려고 저러는 건가요? 개벽한다고들 하던데요?"

북하는 스승 석전이 남겨 준 말을 던져 보았다.

"묵은 하늘, 새 하늘? 새 하늘이라……. 아무렴, 우리가 이놈의 세상을 개벽해야지. 암."

접장은 쓸쓸히 웃었다. 북하도 의미없이 따라 웃었다.

그는 북하의 등을 토닥거리며 분위기를 바꾸듯이 단호한 음성으로 말했다.

"보초 잘 서게. 오늘 밤엔 향적산 양반님네들을 혼내주러 가야 하니까 그 준비도 잘하게. 게다가 요즈음 관군들 움직임이 심상치 않다네. 동학의 씨를 말려 버리겠다고 벼른다는군."

"예, 접장어른. 헌데……."

북하는 말끝을 흐렸다. 돌아가려던 접장이 다시 고개를 돌려 북하를 바라보았다.

"뭔가, 말해 보게."

북하는 잠시 머뭇거리다가 입을 열었다.

"향적산에 있는 사람들은 뭐하는 사람들인지요? 거기에 젊은 이들이 많이 모여서 이상한 공부를 하고 있다던데, 그치들이 다 탐관오리입니까?"

"지금 세상은 왜놈과 되놈을 끌어들인 매국노의 판으로 변했어. 우리 백성들은 먹고 살 길 없이 도탄을 헤매고 있네. 헌데, 듣자하니 향적산 숲속에 틀어박혀 사술邪術이나 배우면서 세상은 나 몰라라 하는 미치광이들이 있다기에 혼 좀 내주려고 하네. 한심한 것들이지."

접장은 잠깐 북하의 표정을 살핀 뒤 말을 이었다.

"물론 그들이 탐관오리는 아닐 것이네. 하지만 이토록 어수선한 시기에 팔자 좋게 음풍농월하는 것들은 정신을 차리게 해 줘야 하지 않겠나? 천민노비들까지도 이 난국에 뛰어들어 제 한 몸 희생을 주저하지 않건만, 나라의 녹이란 녹은 다 처먹은 양반나부랭이들이 나랏일을 남의 일마냥 내팽개치다니 말이나 되는 일인가? 탐관오리나 그놈들이나 다 한통속이지."

"그, 그렇군요."

북하는 고개를 끄덕였다. 그 사이 접장은 뒤돌아서 걸어갔다. 북하는 접장의 등 뒤에 대고 허리를 굽혔다.

북하는 다시 칼을 꼬나쥐고 주위를 살폈다. 스승 석전이 인편으로 보내 준 보검이다. 석전이 상금을 타기 위해 훔쳐다 준 고부 군수의 칼은 도로 빼앗기고, 지금 북하가 쥐고 있는 칼은 임란 적에 정말로 왜적을 물리친 보검이라면서 식전이 보내온 것이다. 이번에는 속임수가 낄 여지가 없으므로 북하는 안심하고 그 칼을 받아 지녔다.

동학당으로 활동해 오는 중 북하는 택견으로 단련된 단단한 몸에 불 같은 적개심을 가득 품고 폭력이 필요할 때면 늘 앞장을 섰다. 어머니를 유린한 송 주부, 자신의 연인 나모하린을 빼앗아 간 황 진사, 이들 양반들에게 품은 분노와 원한을 마음껏 풀어보고 싶다.

그런데 언제부턴가 북하는 자신의 폭력성에 스스로 회의가 들기 시작했다. 도대체 이토록 때리고 부숴서 뭘 하자는 건가 하는 의문이 들었다. 그럴 때마다 신인을 지켜야 할 신장이라고 한 석전의 말이 생각나 괴로웠다.

고부에서 연산으로 옮겨왔지만 북하는 하루도 긴장을 풀지 못했다. 살인범이란 누명을 벗지 못하는 한 북하는 늘 쫓기는 마음으로 살아야 한다. 그러는 한편으로 동학의 가르침을 익히고 시천주侍天呪 등을 수련했다. 군사 훈련도 수시로 받았다.

"여보게!"

보초 교대를 하러 온 동료가 북하를 불렀다.

"어서 들어가 보게. 곧 향적산으로 쳐들어갈 모양이네."

"그럼 고생하게나."

북하는 그에게 인사를 한 뒤 장막으로 돌아가면서 시천주를 함께 외웠다.

같은 시각, 향적산.

보름을 갓 넘긴 환한 달빛이 향적산에 흘러내린다. 국사봉 서쪽 암벽은 달빛에 하얗게 드러나고 봉우리 밑의 산비탈 소나무 숲은 그림자에 묻혀 어둑한 정적에 싸였다. 그 소나무 숲속으로 매서운 바람이 휘파람 소리를 내며 떠돈다.

"음—."

아주 낮은 숨소리가 바람에 섞여 소나무 숲속에 울려 퍼진다. 너무 작아 무슨 소리인지 구분하기 어렵다. 호흡이 길어질수록 소리는 깊은 호숫물 속에서 우러나오는 담색 물 빛깔같이 그윽하면서도 청아하다.

"아—."

긴 첫소리가 끝날 즈음해서 이번에는 그보다 조금 더 높고 긴 소리가 들려오기 시작했다. 신음처럼 들리던 첫소리보다 훨씬 가볍고 높은 둘째 소리는 소나무 숲 위로 솟구쳐 국사봉의 달빛 부서지는 암벽을 타고 올라가 봉우리가 끝나는 곳에 이르러서야 하늘로 퍼져나간다. 마치 솔개가 먹이를 찾기 위해 하늘 위로 차고 날아오르는 것같이 힘차고 늠름한 소리다.

"어—."

고조된 분위기를 가라앉히기라도 하듯 뻗어나가는 소리 끝을 살짝 꺾으면서 세 번째 음이 산꼭대기로 솟구쳐 오른다. 하늘에 퍼진 소리는 다시 뭉쳐서 올라간 모양 그대로 산을 타고 내려와 소나무 숲으로 살풋 내려앉는다. 둥지로 돌아오는 백로의 자태같이 우아하고 유연한 소리다.

"이—."

소나무 숲에 머물던 소리가 이번에는 산 아래로 흐르기 시작한다. 호흡이 길어질수록 무게가 실려 소리는 저절로 힘차게 흘러내려간다. 달빛은 땅을 적시고 소리는 그 달빛을 부드럽게 타고 흐른다. 산등성이를 따라 내려간 소리는 들판을 거쳐 마을 하늘을 소리개처럼 떠돈다.

"우—."

달빛이 닿지 않는 구석구석까지 퍼져가던 소리는 결이 바뀌면서 다시 들판을 거쳐 산으로 올라오기 시작한다. 산등성이와 봉분 하나하나를 어루만지듯 휘돌아 나무꾼들이 다니는 구불구불한 좁은 산길을 올라온 소리는 다시 소나무 숲에 와서 고요히 눕는다.

이차현李次鉉은 소나무 뒤에서 눈물을 흘리며 서 있다. 스승 김항이 부르는 영가詠歌는 언제나 그의 가슴을 쥐어뜯는 것만 같다. 김항이 영가를 부를 때마다 이차현의 가슴에는 한이 출렁거린다. 그러던 것이 마침내 오늘은 뜨겁게 솟구친다.

김항은 벌써 고희古稀를 눈앞에 둔 상노인. 더구나 최근 몇 달 동안 적은 양으로라도 끼니는 이어 왔지만 요즘은 그마저 거르기 일쑤다. 건강이 날로 쇠약해져 가는 것이 조석朝夕으로 달라 보인다. 그런 병약한 스승 김항의 몸에서 여전히 저런 청아한 노래가 나오다니, 이차현은 남몰래 눈시울을 적셨다.

옆에 서 있던 물한勿漢이 그런 이차현을 멀뚱하니 바라본다. 왜 눈물을 흘리는지 모르겠다는 표정이다.

"음ㅡ."

"아ㅡ."

"어ㅡ."

"이ㅡ."

"우ㅡ."

김항은 영가를 계속 부른다. 횟수가 더해갈수록 속도도 빨라져 느린 진양조에서 시작한 노래가 어느덧 자진모리를 넘겼다.

김항은 점차 흥이 올라 온몸을 흔들고 손바닥으로 무릎을 치며 장단을 맞추었다. 영가만으로 무아지경에 빠져 들어간다.

영가는 점점 빨라져 휘모리를 거치면서 단가로 변해간다. 나중에는 아예 '음' '아'만을 반복하여 음정音程을 뛰어오르며 최고조로 치솟는다. 김항의 몸은 흔들림이 더욱 거세다. 급기야 결가부좌를 틀고 있던 김항의 몸이 들썩거린다. 이제 무도舞蹈의 단계로 접어들었다.

김항은 천천히 몸을 일으켜 세웠다. 오른팔을 쳐드는가 싶더니 허공에서 한 바퀴 맴을 돌리고 내렸다. 오른팔이 내려오자마자 왼팔이 따라 올라가 똑같이 원을 그렸다. 팔을 돌리는 동안 다리를 탈춤 추듯 들었다내렸다 하며 덩실덩실 춤사위를 만든다. 얼핏 보면 춤 같기도 하고 또 어떻게 보면 기를 모으는 듯하다. 영가가 고조됨에 따라 동작도 점점 빨라진다.

김항의 이마에 땀빙울이 맺힌다. 유난히 긴 김항의 팔이 허공을 가를 때마다 달빛이 저고리 흰 소매에 하얗게 반사된다. 달빛 아래 춤을 추는 김항은 전설 속의 신선처럼 느껴진다.

김항의 춤사위는 신들린 무당의 춤처럼 격렬해졌다. 노랫말은 거의 알아들을 수 없는 지경까지 빨라지고, 껑충껑충 뛰며 내두르는 팔 동작도 춤사위의 모양을 벗어났다. 마치 미친 사람의 발광 같은 격렬한 동작이 한동안 계속되었다. 그렇건만 주변에는 바람 한 점 불지 않는다.

무도舞蹈가 한고비를 넘어가면서 점차 사그라든다. 밖으로 내뻗치던 동작들이 조금씩 안으로 모이고 노래는 원음을 되찾았다. 노래에 따라 춤사위도 처음처럼 낮게 펼쳐진다.

김항은 노래를 부르면서 거칠어진 숨을 고른다. 눈을 감은 김항의 온몸에서 하얀 김이 피어오른다.

몸에서 빠져나간 기를 도로 모아들이듯 김항은 마지막으로 더욱 길게 소리를 뽑았다.

"음—."

"아—."

"어—."

"이—."

"우—."

김항의 긴 노래 영가가 끝나자 국사봉은 다시 깊은 정적 속에 빠져 들어간다.

이차현은 달빛 속에 드러난 김항의 외관을 유심히 바라보았다. 하얀 얼굴, 야윈 몸, 그러나 몸 전체에 위엄이 있고 얼굴에는 상서로운 기운이 서렸다. 넓은 이마와 솟아 보이는 관골이 씩씩하게 보이고, 눈썹 사이가 훤히 트이고, 하관이 약간 빠진 듯이 길고 눈이 깊은 봉안鳳顔이다. 길게 내린 인중과 그 주위를 덮은 채수염은 그림 속에서만 본 신선을 닮았다.

김항의 풍모는 한 마디로 학체鶴體다. 손을 내리면 팔이 두 무릎 아래까지 내려올 정도로 길어 춤을 추면 학이 날개를 흔드는 듯하다. 그 목소리 또한 낮은 쇳소리라서 마치 높은 허공에서 들려오는 듯하다. 청명하고 서늘한 기골이다.

"차현아."

눈을 감고 있던 김항이 영가무도가 끝났는지 나직하게 이차현을 부른다.

"예, 선생님."

이차현은 스승 몰래 손등으로 눈물을 찍어내며 대답했다.

"날이 춥구나. 너는 그만 내려가거라."

숨을 고르던 김항이 나직하게, 그러나 정감 있는 음성으로 말했다.

"저보다 스승님 건강이 걱정입니다. 그만 산방으로 돌아가시지요."

이차현은 자신의 말은 아무 소용없음을 잘 알고 있다. 그래서 스승 앞에서 쓸데없는 걱정을 늘어놓지는 않으나 오늘만은 상황이 다르다. 이제 대놓고 말려야 할 만큼 스승 김항의 건강이 나쁘다.

"천지를 여는 음률의 세계에 들어가면 건강은 도리어 좋아지는 법이다. 바른 음률은 보약보다 더 좋다. 그나저나 오늘은 손님이 오실 것이다. 그러니 너는 먼저 내려가서 그 손님을 정중히 맞아 모시도록 해라."

"오늘 해는 이미 진 지 오래입니다. 이 늦은 밤에 산골짜기에 누가 오겠습니까."

이차현이 조심스레 아뢰었다.

"해는 져도 아직 날이 바뀐 건 아니잖느냐. 한밤중에 오는 손님은 더욱 귀한 법이니라."

"하오면 한밤중에 손님이 오신다는 말씀이십니까? 어떤 손님인지 말씀해 주시면 미리 준비해 두겠습니다."

김항은 대답은 안하고 먼 하늘을 바라보았다. 달빛에 희미하게 드러난 김항의 얼굴에 알 수 없는 수심이 깃들어 있다. 요즘 들어 김항의 얼굴에는 어두운 그림자가 자주 어른거린다. 그런 모습을 볼 때마다 이차현은 뭔지 모를 불길한 예감에 가슴이 철렁 내려앉는 것 같다.

이차현은 대답이 없는 김항에게 더 이상 어쩌지 못하고 고개를 숙였다. 스승이 자신을 먼저 내려가게 하려고 손님이 온다고 거짓말하는 게 아닌가 하는 생각이 든다. 그러나 선의라도 거짓말을 할 김항은 아니다.

"하오면 불초 먼저 내려갑니다."

김항은 여전히 눈을 감은 채 미동도 없이 앉아 있다. 지난 가을만 해도 숨 고르기에 저리 긴 시간이 오래 걸리지 않았다. 그만큼 김항의 건강은 하루가 다르게 변하고 있다.

"여보게, 물한. 선생님 곁을 잠시도 떠나지 말고 한눈 팔지 말고 잘 모시고 있게."

이차현은 옆에 서 있는 물한에게 신신당부를 했다. 그리고 손에 들고 있던 김항의 지팡이와 두루마기를 챙겨 물한에게 건네주고 아쉽지만 발길을 돌렸다.

산방으로 돌아가는 길은 달빛이 있어 크게 어둡진 않다.

"음—."

저만치 산방의 불빛이 보이기 시작할 무렵 뒤쪽에서 김항의 음성이 들려왔다. 좀전의 노래보다 훨씬 더 청아하고 그윽한 소리다.

그 맑은 노래를 들으니 이차현은 마음이 한결 놓였다.

이차현은 사립을 밀고 산방으로 들어섰다. 학인들은 모두 잠들었는지 낮은 지붕 위로 달빛만 차갑게 흐른다.

이차현은 선뜻 잠자리에 들지 못하고 마루 끝에 앉아 밤하늘을 올려다보았다. 하늘에는 여전히 달빛이 밝다. 보름달이 약간 먹히긴 했어도 제법 둥근 달이다. 달빛이 차디차게 흐르는 어둠 속에서 김항의 노래만이 살아 빛난다.

이런 김항에게도 곤혹스런 일이 하나 있다. 동학의 교조인 최제우가 죽은 이래 세상을 도화선경桃花仙境으로 바꾸어 놓는다는 후천개벽의 비밀이 김항의 책《정역正易》속에 숨어 있다는 소문이 학인들 사이에 돌고 있다. 개벽하면 좋은 세상이 올 것이며,《정역》이야말로 세상을 개벽하는 큰 가르침이라는 것이다. 개벽이 되면 사람의 수명이 무한정으로 늘어나고, 공부하지 않고도 누구나 다 똑똑해지며, 겨울에도 춥지 않고 언제나 따뜻하며, 사람의 성품이 다 순해지며, 농사를 짓지 않고도 먹고 살 수 있다고 했다. 그런 이치가《정역》에 다 들어 있다는 것이다.

그러다 보니 김항에게《정역》에 대해 묻는 선비들이 많아졌다. 가장 가까이 있는 학인들이 그 누구보다 더 가슴 졸이며 스승이 언제나 되어야《정역》을 공개할까 하고 고대했다. 그런데 칠순이 가까워진 나이가 되어서도, 또 그렇게 건강이 나빠지도록 김항은 이렇다 할 답을 내놓지 않는다. 제자들은 애타게 기다리면서 몸이 달아 더러 직접 묻기도 하지만 김항은 묵묵부답이다.

하늘 손님

"물한아."

이차현이 산방으로 내려가고도 한동안 바위처럼 꼼짝 않고 앉아 있던 김항이 제자 물한을 불렀다.

"예. 서, 선생님."

물한이 뒤뚱거리며 다가왔다. 그러잖아도 말을 더듬거려 어눌해 보이는 물한은 급할 때면 몸까지 균형을 잃어 더욱 어리숙해 보인다.

"물한이 여, 여기 있습니다."

물한은 김항의 친조카다. 그는 백부인 김항에게 언제나 제자로서 예를 갖춘다. 김항도 물한을 조카라기보다 제자 중 한 명으로 대한다.

김항은 향적산방을 열자, 집안에서 지력_{知力}이 가장 처지는 물한을 제일 먼저 제자로 데려왔다. 어려서부터 머리가 좋지 않아 남만큼 오랜 세월 학당을 다녔음에도 천자문을 겨우 뗀 실력이다. 글자를 더듬더듬 읽을 수는 있으나 동갑내기들이 사서삼경_{四書三經}을 다 읽도록 천자문만 어렵게 익힌 물한인지라, 글자무더기를 앞에 놓고 뜻을 새기는 건 어림도 없다.

한문이라는 게 본디 춘추전국 시대의 고사를 비롯하여 사기_{史記}, 춘추_{春秋}, 사서삼경_{四書三經}, 통감_{統監} 등 고서에 두루 통달해야 뜻이 통하는 난학이라서 한문을 능숙하게 구사하려면 수레 몇 대 분량의 '사고전서_{四庫全書, 청대에 집대성한 한문학 총서}'를 읽어야 된다는 말까지 학자들 간에 나돌 정도다. 특히나 학문을 뽐낸답시고 구하기 어려운 각종 고전에서 마구잡이로 인용한 한두 자짜리 어휘를 아무 설명도 없이 쓰는 현학 취미가 유행하다 보니 초심자들로서는 더더욱 학문을 접하기가 어렵다. 그러니 향적산방 제자로 들어오긴 했지만 물한으로서는 다른 학인들과 어울려 함께 공부한다는 것은 불가능한 일이다.

공부를 따라가기 어렵자 마음씨 착한 물한은 백부의 시자_{侍者}를 자처해 잡일을 도맡았다. 물한으로서는 집안에서 가장 학덕이 높은 큰아버지를 모시고 있다는 것만으로도 가슴이 뿌듯하고 영광스러웠다. 그래서 산방에 머물면서 밥을 하고, 땔나무를 하고, 비질을 하고, 물을 긷는 일도 흥이 났다.

김항은 조카인 물한을 산방으로 데려다 놓긴 했지만 공부를 가르치는 일에는 관심이 없는 듯했다. 문자 한 자 따로 가르쳐 주지 않았다. 물한이 어떻게 지내는지, 무엇을 하고 있는지도 눈여겨보지 않았다. 우연히 마주쳐 물한이 인사를 하면 고개만 끄덕일 뿐이다.

그렇게 수년이 지난 어느 날, 김항은 물한을 불러 이상한 문구를 한 줄 알려주면서 무턱대고 외우라고 했다. 며칠 지난 다음에는 다른 문구를 한 줄 알려주었다.

이렇게 김항은 매일 한 구절씩 다섯 자, 혹은 여섯 자 정도로 된 한 문장짜리 글을 물한에게 일러주면서 외우라고 했다. 비질을 하면서도 외우고, 나무를 하면서도 외우고, 물을 긷는 동안에도 외우라고 시켰다.

"누구든 사람이 있는 데서는 외우지 말아라. 너 혼자 불을 때거나 나무를 하러 산에 갔을 때 홀로 외워라. 누가 시켜도 사람들 앞에서는 절대로 입 밖에 내지 마라."

영문을 모르는 물한이지만, 큰아버지가 당부한 말씀은 목숨을 걸고 지켜야 한다는 의지만은 확고했다. 그래서 김항이 일러준 글귀를 열심히 외웠다. 그 글귀가 무슨 뜻인지는 새기지 못했다. 주문을 외우듯이 틈만 나면 그저 중얼중얼하면서 되뇌일 뿐이다.

물한은 혼자 중얼거리다가 궁금한 마음이 일어 이 구절의 뜻이 무엇이냐, 무슨 내용이냐고 물은 적도 있다. 그러면 김항은 뜻은 굳이 알려 하지 말고 무조건 외워 두라고만 했다.

하루에 한 구절 정도만 외우는 거라 총명치 못한 물한의 머릿속이지만 김항이 일러준 글 한 구절, 한 구절이 차곡차곡 쌓여갔다. 그러기를 벌써 십 년이 넘었다.

"어제 외운 구절을 읊어 보아라."

김항은 항상 물한에게 전날 준 문구를 외우게 한 다음 그날의 문구를 새로 들려주었다. 어떤 때는 처음부터 현재까지 외운 문구를 모두 외우게 하기도 했다. 이런 반복 암기 덕분에 물한은 김항이 일러준 내용을 처음부터 현재까지 하나도 잊거나 빼먹지 않고 외울 수 있었다.

"오호 금화정역 비왕태래嗚呼金火正易否往泰來

오호 기위친정 무위존공嗚呼己位親政戊位尊空

오호 축궁득왕 자궁퇴위嗚呼丑宮得旺子宮退位

오호 묘궁용사 인궁사위嗚呼卯宮用事寅宮謝位)

오호 오운운육기기 십일귀체 공덕무량嗚呼五運運六氣氣十一歸體功德無量"

"그래, 잘 외우고 있구나. 그럼 오늘 외울 구절을 불러 주겠다."

김항은 물한을 지그시 바라보며 천천히 읊었다.

"기사 무진 기해 무술 도역도순 이수육십일己巳戊辰己亥戊戌道逆道順而數六十一"

"기사 무진 기해 무술 도역도순 이수육십일己巳戊辰己亥戊戌道逆道順而數六十一"

물한은 김항이 불러주는 문구를 그대로 되풀이했다. 그리고 여러 번 반복해서 중얼거렸다.

"자, 이제 너도 내려가거라."

물한이 새로 받은 문구를 입에 익숙해지도록 되뇌일 무렵, 김항이 물한에게 일렀다.

"하, 하지만……."

물한은 스승 곁을 한시도 떠나지 말고 지키고 있으라던 이차현의 말이 생각나 머뭇거렸다.

"차현이 말을 들을 테냐, 큰아버지 말을 들을 테냐?"

김항이 큰아버지란 말을 하자, 물한은 가슴이 두방망이질쳤다. 어렵기만 하던 스승이 다정한 큰아버지가 되어 앞에 다시 선 것만 같다.

"크, 큰아버님 말씀을 듣겠습니다."

물한은 산방에 온 뒤로 처음으로 그렇게도 부르고 싶은 큰아버지란 호칭을 불러 보았다.

"그래. 잘 생각했다. 내 걱정일랑 말고 내려가서 차현이와 손님 맞을 채비나 하여라."

물한은 다복솔을 꺾어 바위 옆에 쌓아놓고, 그 위에 이차현이 주고 간 김항의 지팡이와 두루마기를 올려놓았다. 그러고는 공손히 물러났다.

'도대체 언제나 되어야 《정역》을 내놓으실까?'

산방 마루에 앉아 하염없이 이런저런 생각을 하던 이차현은 문득 스승 김항이 한 말이 머릿속에 떠올랐다.

‘오늘 밤 손님이 오실 게다. 하늘에서 오신 분이니 잘 맞아라.’

한밤중에 손님? 하늘 손님이라니.

이차현은 도무지 김항이 하는 말은 잘 이해할 수가 없다. 손님이라면 밝은 낮에 오지 굳이 어두운 밤길에 올 게 뭐란 말인가. 손님이면 손님이지 하늘 손님은 또 뭔가.

이런 의문과 함께 조금 전에 김항의 어두운 표정을 생각하자니 문득 불안한 느낌이 든다.

"혀, 형님. 아, 아직 안 주무셨소?"

그때 물한이 사립문을 밀고 산방으로 들어섰다.

"선생님은?"

이차현은 물한이 혼자서 오는 모습을 보고 스승 걱정부터 했다.

"저더러 머, 먼저 내려가라고 하셨어요."

"남아서 선생님을 지켜드리라니깐……."

"혀, 형님 말씀보다 서, 선생님 말씀을 따라야 한다시기에……."

이차현은 순진한 물한이 스승의 말씀을 곧이곧대로 받아들였음을 금세 알 수 있었다. 스승의 뜻이 정 그러하다면 모시겠다고 곁에 머물고 있는 것도 오히려 불효일 수 있다는 생각에 이차현은 스승을 홀로 두고 먼저 내려온 물한을 나무라지는 못했다.

이차현은 향적산방에서 가장 오랫동안 김항을 따른 제자다. 산방을 열면서부터 입실했으니 물한과 이차현 두 사람이 함께 산 지도 어언 십여 년이 되었다. 그 사이 서로 친숙해진 두 사람은 호형

호제하면서 지냈다. 그리고 산방에서 어려운 일이 있으면 서로 의논하며 해결하곤 했다. 이차현은 우직할 정도로 정직하고 순박한 물한을 신뢰하고, 판단이 느리고 어리숙한 물한은 이차현의 지혜를 빌리곤 했다.

"어, 어떤 손님이 오실까요?"

물한이 궁금한 목소리로 물었다.

"글쎄. 누군지는 모르지만 정중히 모시라니 그렇게 해야지. 하늘에서 온다니 뭐 중국 사람인가? 중국에서 오는 사람을 천사^{天使}라고 하니까."

"그, 그럴까요? 그럼 차, 찻물이라도 준비할까요?"

"그러는 게 좋을 것 같군. 화롯불은 내가 준비해 놓았으니 주전자에 샘물이나 떠오게."

이차현은 방안으로 들어섰다. 물한은 부엌으로 가서 항아리에 미리 길어다 둔 샘물을 주전자에 담아왔다.

"도대체 어떤 손님일까?"

물한과 이차현은 이런저런 이야기를 나누면서 바깥에 귀를 기울였다. 바람소리와 솔가지에서 눈덩이 떨어지는 소리만 들려올 뿐 산방은 어둠에 젖은 채 고즈넉하기만 하다.

두 사람이 손님을 기다리느라 잠을 못 이루고 있는 사이에 어느덧 해시^{亥時}가 지나갔다. 자시^{子時}에 접어들 때 산방 밑에서 두런거리는 말소리와 함께 발자국 소리가 들려오기 시작했다.

"과연?"

"하, 한두 사람이 아닌 것 같은데요?"

물한과 이차현은 드디어 손님이 왔구나 하는 생각에 서로 마주 보았다. 두 사람은 귀를 세우고 발자국 소리를 세었다.

"여, 열 명도 넘는 것 같아요."

발걸음소리가 가까워지면서 왁자지껄 떠드는 소리도 다가왔다. 한둘이나 열 정도가 아니라 수십, 아니 수백 명은 좋이 되는 듯하다.

다른 학인들도 점차 소란스러워지는 방문객들의 소리를 듣고 자리에서 일어나기 시작했다.

바깥에서 불그림자가 어른거린다. 아니나다를까 곧 천둥벽력 같은 거친 고함이 연달아 터져 나왔다.

"팔자 좋은 양반놈들아!"

"세상을 등지고 미치광이를 따르는 놈들아! 이리 나와서 몽둥이를 받아라!"

창호가 훤해지도록 횃불이 산방 마당에서 어지럽게 움직인다.

"손님이 아니라 산적들 아닌가? 이게 웬 날벼락이지? 여보게, 물한. 대체 무슨 일이 난 건지 나가 보세. 하늘 손님이라더니 하늘 도둑인가 보네."

이차현이 놀란 토끼눈으로 다급하게 일어섰다. 물한도 불안한 마음으로 몸을 일으켰다.

"그나저나 선생님은 아직 그곳에 계신 건가? 사태가 예사롭지 않은데 선생님부터 피신시켜 드려야겠네."

경황 중에도 이차현은 스승 김항부터 챙겼다. 그러면서 이차현은 밤늦게 찾아오는 손님에게 정중히 대하라던 김항의 지시를 떠올렸다.

'무슨 까닭이 있겠지, 암. 선생님이 말씀하신 건데.'

그 사이에 물한은 문을 열고 밖으로 나서고 있었다. 이차현도 왼손으로 가슴을 쓸어내리며 오른손으로는 문을 열고 마루로 내려섰다.

마당엔 몽둥이와 죽창을 든 사람들이 빽빽하게 서 있고 미처 들어오지 못한 사람들은 담 밖에 늘어섰다. 산방은 순식간에 꼼짝없이 포위당했다.

"무, 무슨 이, 일들이시오?"

먼저 방문 밖으로 나선 물한이 더듬거리며 물었다.

"네놈이 이 집 주인이냐?"

사내들 가운데 우두머리인 듯한 사람이 한 발 앞으로 나서며 어눌한 말투의 물한을 위아래로 훑어보았다. 아무래도 집주인은 아닌 듯싶다는 표정이다.

"이 사, 산방에서 자, 잡일을 하는 사, 사람이오."

물한은 자신을 학인이라고 알리지 않고 일하는 사람이라고 말했다. 물한 자신의 생각이 그러하기 때문이다.

"호오, 그래? 우선 이놈부터 옭아매라."

우두머리의 말이 떨어지기가 무섭게 장정 셋이 달려들어 물한을 포박해 버렸다. 물한은 아무런 반항도 하지 않고 순순히 묶였다. 손님들을 정중히 대하라는 스승의 말씀을 따라야 한다.

"주인놈은 어디 있느냐?"

우두머리가 물한에게 재차 물었다.

"지, 지금 아, 안 계시오."

물한은 당황해서 평소보다 더 말을 더듬거렸다.

"어디 숨었는지 대라."

"당신들은 대관절 누구인데 공부하는 집에 와서 이리 행패를 부리는 거요?"

이차현이 우두머리와 물한 사이로 뛰어들며 목청을 높였다.

이차현이 보아하니 사내들은 동학군이라는 게 금세 표난다. 앞에 서서 주인을 찾는 자는 이 지역 접장으로 그도 한두 차례 본 얼굴이다. 그래서 이차현은 동학군이라면 무고한 사람을 해치지는 않으리라고 나름대로 헤아리고 맞서는 중이다.

"공부하는 집이라고? 핫핫핫. 백성 후려먹는 법을 공부하고 있었느냐? 뜯어먹으려면 고이 뜯어먹을 일이지 뭘 연구까지 해가며 뜯어먹느냐?"

접장은 호탕하게 웃고 난 뒤 이내 웃음을 거두고 싸늘한 눈빛으로 쏘아보았다.

"우리는 보국안민을 염원하여 모인 연산 지방의 동학군이니라. 듣자 하니 산속에 틀어박혀 사술邪術이나 배우면서 세상은 나 몰라라 하는 미치광이들이 있다기에 버릇 좀 고쳐 주러 왔다. 너희들이 자라서 조병갑 같은 탐관이 되는 것 아닌가!"

"여긴 사술을 가르치는 곳도 아니고, 우리는 매국노도, 탐관도 아니오. 잘못 찾아오신 것 같으니 소란 피우지 말고 돌아가시오."

이차현이 지지 않고 당당하게 대꾸했다. 공부하는 산방인 줄 알면서도 쳐들어온 동학군의 서릿발 같은 기세에 두려운 마음이 없지 않지만, 스승 김항이 동학군의 방문을 미리 알고 있으므로 그 대책도 세워 놓았으리라고 믿었다.

"탐관오리를 몰아내고 외세를 막아보려 가난한 백성들까지 나서서 생업을 마다 않고 이 고생이건만, 네놈들은 한가하게 과거 공부나 하고 있었구나. 대저 과거 공부란 무엇이냐? 백성들 후려 먹는 솜씨를 자랑하는 대회가 아니더냐! 모조리 끌어내라!"

접장이 제법 준엄한 목소리로 외치자 몽둥이를 든 동학군들이 방마다 뛰어 들어가 학인들을 끌고 나왔다.

"어이쿠."

"으악!"

학인들은 더러 반항하다가 몽둥이질을 당하고 비명을 지르기도 했다. 대항하던 이차현도 몇 대 얻어맞아 이마에서 피가 흘러내렸다. 이차현은 급한 김에 피라도 멈추게 하려고 머리 한쪽을 손바닥으로 막았다.

"놔라! 이놈들아. 우리가 무슨 잘못이 있다고 이리 험하게 구느냐?"

이차현은 우악스런 동학군에게 양팔을 잡혀 포박을 당하면서도 연신 큰소리로 대항했다.

마침내 산방 식구들이 모두 끌려나와 무릎을 꿇고 마당에 앉았다.

"누가 두목 김항이란 놈이냐!"

접장이 위엄을 잔뜩 부리며 물한을 향해 버럭 소리를 질렀다.

"너! 김항이 어디 있는가 빨리 대라."

"여, 여기 아, 안 계시오."

물한은 포승에 묶인 채 대답하면서 저도 모르게 스승이 있는 국사봉 쪽으로 눈길을 주었다. 접장이 그런 물한의 눈길을 따라 시선을 옮기는 것을 보고 위기감을 느낀 이차현이 벌떡 일어서며 소리쳤다.

"선생님은 멀리 외출하셨소."

이차현은 산방 식구들끼리 입을 맞출 요량으로 김항이 외출하고 없다고 큰 소리로 둘러댔다. 미리 약속하진 못했지만, 다들 이차현이 하는 말의 속뜻을 알아차렸다. 이차현은 무엇보다 거짓말을 잘할 줄 모르는 물한이 김항의 소재를 말하게 될까봐 걱정이다.

"저놈부터 쳐라!"

접장은 꼿꼿하게 대드는 이차현을 손가락으로 가리켰다. 아무래도 만만한 상대가 아니라고 느낀 모양이다.

"윽."

묵직한 몽둥이가 이차현의 등짝에 떨어졌다.

"왜, 왜들 이러시오. 우, 우리 혀, 형님이 무슨 잘못이 있다고……."

물한은 포승에 묶인 몸으로 매를 맞고 있는 이차현의 등으로
엎어졌다. 몽둥이 몇 대가 물한의 등줄기를 후려쳤다.

"넌 저리 비켜 인마."

"매를 자처하는 놈은 처음 보네."

몽둥이를 휘두르던 동학군 둘이 물한을 떼어내 벌컥 떼밀었다.
팔이 묶인 물한은 공처럼 데굴데굴 굴러갔다.

퍽퍽.

동학군들은 다시 이차현을 향해 몽둥이를 휘둘렀다. 한 대 맞
을 때마다 불에 덴 듯한 고통이 밀려왔다.

매를 맞으면서도 이차현은 김항의 속뜻을 헤아려 보았다.

'산방 식구들이 모두 도망을 쳐도 열 번은 더 도망칠 수 있는
시간이 있었잖은가. 그런데 왜 선생님은 제자들이 앉아서 당하도
록 내버려두셨을까?'

이차현은 몽둥이에 맞은 통증에도 이를 물어가며 생각을 해
보았지만 스승 김항의 깊은 뜻을 알 길이 없다.

"자, 다시 한 번 묻겠다. 어떤 놈이 김항이냐?"

학인들은 고개를 숙인 채 아무 말도 하지 않았다. 학인들은 실
제로 스승 김항이 어디에 있는지 알지 못한다. 행방을 알 만한 물
한이나 이차현이 아무 말도 하지 않자, 자신들도 입을 다무는 게
상책이라고 생각하고 입술만 꽉 물고 있다.

"말을 하지 않겠다? 좋다. 주둥이로 말 대신 피를 토하도록 모

조리 족쳐라."

접장의 말이 끝나자 동학군은 산방 학인들에게 몽둥이질과 발길질을 퍼부었다. 학인들은 동학군에 짓밟히며 이리저리 굴렀다.

"못된 양반놈들."

"맛 좀 봐라."

"어이쿠!"

"이놈들이 사람잡네!"

산방 마당에 고함과 비명이 난무했다.

"음—."

그 순간 이차현은 분명히 들었다. 국사봉에서부터 흘러내려오는 화기和氣 가득한 한 줄기 영가소리를. 그 소리는 김항이 올라간 길을 따라 달빛처럼 흘러내려왔다.

"아—."

동학군들의 귀에도 영가소리가 내려앉았다. 모두들 높이 쳐들었던 몽둥이를 내리고 그 자리에 우뚝 서서 달빛을 타고 들려오는 영가에 귀를 기울였다.

"어—."

접장은 돌발 사태에 잠시 놀라더니 이내 정신을 차렸다.

"저놈이 김항이렷다. 놈을 잡아라!"

한 무리가 영가가 들려오는 국사봉 쪽으로 뛰어올라갔다.

이차현은 겁이 덜컥 났다. 가뜩이나 몸이 쇠약해진 김항이 이런 봉변을 어찌 감당해낼지 두렵다.

"아이구, 어쩌지. 스승님께서 큰일을 당하시면……."

이차현과 학인들은 발을 동동 구르며 안타까워했다. 그러나 묶인 채 감시당하는 처지라 어쩔 도리가 없다.

"이—."

김항을 잡으러 간 무리들이 돌아올 시간이 다 되도록 영가는 그치지 않았다. 오히려 영가소리가 점점 산방 쪽으로 가까이 다가왔다.

이차현은 불안한 마음과 함께 묘한 기대감으로 김항을 기다렸다.

김항의 영가는 그 어느 때보다도 화기롭고 아름답다. 산방 학인들은 매 맞은 아픔도 잊고 귀를 곤두세워 김항의 영가를 들었다. 동학군 무리도 학인들에게 휘두르던 몽둥이에서 손을 떼고 노랫소리가 나는 쪽만 노려보았다.

김항의 영가가 산방에 가까워지자 동학군은 술렁거리기 시작했다. 접장도 김항을 잡으러 간 무리들에게 무슨 일인가 생겼다는 걸 눈치채기 시작했다.

드디어 산방 사립으로 김항을 쫓아올라간 동학군 선발대가 보이기 시작했다. 그들은 뒷걸음질치며 사립 안으로 밀려들었다.

"우—."

동학군이 다 들어서자 김항이 영가를 부르며 산방 마당으로 들어왔다. 얼굴 가득 미소를 머금고 있다.

"아!"

동학군 무리 가운데서 짧은 탄성이 흘러나왔다.

김항은 천천히 걸어 마당 한가운데까지 이르렀다. 걸음걸이가 곧 무도舞蹈나 다름없다.

"음—."

"아—."

"어—."

"이—."

"우—."

김항은 마당 한가운데에 서서 쉬지 않고 노래를 불렀다. 자신을 해치려는 동학군 1백여 명이 둘러싼 속에서 고요히 노래를 부르는 김항의 모습은 이미 속인의 모습이 아니다. 얼굴에서는 금산사 미륵 같은 그윽한 미소가 번져나오고, 하늘의 소리 같은 은은한 신화성神化聲은 한 사람 한 사람의 가슴 속에 가랑비처럼 스며들었다. 그와 함께 사람들의 얼굴에도 온화한 미소가 저절로 어렸다.

김항을 막으려는 동학군은 아무도 없다. 접장조차 김항을 그저 바라보며, 영가에 귀를 기울였다. 횃불만이 뜨겁게 일렁이며 환하게 밤을 밝혔다.

한참 만에 김항은 영가를 거두었다. 그때까지 아무도 입을 열지 않았다. 모두들 넋을 빼앗긴 사람들마냥 김항의 얼굴만 바라보았다.

김항은 고개를 들어 하늘을 올려다보았다. 그리고 침묵을 깨고 입을 열었다.

"육십평생광일부 (六十平生狂一夫)

자소인소항다소 (自笑人笑恒多笑)

소중유소소하소 (笑中有笑所何笑)

능소기소소이가 (能笑其笑笑而歌)

나 미치광이 일부의 육십 평생을 돌아보니

기쁘고 즐거워 스스로 웃건만 사람들은 나를 비방하여 웃으니

이래저래 항상 웃음이 많구나.

웃음 속에 웃음이 있으니 어떠한 웃음일런가.

그 웃음 능히 웃노니 웃음이 곧 노래로구나."

일부一夫는 김항의 호다. 김항은 자기 자신을 가리켜 스스로 미친 사람이라고 일컬었다.

"내가 미친놈 김항이오. 학인들에겐 죄가 없으니 벌할 게 있으면 나를 벌하시오."

김항은 빙그레 웃으며 접장에게 다가갔다.

"선생님!"

줄에 묶인 이차현이 무릎걸음으로 다가가면서 안타깝게 스승 김항을 불렀다.

"차현아, 게 있거라. 네가 상관할 일이 아니니라. 이 나라에 양반으로 태어난 것이 바로 큰 죄라. 나는 아직 그 죄를 다 씻지 못했다."

김항은 그 자리에 가만히 앉아 눈을 감았다.

잠시 정적이 감돌았다. 아무도 선뜻 나서지 못한다.

"이, 이 자도 포박하라!"

동학군 접장이 넋을 잃고 서 있는 수하들을 향해 소리쳤다.

"응?"

무리 가운데선 아무도 나서는 사람이 없다. 모두들 제자리에 붙박힌 듯 서서 김항을 바라보기만 했다.

"뭐, 뭣들 하느냐! 이 자도 함께 포박하라니까!"

접장이 계속 소리를 질러대자 동학군 무리가 다시 술렁거리기 시작했다.

"접장님, 죄인은 징치懲治하되 무턱대고 사람을 다치게는 하지 맙시다. 우리가 산적이나 떼강도는 아니잖소?"

동학군 무리 가운데 섞여 있던 북하가 나서서 점잖게 말했다. 다른 사람들이 고개를 끄덕거렸다. 북하의 말이 옳다는 몸짓이다.

"어서 이 자를 묶으라니까 무엇 하느냐?"

접장은 자신의 명령이 먹히지 않자 계속해서 고함을 질러댔다. 아무도 그의 명령을 따르지 않는다.

"그만 내려들 갑시다. 아무래도 우리가 해야 할 일은 산 밑에나 있지 않겠소?"

북하가 다시 나섰다. 그러자 나이 지긋한 동학군이 그를 거들 었다.

"맞소. 이 자들은 나라를 망친 관리도 아니고, 백성들을 쥐어 짠 탐관오리도 아니잖소? 양반이라는 이유로 모조리 잡아 족친다면 이 나라 씨가 마를 거요. 그렇게 하면 왜놈들이나 되놈들이 좋아하지 어찌 같은 조선 사람들이 좋아할 짓이겠소?"

"옳소."

"내려갑시다."

수염이 더부룩한 사내와 키가 작달만한 사내가 또 나섰다. 그러자 담 밖에 서 있던 무리 중 몇몇이 먼저 발걸음을 떼어 산을 내려가기 시작했다. 한 사람 두 사람씩 발걸음을 돌리자 잠시 후에 동학군은 아예 줄을 지어 산을 내려가기 시작했다. 접장도 하는 수 없다는 듯 고개를 저으며 부하들의 뒤를 따랐다.

음절리로 내려가는 산길을 따라 횃불이 줄을 이었다. 그 행렬을 바라보는 이차현의 눈에서 다시 눈물이 흘러내렸다. 다른 학인들의 눈에서도 눈물이 흘렀다. 물한도 덩달아 흐느꼈다.

"선생님!"

학인들은 누가 먼저랄 것도 없이 김항의 곁으로 모여들었다.

"저 사람들이 바로 귀한 손님들이다. 저들이 지금은 비록 몽둥이를 들었지만 그 몽둥이는 사람을 치려는 것이 아니라 묵은 하늘을 때려 부술 몽둥이니라. 하지만 곧 힘센 외적이 몰려올 때면 그 몽둥이도 쓸모가 없게 될 것이니 그것이 안타깝도다. 우리 백성의 눈에선 피눈물이 흐르건만 원통하게도 하늘 도수가 너무 느리구나."

김항은 학인들이 알아듣기 힘든 말을 하며 한 사람 한 사람 묶인 포박을 풀어 주었다.

"그러나 이제 우리 조선 민족의 운을 바꾸고, 선천에서 고통받고 살아온 겨레의 앞날을 바꿔 줄 인물이 세상에 오리라. 힘이 지배하던 악세惡世를 끌어내고 도가 넘치는 신천지를 열 분이 오시리라. 아니, 몸은 이미 오셨으나 그분은 아직 자기 자신이 하늘이란 사실을 모르고 있을 것이다."

학인들은 눈물을 흘리며 김항 앞에 무릎을 꿇고 앉았다. 김항은 그런 학인들의 손을 하나씩 잡아 일으켜 주었다.

"더디도다. 더디도다. 왜 이리 더딘고. 그러니 너희 학인들은 더욱 정진하거라. 너희가 할 일이 너무나 많구나."

조금 기울긴 했지만 아직도 맑고 밝은 달빛이 산방 마당으로 서늘하게 비쳐들었다.

북하의 입문

동학군이 다녀간 이튿날.

향적산방 학인들은 평상시와 다름없이 하루를 시작했다. 아니, 김항의 위엄과 감동을 체험한 학인들은 더더욱 굳은 의지로 일어섰다. 그래서 모두들 더 열심히 서전書傳을 연구하고 영가무도詠歌舞蹈를 익혔다. 학문을 하지 않는 물한은 남들이 서전을 읽는 동안 간밤에 동학군의 행패에 흐트러진 산방 살림을 정돈하느라 바쁜 하루를 보냈다.

어려서부터 들일과 집안 잡사에 뼈가 굵은 물한은 비록 문자를 다 깨우치지는 못했지만 아무 군소리 없이 산방 살림에 전념했다. 집이 국사봉 바로 아래 음절리에 있지만 명절 때가 아니면 집에 가지 않고 밤낮으로 허드렛일을 도맡아 해왔다.

그런 중에도 몇 줄씩 남몰래 외우는 공부가 깊어가면서 물한
은 눈을 감으나 뜨나 환하고, 며칠간 잠을 자지 않아도 전혀 졸리
지 않는 이상한 경지를 체험했다. 뭔가 보이기 시작하고, 무엇인가
느껴지기 시작했다. 딱히 무엇을 알아서라기보다 김항이 시키는
대로 쉬지 않고 외워대다 보니 저절로 그런 경지에 이른 것이다.

이런 사실은 김항과 물한 자신만이 아는 비밀이다. 학인들은
물한이 그저 산방 살림을 하는, 좀 둔하고 느린, 스승의 조카 정
도로만 안다. 그도 그럴 것이 겨우 천자문을 뗀 물한은 고전을 읽
어낼 만큼 학식이 뛰어나지도 못하고, 문리를 제대로 터득할 만큼
영민하지도 못하다. 잘하는 일이라고는 김항의 심부름이나 부엌일
등의 잡일뿐이다.

동학도의 습격을 무사히 넘긴 초막 산방에서 다시 영가소리와
서전을 읽는 소리가 낭랑하게 울려 퍼지는 가운데 하루해가 지고
다시 어둠이 내리기 시작했을 무렵. 물한이 김항이 기거하는 별채
를 돌아보고 나오는데 사립문 밖에서 칼과 죽창을 든 청년이 서
성거리는 게 눈에 띄었다. 청년을 발견한 물한은 그러잖아도 간밤
에 놀란 가슴이 채 진정되기도 전이어서 깜짝 놀라며 달려갔다.

"뉘, 뉘시오? 여, 여기는 칼을 찬 무사가 올 곳이 아니오."

주위를 두리번거리던 청년은 물한이 부르는 소리에 화들짝 놀
라더니 허리를 굽혀 절을 했다.

"저는 이북하라고 합니다."

청년의 옷차림새를 보니 누추하기 짝이 없다. 군데군데 해지고 찢어져서 바람이 불면 마치 문풍지처럼 파르르 떨릴 것 같다. 행색만으로는 도무지 말이 서지 않는 위인이다.

"어젯밤에는 욕을 보셨지요?"

그러고 보니 북하라는 청년은 지난밤에 접장에게 대들며 다른 사람들을 이끌고 내려간 바로 그 동학군이다.

"아! 누, 누구신가 했더니?"

물한은 북하를 알아보고는 정을 담아 웃어 주었다. 그 상황에서 북하가 아니었으면 큰 봉변을 당할 수도 있었다.

"어, 어제는 저, 젊은이 덕분에 큰 화를 면할 수 있었소. 저, 정말로 고마웠소."

"아닙니다. 오히려 저희 동학군이 큰 은혜를 입은 셈입니다. 김항 선생님의 노래가 아니었으면 죄 없는 분들이 저희들 때문에 큰 욕을 당할 뻔하셨소이다."

물한은 눈을 빛내며 말하는 북하를 찬찬히 훑어보았다. 첫눈에 상민이라는 것을 알 수 있을 정도로 차림새가 누추하다. 하지만 차림새에 비해서 몸집은 탄탄하고 얼굴은 늠름한 게 무골武骨의 기상이 흐른다.

북하는 미안한 표정을 담아 말을 이었다.

"어젯밤에 크게 깨우친 바가 있어서 오늘 이렇게 찾아뵙게 되었습니다."

북하는 간밤에 스승 석전이 밀지에서 말한 김항을 극적으로 만난 뒤, 한잠도 자지 못했다. 그래서 날이 밝는 대로 동학당을 떠나 곧장 산방으로 올라온 것이다. 세상을 뜯어고칠 만한 사람, 하늘에서 내려온 사람, 그 사람이 바로 김항일 것이라는 확신이 들었다.

"무, 무슨 일로 오, 온 거요?"

물한은 자신보다 훨씬 연하로 보이는 북하에게 계속 존칭을 썼다.

"저도 여기서 공부할 수 있도록 해 주십시오. 동학은 그만두고 공부 좀 할까해서요."

"고, 공부를?"

물한은 뜻밖의 청에 어떻게 답해야 할지 몰라 멍한 표정을 지었다. 그가 답할 수 있는 문제가 아니다.

"꼭 부탁드립니다. 딱히 무엇을 배우고자 온 것은 아닙니다. 다만 김항 선생님 곁에 있으면서 모시기를 원합니다. 무술을 익혔으니 선생님과 산방도 지켜 드리겠습니다."

북하가 간절한 얼굴로 말을 이었다.

"이, 이거 너무 가, 갑작스러워서. 어, 어쨌든 무술을 배우고, 게, 게다가 우리 산방과 선생님을 지켜 주겠다니 고맙긴 한데⋯⋯ 서, 선생님께 말씀을 드려야 할 테니 저, 저기서 일단 기다리시오."

물한은 본채 툇마루를 가리키며 권했다.

"아닙니다. 예서 기다리겠습니다."

북하는 고개를 조금 숙이고 정중한 태도로, 그러면서도 폭풍에도 흔들리지 않을 듯 우뚝 섰다.

그런 북하를 곁눈으로 살펴보며 물한은 김항이 기거하는 별채로 뒤뚱뒤뚱 걸어갔다.

"누구냐?"

물한이 문앞에서 잔기침을 하자 김항이 얼른 기척을 보였다.

"예, 저 무, 물한이옵니다. 누, 누가 찾아왔습니다."

"알고 있다. 밖에서 그러지 말고 안으로 들어오너라."

물한이 방으로 들어가자 김항은 의관을 가지런히 차려입은 채 결가부좌하여 앉아 있다. 한쪽 벽에 난 조그만 봉창으로 들어오는 햇빛이 김항의 어깨 위로 떨어지고 있을 뿐 방안은 어둑하다. 김항은 눈을 감고 있지만 방안이 워낙 어두워 표정까지 살필 수는 없다. 짧은 침묵이 흐른다.

"어제 내가 말한 하늘 손님이 바로 그 젊은이니라. 정중히 받아들이거라. 앞으로 그 젊은이가 큰일을 하게 될 게야."

"중국인은 아니던데요?"

물한은, 산방 유림들이 중국 황제를 천자^{天子}로 부르고, 그 나라를 천국^{天國}이라 말하는 걸 듣고 하는 말이다.

"진짜 하늘 손님이니 그런 줄로만 알아라."

그렇다면 김항은 북하라는 청년이 오늘 찾아올 일까지 미리 알고 있었다는 말이다. 그저 놀라울 뿐이다.

"어젯밤 저 청년이 비록 거칠게 나타나긴 하였지만 우리에게는 귀하디귀한 손님이다."

"예. 아, 알겠습니다."

물한은 깊이 머리를 조아렸다.

"저, 그런데 구, 궁금한 게 한 가지 있습니다."

물한이 조심스럽게 여쭈었다.

"뭐냐?"

"사, 사람들이 말하기를 세상을 확 뜯어고치는 비, 비결을 선생님께서 지으셨다고 하던데……."

"그래서?"

"그, 그게 혹시 《정역》입니까?"

"오냐. 네 말이 맞다."

김항은 간단하게 대답했다.

"그, 그러면 《정역》이 어디에 있습니까?"

물한은 세상 사람들은 물론 산방 학인들 모두가 궁금해 하는 《정역》의 행방에 대해 물었다. 실은 산방 학인들도 물한에게 여러 번 《정역》의 존재 여부와 행방을 은근히 물은 적이 있었다. 스승이 제자들에게도 알리지 않자, 조카인 물한에게는 알려주었는가 싶었던 것이다.

물한의 질문에 김항은 아무런 대답 없이 빙그레 웃기만 한다.

"아, 앞으로 늙지도 병들지도 않고, 누, 누구나 다 잘나고 똑똑하고, 배고프지 않고, 사시사철 봄바람이 불고 꽃 피는 세, 세상이 온다면서요? 그, 그게 개벽세상이라면서요?"

물한은 산방 학인들에게 주워들은 대로 물었다. 그런 세상이

오면, 안개 속처럼 뿌연 자신의 머리부터 맑아졌으면 좋겠다는 생각이 들었다. 글자 한 자를 익히면 열 자의 이치를 알게 되는 영민한 사람이 되었으면 하는 바람이 간절하다.

"죽은 최제우가 그렇게 말하기는 했지, 나는 그런 말 안한다. 그리고 너도 그런 말 하지 말아라. 《정역》이 비록 그런 세상을 여는 비결서이긴 하지만 내년 후년에 바로 개벽되는 것이 아니니 함부로 떠들고 다녀서는 안 된다. 그랬다가는 칼침 맞기 좋으니라. 다른 사람하고도 아예 그런 말 하지 말아라. 이젠 물러가거라."

물한은 고개를 갸웃거리며 별채를 나왔다. 왜 《정역》을 말하면 칼침을 맞게 되는지, 다른 사람하고 말하면 왜 안 되는지 도무지 가늠할 수가 없다. 하지만, 물한으로서는 하늘처럼 존귀한 큰아버지가 하는 말씀이므로 앞으로 다시는 《정역》 이야기를 묻지도 하지도 않겠다고 다짐했다.

북하는 그때까지 바깥마당에 서서 물한을 기다리고 있었다.

"서, 선생님께서 입문을 허, 허락하셨소. 우, 우선 나를 따라와오, 옷부터 갈아입도록 하시오."

북하는 연신 벙긋거리며 벌린 입을 다물지 못하고 앞서가는 물한의 뒤를 따랐다.

물한은 북하를 데리고 산방 부엌에 딸린 자신의 방으로 들어갔다. 그러고는 새 옷을 내주고 산방 학인들이 지켜야 할 법도를 일러주었다.

"하, 학인들이 스무 명이나 되는 만큼 그, 글 읽는 시간이며 사, 산방에서 일어나는 크고 작은 일에 제때 차, 참가하는 등 규, 규칙은 꼭 지켜야 하오."

"고맙습니다. 제 주제에 학인들과 함께 공부를 할 수 있다니 감격스럽기만 합니다."

"아, 아니오. 가, 감사는 내가 해야겠소. 그, 그대같이 무, 무예가 있는 사람이 산방에 머물러 준다니 어, 얼마나 든든한지 모르겠소."

동학군에게 혼쭐이 난 물한으로서는 북하처럼 듬직한 장정이 산방에 든다고 하니 반갑기 그지없다.

"원, 별 말씀을. 저는 그저 인연따라 흘러온 미천한 사람일 뿐입니다. 헌데 김항 선생님은 어떤 분이신지요? 저는 헐레벌떡 동학군에 들어간 이래 탐관오리 족치는 일만 했지 공부가 짧고 무식한 탓에 선생님의 고명을 듣지 못했습니다."

"그, 그렇소? 하하하. 나, 나까지 치면 무, 무식한 사람이 둘일세그려."

물한은 무식하다는 북하의 말에 오히려 친근감이 드는 듯 환하게 웃었다.

물한은 백부 김항에 대한 이야기를 어디서부터 해 줄까 망설이다가 그가 문중에서 파문당하던 때가 떠올라 거기서부터 풀었다.

그러니까 20년도 더 지난 오래전의 일이다. 그때 물한은 겨우 열 살 남짓한 어린애였다.

"네 이놈! 고이연 놈!"

큰할아버지의 호령에 어린 물한은 간이 콩알만하게 졸아붙는 듯했다. 큰할아버지의 하얀 수염 끝이 파르르 떨렸다. 큰할아버지 곁에는 물한의 친할아버지인 김인로가 고개를 숙이고 꿇어앉아 대신 잘못을 빌었다.

"형님, 제 불찰입니다. 제가 잘 타일러서 다시는 그짓 못하게 하겠습니다. 제발 고정하십시오."

"시끄럽다. 네게만 맡겨 놓으니 애가 저 모양 아니냐! 양반 가문에 먹칠을 해도 유분수지!"

김인로도 형의 불 같은 성질 때문에 이번 위기를 잘 넘기지 못하면 아들을 구제할 길이 없다는 사실을 잘 알고 있었다. 그래도 할아버지는 계속해서 아들을 변호하려 애썼다.

"형님도 아시다시피 저놈이 좀 경외經外를 넘나들긴 하지만 그렇다고 본시 미친놈은 아니잖습니까? 이번 한 번만 용서해 주신다면 제가 무슨 수를 쓰더라도 영가인지 뭣인지 부르지 못하도록 하겠습니다."

"안 된다. 우리 집안이 어떤 집안인데 저런 미친놈을 보고만 있어야 한단 말이냐! 저놈하고 동문수학했다는 최제우가 참형당한 사실을 알고나 있느냐!"

큰할아버지는 여전히 분이 풀리지 않는 얼굴로 마당에 묶여 있는 물한의 큰아버지 김항을 노려보았다. 새끼줄에 묶인 채 마당에 꿇어앉아 있는 큰아버지는 이미 호된 매질을 당한 뒤라서 운신하기도 어려웠다.

그때는 스승 연담蓮潭 이운규李雲圭로부터 공부를 끝내고, 동문 수학하던 최제우崔濟愚도 처형당한 뒤였다. 그런 만큼 김항은 더 용 맹정진해야 한다며 공부에 전력을 기울였다. 그런 끝에 소문이 이 상하게 나기 시작하고, 급기야 문중이 발칵 뒤집히고 만 것이다.

"네 이놈! 그래도 네 잘못을 모르겠더냐! 무당 따위나 부를 듯 한 해괴한 노래를 불러대며 천박하게 몸뚱아리를 흔들어대다니, 네가 정녕 이 가문을 끝장내려고 작정했단 말이냐!"

큰할아버지의 호령이 다시 한 번 떨어졌으나 큰아버지 김항은 묵묵부답으로 버티었다.

이번엔 대청에서 내려온 할아버지가 안타까운 표정으로 아들 인 김항을 타일렀다.

"이놈아, 제발 큰아버님의 말씀을 들어라. 이러다 네놈도 죽겠 구나. 네 동생 놈을 일찍 보낸 것만도 원통한데 이러다 너까지 잃 으면 나는 대가 끊기는 거다. 이놈아. 이제 그만 어른들께 용서를 빌어라."

대청엔 문중 어른 열대여섯 명이 저마다 위엄있게 고개를 쳐들 고 앉아 있다. 김항이 한 마디 말을 하지 않자 어른들도 기가 막 히다는 듯 혀를 차고, 고개를 젓고, 헛기침이나 해댈 밖에 다른 도 리가 없다. 대청은 한여름임에도 냉랭하기만 하다. 큰아버지를 구 제하기는 이미 어려워진 것 같았다.

그해 여름, 그러니까 정확하게 계유년癸酉年, 1873년 6월. 지금으로

부터 21년 전의 일이다.

결국 김항은 광산 김씨 경력공파_{經歷公派} 계보에서 파문당하고 말았다. 그때 김항의 나이 마흔여덟 살이다.

당시, 어린 물한으로서는 이해할 수 없는 일이었다. 큰아버지는 어릴 적부터 양반의 학문이라는 성리학에 깊은 조예를 가지고 있었다고 들었다. 특히 예학과 시문에는 남다른 경지를 보일 정도로 학문이 깊다는 소문이 있었다. 행동거지 하나를 봐도 큰아버지는 신중하고 흐트러짐 없는 선비의 전형이었다.

참형당한 최제우와 동문수학한 적은 있다지만, 그런 큰아버지가 미쳤다니.

물론 이상한 노래를 부르고 괴기한 춤을 추는 것은 물한도 여러 번 보았다. 물한에겐 미쳤건 정상이건 김항이 그의 큰아버지고 요절한 아버지의 단 하나밖에 없는 형님이다.

물한은 속으로 빌고 빌었다. 큰아버지가 '용서해 주십시오' 그 한 마디만 해 주기를. 그래서 한 집에서 오래도록 함께 살 수 있기만을.

큰아버지는 결국 그 한 마디를 입 밖에 내지 않았다.

"꼴도 보기 싫다. 저놈을 끌고 나가거라. 저 위인은 이제 이 집 자손이 아니다! 죽으려거든 너 혼자나 죽어라! 이 집안은 건드리지 마라!"

큰할아버지의 노기 띤 음성이 대청을 울리고, 종가 댁 집사는 어른들의 지엄한 분부에 밀려 큰아버지를 솟을대문 밖으로 끌고 나갔다.

물한은 그때 문 밖으로 끌려 나가던 큰아버지의 눈빛을 잊을 수가 없다. 슬픔으로 가득 찬 그 서늘한 눈빛을.

당시 김항의 눈빛은 절망으로 뭉쳐진 눈빛이 아니었다. 자신이 결코 미치지 않았다는 것을 항변하는 눈빛이었다. 또한 남들과 다른 길을 걸을 수밖에 없는 자신의 처지를 담담하게 받아들이며, 혈육을 등져야 하는 한 인간의 안타까운 심경이 밴 눈빛이었다.

그날 이후 김항은 가솔을 이끌고 고향 연산의 인내 당골에 들어가 어렵게 살아나갔다. 김항이 그 이상한 공부를 시작한 이후로는 살림살이에 일절 관여하지 않았기 때문에 부인 민씨의 고생은 이루 말할 수 없었다. 낮에는 밭을 갈고 밤에는 바느질을 했다. 인근의 잔칫집이며 초상집마다 품을 팔러 다니고, 4년 후 가까스로 외동딸을 인내의 한 농군에게 시집보냈다.

김항이 인내 당골에 들어간 뒤에도 소문은 끊이지 않고 들려왔다. 주된 내용은 김항이 미쳤다는 것이다. 밤낮을 가리지 않고 괴상한 소리를 지르며 노래를 불러대고 그러다가 미쳐 날뛴다는 것이다. 그러다가도 노래를 부르지 않고 책상 앞에 앉아 있을 때는 또 멀쩡해서 아무래도 귀신에 씌인 것 같다고들 했다.

소문이 들릴 때마다 물한의 할아버지는 머리를 싸매고 드러눕기 일쑤고, 문중에서는 도저히 가망이 없는 놈이라고 고개를 저어댔다.

그러나 물한은 무슨 소리가 들려와도 흔들리지 않았다. 큰아버

지가 미쳤다고 해도 상관없었다. 귀신이 씌었더라도 어쨌거나 큰
아버지다. 물한은 주위 사람들의 눈길을 피해가며 큰아버지를 만
나러 다니곤 했다. 물한의 발길은 늘상 자신도 모르게 큰아버지
에게 향하곤 했다. 아버지를 잃은 물한으로서 그 아버지의 친형인
큰아버지에게 정이 가는 것은 당연했다.

물한의 그러한 발걸음은 머지않아 할아버지에게 들통이 나고
말았다. 물한은 할아버지 앞에 무릎을 꿇고 앉아 벌벌 떨었다. 불
호령이 떨어질 게 뻔했다.

뜻밖에도 할아버지는 부드러운 목소리로 손자 물한의 이름을
불렀다.

"물한아."

"예, 할아버님."

"너 요즘 네 큰애비를 만나고 다니느냐?"

물한은 대답을 할 수가 없었다. 그저 저고리 옷고름을 만지작
거리기만 했다. 이러나저러나 혼날 게 뻔한데 굳이 할아버지의 진
노를 살 필요가 없다.

대답을 기다리던 할아버지는 한숨을 내쉬었다.

"내 네 마음을 모르는 바는 아니다만 큰애비 때문에 네가 다칠
까 두렵구나. 앞으로는 큰애비를 만나지 말거라."

할아버지는 다짐을 받으려는 듯 단호하게 말했다.

"하, 할아버지, 크, 큰아버지는 시, 실성하지 않았습니다."

느닷없이 튀어나온 물한의 말에 할아버지는 말없이 손자를 내

려다보았다. 무거운 침묵이 흘렀다. 몹시 긴장한 물한의 손바닥에서 땀이 한 줌이나 배어나왔다.

"알고 있다."

"예?"

"영가가 미친 소리가 아니고, 무도가 미친 춤이 아니라는 것을. 허나 세상은 야속하게도 경전에 묻은 먹물만을 고집하여 네 큰애비를 알아보질 못하는구나. 더구나 동문수학했다는 최제우가 대구 감영에서 목 베어 죽은 뒤로는 더 불안하기만 하다. 차라리 입신출세하는 과거 공부나 할 일이지 왜 그런 엉뚱한 짓에 몰두하는지 모르겠구나."

뜻밖의 대답이다. 물한은 놀라서 눈을 크게 떴다. 할아버지의 눈가에 물기가 비쳤다.

"네 큰애비는 처음부터 미치지 않았다. 연담 선생 문하에서 학문할 적부터 죽 지켜보았다. 다만 그놈은 시대를 너무 앞질러 온 것뿐이다. 그놈이 중얼거리는 소리는 도시 이 세상 말이 아니다. 쓰일 때가 언제인지 모르나 하여튼 허튼소리는 아니다. 물한아, 그래도 너는 큰애비를 만나지 말거라. 큰애비를 만나는 것을 문중에서 알게 되면 네게도 화가 미칠 게다. 어린 네가 감당할 수 있는 일이 아니니라."

할아버지는 자리에서 일어나며 다시 한 번 다짐을 했다.

"명심해야 하느니라."

할아버지가 방을 나선 후 물한은 망연자실 방문만 바라보았다.

나라가 길다란 장대 끝에 매달린 듯 위태롭던 그 무렵, 나라는 나라대로 집안은 집안대로 썩어 문드러진 낡은 사상에 매달려 한 치 앞을 바로 보지 못했다. 어리숙한 물한의 눈에도 옛 것에만 고집하는 집안 어른들이 답답하기만 했다.

물한은 큰아버지 김항이 파문당하던 일과 그로부터 큰아버지를 따라다니며 세상 이야기 듣는 것을 즐기다가 결국은 여기까지 왔노라고 말했다. 그 사이 북하는 물한이 내준 새옷으로 갈아입었다.

"다 갈아입었습니다."

"그, 그러고 보니 기, 기골이 훤하구려."

물한은 북하에게 밥상을 따로 차려다 주었다.

"변변치 않지만 하, 한술 뜨시오. 사, 산중이라서 먹는 게 늘 이렇다오."

비록 나물 두 가지에 보리와 조가 섞인 밥이 전부지만 북하는 몇 날 만에 밥상을 처음 대하는 사람처럼 순식간에 먹어치웠다. 그 모양을, 물한은 산방의 살림꾼답게 흐뭇하게 바라보았다.

김항의 천거로 두말 않고 받아들이기는 했지만 물한으로서는 사실 북하의 정체가 무척 궁금했다. 밥 한 사발을 뚝딱 해치우고 물주발까지 말끔히 들이키고 나자 물한은 기다렸다는 듯이 입을 열었다.

"그, 그대는 나이가 몇이오? 무척 어려 보이오만."

"저는 을해乙亥, 1875년생이니까, 올해 스물입니다."

"자, 장가갈 나이로군."

나이를 확인한 물한은 그제야 북하에게 말을 놓았다. 그새 그만큼 친근해지기도 했다.

밖에서 인기척이 났다. 이차현이다.

"새로 입문한 사람이 있다면서?"

이차현은 물한의 방으로 성큼 들어서면서 방안에 앉아 있는 낯선 청년을 살폈다.

"예. 저는 이북하라고 합니다."

"자네는?"

이차현은 북하를 금세 알아보았다.

"예, 어제 동학군과 함께 왔었습니다."

"그런데 왜 우리 산방엘? 동학은 그만둔 것인가?"

이차현이 의아한 얼굴로 물었다. 최제우가 일어난 이래 천지가 동학 세상으로 바뀌었는데 굳이 동학당을 나와 산방으로 입문할 이유가 없어 보였다.

"김항 선생님을 뵙고 느낀 바가 많았습니다."

"무슨?"

이차현은 북하를 경계하는 눈빛으로 물었다. 어제는 적으로 찾아왔던 사람이 오늘은 제자를 자청했으니 그럴 만도 하다.

"영가를 듣는 순간 제 가슴 속에 항상 도사리고 있던 증오심이 초봄 얼음장처럼 스르르 녹는 걸 느꼈습니다. 그 노래는 용서하라, 용서하라 그렇게 말하는 것 같고, 미워하지 말라며 등을 두드려 주는 것 같았습니다."

북하는 감격에 겨워 잠시 말을 잇지 못하다가 침을 꿀꺽 삼키고는 계속 입산 이유를 설명했다. 그러나 석전이 비밀리에 말해 준 것만은 차마 털어놓지 않았다. 김항이 조선을 구할 신인일지 모른다는 것과, 또 북하 자신이 그 신인을 지킬 신장 운운은 더더군다나 입 밖에 낼 수가 없다.

"그 노래를 듣자 몸에서 힘이 빠져나가는 걸 느꼈습니다. 그렇게 마음이 편안할 수가 없었습니다."

"동학의 교리도 만만치 않다고 들었는데, 굳이 우리 산방에 들어와 고루한 옛 학문을 익히겠다니 신기한 일이네그려."

이차현은 북하의 말에 계속 의심을 달면서도 간밤에 스승이 말한 손님이 이 청년이 아닌가 하고 짐작했다.

"솔직히 말씀드리면 저는 원래 동학이 뭔지도 모르는 채 동학당에 들어갔습니다. 억울한 누명을 쓰고 고부 옥사에 갇혀 있다가 지난 난리에 파옥하고 나왔지요. 어차피 관의 추적을 받는 마당에 숨을 데라곤 동학당뿐이어서 그들을 따라다니다 보니 연산까지 흘러온 것입니다. 그러고 보니 이런 산중이라면 제가 숨어 있기에도 썩 좋고……"

천진하게 웃는 북하의 윗니가 하얗게 빛났다.

"그뿐만이 아닙니다. 살기등등한 동학군의 기세를 봄눈 녹이듯 녹여 버린 김항 선생님의 노래가 정말 신기했습니다. 그런데 선생님이 부르던 노래는 뭐라고 부릅니까?"

"영가라고 하네."

이차현이 다소 안도하는 얼굴로 대답해 주었다.

"영가, 영가라. 영가는 도대체 무슨 노래지요? 저는 처음 듣는 소리지만 가슴 저 밑바닥까지 깊이 울리는 듯했습니다. 저도 소리란 소리는 안 들어본 게 없을 만치 사당패 놀이를 실컷 구경했는데도요."

"영가라는 말은 공자가 처음 쓴 말일세. 우주의 율려律呂를 사람의 목소리에 담은 것으로, 곧 세상을 바꾸는 노래이기도 하네."

이차현은 스승한테서 배운 것을 자상하게 풀어나갔다.

공자는 선천 세상이 율려에서 나왔다고 주장했다. 그러니 후천 세상도 역시 율려에 의해 바뀐다고 했다.

"어떻게 신도 아니고 인간도 아닌 한낱 율려가 세상을 바꾸지요? 휘파람 불면 개가 달려오듯 그렇게 후천 세상이 쉽게 열린단 말인가요?"

북하는 의구심이 나자 재차 질문을 던졌다.

"글쎄, 그 깊은 이치는 나도 잘 모르네. 어쨌든 그런 의심 때문인지 공자가 세상을 떠난 후 중원에서도 영가라는 말은 자취를 감추었다고 하네. 그러던 것을 오늘날에 이르러 우리 선생님께서 되살리신 것이지."

"선생님은 어떻게 사라졌던 영가를 되찾아내셨지요?"

북하는 질문을 그치지 않았다. 궁금한 것이 있으면 파고들어가 그 끝을 보고야 마는 성격답게 집요하게 물고 늘어졌다. 그런 북하를 이차현은 오히려 좋게 보며 자세히 답해 주었다.

"찾아내서 부르신 게 아니라고 하네."

김항이 영가를 찾은 것은, 사색중에 무의식적으로 입에서 나오는 소리를 그대로 따라 부르면서 시작된 것이다. 김항도 처음에는 그게 무슨 소리인 줄 모르고 불렀지만 나중에 그 노래를 부르지 않고는 견딜 수 없는 경지에 이르러서야 겨우 그 뜻과 이름을 알게 되었다. 고전에서 근거를 찾다보니, 바로 그 노래가 춘추시대 성인들이 부르던 영가였던 것이다.

"영가는 통상 무도와 함께 하는데 이런 명칭을 붙인 사람은 김항 선생님이 아니라 권종하權鍾夏라는 제자지. 권종하는 여기 있는 물한의 당숙뻘되는 분으로 선생님을 지극히 따랐어."

이차현은 영가가 제 이름을 되찾던 때의 이야기를 차근차근 해 주었다.

김항이 연담 이운규 문하에서 나온 뒤 인내 주변과 용바위 근처에서 학문과 수도에 전념하고 있을 때였다. 그러니까 김항이 가문의 도를 어지럽힌다 하여 파문을 당하기 몇 해 전이다.

당시 김항은 이미 영가의 원리를 터득하여 한창 수행중이었다. 사람들은 이런 김항을 '음아 선생'이라고 부르며 미친놈 보듯이 비웃었다. 이렇게 주변 사람들은 손가락질을 하였으나 딱 한 사람, 김항을 이해하고 따르는 사람이 있었다. 그가 바로 김항의 고종아

우이자 물한에게는 당숙뻘이 되는 권종하다.

하루는 권종하가 인내 강변에서 홀로 명상에 잠겨 있는 김항을 찾아와 영가를 청했다.

"형님, 그 소리 한번 듣고 싶어서 찾아왔습니다."

권종하는 당시 김항과 형님, 아우로 가까이 지내고 있었다.

"다들 미친놈 헛소리라고 하는데 자네만 내 소리를 듣겠다고? 여기서 말인가?"

김항은 잠시 망설였다. 주변 사람들의 이목이 번거로웠다. 그는 권종하를 데리고 당골 뒷산 으슥한 숲속으로 들어갔다.

자리를 잡은 뒤 김항은 오음五音을 고르기 시작했다.

"음—"

"아—"

"어—"

"이—"

"우—"

김항의 청아한 목소리가 숲속에 울려 퍼지자 시끄럽게 지저귀던 새들도 잠시 부리를 다물고 바람도 숨을 죽였다. 숲속에는 오로지 옥구슬이 구르는 듯한 김항의 노랫소리만이 유유히 흘렀다.

이윽고 율려의 음색音色이 바로 잡히자 김항은 팔을 흔들며 춤사위를 시작했다. 발도 어느덧 사뿐사뿐 가락에 따라 움직였다.

김항의 노랫소리는 마치 신선이 옥구슬을 부는 것 같고, 몸놀림은 백학白鶴이 공중에서 날개춤을 추는 것 같았다.

권종하는 김항의 영가무도를 보면서 한동안 황홀경에 빠져들었다.

한참 후 김항이 다시 처음 가락으로 오음을 다듬고 나자 권종하는 크게 감동해서 말했다.

"방금 형님이 부르신 노래를 '영가'라 하고, 그 춤을 일컬어 '무도'라 하는데, 옛날 사람들이 영가로 심성을 기르고 무도로 혈맥血脈을 열어서 소융사제消融渣滓, 속세의 더러운 찌꺼기를 털어내고 마음을 밝게 함하고 탕척사예蕩滌邪穢, 사악함과 더러움을 깨끗이 씻어냄 하였으나 언제부턴가 책을 읽고 예법을 배우는 문자에 휘말려들어 이것이 사라졌다고 합니다. 이후 주자가 《소학제사小學題辭》에서 영가무도를 권장하였을 뿐 거의 명맥이 끊어지고 말았습니다. 그러던 것을 형님이 부활하셨으니, 이제 저는 형님을 스승으로 모시겠습니다."

권종하는 김항에게 넙죽 엎드려 감사의 절을 올렸다.

"영가무도는 내가 발견한 게 아니고 연담 이운규 선생께서 발굴하여 내게 수련법으로 가르쳐 준 거라네. 오방불교에서도 하고 있는 수련법이지."

"그래도 이건 대단한 일입니다."

그 뒤 권종하는 김항을 찾아다니며 영가와 무도를 열심히 배웠다.

그러던 어느 날 동학당을 조사하기 위해 지방을 순회하던 관원이 숲속에서 이상한 노랫소리가 들리자 그 소리를 따라 숲속을 뒤졌다. 마침내 관원들은 권종하가 영가무도하는 것을 목격하고는, 이단이라 하여 그를 공주 감영으로 끌고 갔다. 성리학 아니면 다 이단으로 사상범으로 처벌받는 어두운 시절이다. 거기서 권종하는 심한 고초를 받았다.

이때 김항이 재빨리 공주로 달려가서, 이단이 아니라고 해명했다.

"나는 어디까지나 공부자孔夫子를 따르는 정통 유림이오."

이렇게 말문을 연 김항은 유학과 성리학에 대한 지식을 쏟아냈다.

권종하를 이단으로 몰아 처벌하려고 모인 선비들은 혀를 내둘렀다. 공자孔子를 능가하는 해박한 식견에 유림儒林 문사文士들은 감히 말대꾸조차 하지 못했다.

충청감사 민치상閔致庠은 유림 문사들과 토의한 결과 김항의 주장에 일리가 있다는 사실을 인정했다. 공주 감영은 권종하를 놓아 주었다. 이 무렵만 해도 유림들이 나서서 공맹孔孟의 도에서 어긋났다고 한번 마녀사냥 하듯이 옭아매면 그 누구도 어쩌지 못하는 시절이다. 그게 유림들이 차지한 나라의 법이고 힘이었다. 유림들은 나라 망하는 순간까지도 이런 짓을 했다.

이차현은 권종하로부터 이야기를 한 번 들은 뒤로 마치 자신이 그 자리에 있던 것처럼 선명하게 이 장면을 그렸다. '눈을 감으나 뜨나 앞이 훤하다'는 김항의 말처럼 그러한 혜안慧眼이 이차현에게도 그때 조금씩 열렸다. 이후로 김항의 문하에서 수학하면서 자신의 눈이 더 밝아지는 것을 경험했다.

"그후 선생님은 무아의 경지에 이르기까지 끊임없이 영가를 불렀다네. 그리고 저 아래 당골 풀밭의 잔디가 밟혀 죽을 정도로 무도에 힘쓰셨네."

"선비님도 배우셨습니까?"

북하가 호기심 어린 얼굴로 물었다.

"나도 좀 따라하기는 했지."

이차현은 멋쩍게 웃었다.

"형님은요?"

북하는 물한을 형님으로 불렀다. 물한은 기분이 좋은 듯 싱글벙글했다.

"내, 내가 가, 감히 어떻게……."

물한은 머리를 긁적이며 부끄러워했다.

그러자 북하는 이차현에게 물었다.

"제게도 가르쳐만 주신다면 열심히 배우겠습니다."

북하는 공손히 허리를 굽혔다.

"나도 웬만큼은 터득했지만 우리 선생님의 경지에 이르려면 아득히 멀다네. 기회가 닿는다면 선생님께 직접 배우는 게 좋을 걸세."

북하의 눈은 어느덧 영가와 무도를 배우려는 의지로 불타올랐다.

주위는 벌써 어두워지고 달빛이 산방 지붕 위로 흘러내렸다.

이차현이 그의 방으로 건너가자 물한은 북하와 함께 잠자리를 깔았다.

북하는 물한에게 양해를 구하고 먹을 갈았다. 물한은 먼저 잠을 자겠다며 자리에 누웠다.

북하는 홀로 등잔불 밑에서 서찰을 쓰기 시작했다. 스승인 석전에게 쓰는 것이다.

스승님.

저는 지금 김항 선생 밑에 입문하였습니다. 어젯밤 선생의 영가를 직접 들었는데, 사람의 마음을 밑바닥부터 움직이는 신화성(神化聲)이었습니다. 이 분이 신인임에 틀림없습니다. 저는 스승님의 분부대로 이 분의 신장이 되어 새 세상을 여는 큰뜻을 이루실 때까지 목숨 바쳐 지키겠습니다.

북하가 지켜야 할 사람이 확연해졌다. 김항이다. 영가를 부름으로써 성난 동학군 무리를 감화시킨 사람, 가까이 와서 이야기를 들을수록 신비감이 더해가는 사람. 바로 자신이 찾던, 그리고 자신이 지켜야 할 신인이라는 확신이 들었다.

북하는 서찰을 다 쓰고도 가슴이 벅차올라 쉬 잠들지 못했다. 물한은 벌써 깊은 잠에 빠져 잠꼬대까지 했지만, 북하는 밀물처럼 다가오는 새로운 운명에 긴장해 잠을 이루지 못하고 몸을 뒤척였다.

떠오르는 별

북하가 산방에 들어온 지 며칠이 지난 2월 그믐, 굵은 우박이 마구 쏟아졌다. 아침부터 천기天氣가 맑았는데, 오후 들어 갑자기 검은 구름 한 덩어리가 남동쪽 산마루를 넘어와 향적산방 하늘에 머물더니 굵은 우박을 마구 뿌려놓았다. 그걸 보고 산방 학인들은 괘卦를 잡는다고 소란을 피웠다.

그 시각, 멀리 경상도 영덕에서 왔다는 젊은 선비 두 명이 산방에 새로 입문했다. 두 선비는 아랫마을 장정을 스무 명씩이나 사서 지게마다 가득 쌀과 곡식, 찬 등을 지고 올라왔다.

한 사람은 성이 신辛씨, 이름이 대평大平으로, 키가 크고 마른 체격이다. 또 한 사람은 성이 민閔씨, 이름은 부안富安으로, 작고 약간 살집이 붙었지만 몸은 꽤 날렵해 보였다.

누구보다도 물한이 이들의 입문을 반겼다. 산방 살림이 넉넉하지 못해 긴 겨울을 나기가 늘 빠듯하다.

웬일인지 국사봉에 올라간 김항은 허겁지겁 산을 내려오더니 물한이 두 선비를 입문시킨 걸 보고는 간단히 인사만 받고는 두말없이 별채에 들어가서 문을 닫아걸었다.

"오늘은 내가 몹시 피곤하니 찾지 말거라."

으레껏 신입 학인이 생기면 별채로 불러 이것저것 묻고 살피던 김항이지만 이날은 얼굴을 내밀지 않았다.

북하가 입문한 뒤로 학인들이 더 늘어 이제는 서른 명이나 찼다. 그러다 보니 방이 모자라 산방을 한 칸 더 늘려야 했다. 방 늘리는 경비도 신대평과 민부안 두 선비가 내겠다고 자청했다. 두 선비는 숫기도 좋아 금세 산방 학인들과 어울려 며칠이 지나면서부터는 오랜 지기처럼 친숙해졌다.

산방 식구가 늘어난 뒤로 김항은 주역 강의와 서전 강의에 더 열을 올렸다. 이따금 대학과 중용 등을 특강 형식으로 다루기도 했다. 학인 중 일부는 과거를 보려는 사람도 있고, 따로 학문만 닦으려는 사람도 있고, 영가무도를 배우려는 사람도 있지만 어쨌든 기본 학문만은 누구나 다같이 배워야 했다. 북하도 그 틈에 끼어 석전한테서 틈틈이 익힌 학문을 더 깊이 배웠다.

그러면서도 북하는 김항을 지키는 일을 게을리하지 않았다. 김항이 산방에서 강의할 때는 물론, 산에서 영가무도를 할 때도 긴장을 풀지 않고 살폈다. 밤에도 깊은 잠에 들지 않고 김항이 머무는 별채에서 무슨 일이 있지는 않은가 귀를 바짝 세웠다.

음력 3월로 접어들어 봄기운이 감돌 무렵.

향적산방에 적을 둔 학인들 사이에서 《정역》을 가르쳐 달라는 목소리가 본격적으로 나오기 시작했다. 김항의 나이 올해로 예순아홉. 적지 않은 나이이니 언제 무슨 일이 생길지 모른다고들 생각했다. 학인들은 조바심을 내기 시작했다.

김항이 《정역》을 발명했다는 소문은 벌써 오래전부터 돌았다. 그러나 김항은 아직 다듬는 중이라고 하면서 누구에게도 그 실체를 보이지 않았다. 그러다가 제자들이 청하면 한두 편 글을 지어 내보이곤 했다. 그래 봤자 세상이 개벽하면 어떻게 좋아진다는 꿈같은 얘기만 있을 뿐 '역易'다운 맛은 없는 글귀였다. 그 정도야 《미륵하생경》 같은 경전에도 무수히 나와 있는 이야기고, 정도령이라면서 떠드는 사람들도 입이 닳도록 하는 말이다. 게다가 요즘은 그마저 뚝 끊어져 산방에서는 《정역》이라는 말이 한 마디도 나오지 않았다. 그런데 최근 들어 《정역》 이야기가 부쩍 학인들 입에 오르내리기 시작하면서 《정역》을 가르쳐 달라는 요구도 거세졌다.

누구보다도 《정역》에 관심이 높은 사람은 맨 나중에 입문한 신대평과 민부안 두 선비였다. 이들은 김항이 이미 십여 년 전에 정역 팔괘를 잡아 그려내었으며, 그 이후 계속 《정역》을 집필해 왔다는 사실까지 알고 있었다. 오래전에 산방에 들어온 선비들보다 김항의 행적과 《정역》에 관해 더 훤히 알고 있었다.

덕분에 북하도 김항이 《정역》이라는 책을 짓고 있다는 사실과, 그 책에 세상을 개벽할 엄청난 내용이 들어 있다는 것을 처음 알게 되었다.

북하는 속으로 고개를 끄덕였다. 역시 김항이 신인임에 틀림없다고 생각했다.

그러나 김항은 《정역》을 세상에 내놓기를 꺼려하는 것으로 보였다. 제자들이 《정역》을 가르쳐 달라고 하면 얼굴빛이 금세 어두워졌다. 그리고 몹시 불안한 기색도 보인다. 물론 신장으로서 몰래 김항을 지키고 있는 북하만이 느낄 수 있는 기운이다.

봄빛 따스한 3월 초.

김항은 저녁을 먹고 난 뒤 혼자서 국사봉으로 향했다.

여느 때보다도 하늘이 맑고 별이 총총한 날이다. 겨울의 끝자락을 물고 늘어지는 꽃샘추위의 기세가 만만치 않지만 천문天文을 읽기에는 아주 좋은 날씨다. 김항은 다른 때보다 두툼하게 옷을 껴입고 산방을 나섰다.

"또 사, 산에 올라가시게요? 오, 오늘은 달도 없는 날인데 어두워서 어떻게 길을 보십니까?"

물한이 안타까운 눈길로 물으며 따라나설 채비를 하지만 김항은 손을 내저었다.

"아니다. 따라나설 것 없다. 이렇게 달이 없는 밤이야말로 천문을 읽기에는 안성맞춤이다. 오늘은 내가 혼자서 볼일이 있다."

물한은 재차 따라나서겠다고 하였지만 김항은 극구 만류하며 기어이 단신으로 산에 올랐다.

근래 들어서 심상치 않은 기운이 뻗쳐오고 있음을 김항은 착잡한 심정으로 감지했다. 그래서 하늘이 맑은 날 천문을 볼라치면 점점 빛을 잃어가는 자신의 별 옆으로 분명하게 밝은 빛을 내뿜는 새로운 별 하나가 찬란한 광채를 띠며 떠오르고 있는 것을 확인할 수 있다.

하지만 그러한 사실 자체가 그리 놀라운 일은 아니다. 그것은 오래전에 이미 예정된 일이었고, 당연히 이루어져야만 할 일이다. 정작 문제가 되는 것은, 겉으로는 휘황하게 보이는 그 별빛 어딘가에 꼭 곰팡이가 슬듯 푸르스름한 기운이 서려 있는 것이다. 위험을 알리는 빛이다.

김항은 새로 떠오르는 별빛에서 그 위험을 제거하는 것이 자신의 일이라고 여기고, 바로 그 일을 하기 위해 험한 산을 한밤중에 홀로 오르기로 한 것이다.

바람끝이 살갗을 에일 듯 날카롭다. 김항에게 그 정도 추위는 그다지 추운 게 아니다.

김항은 서둘러 산길을 올랐다. 그리고 하늘이 잘 보이는 편편한 바위를 골라 자리를 잡은 뒤, 두루마기를 벗고 간편한 차림으로 앉았다. 김항은 숨을 고른 뒤 영가를 시작했다.

"음—"

"아—"

"어—"

"이—"

"우—"

김항이 내는 소리는 별빛 찬란한 밤하늘로 영롱한 여운을 끌며 울려 퍼졌다. 숲 사이를 스치는 바람소리도 숨을 죽이고, 간간이 울어대던 산새 울음도 뚝 그쳤다. 그야말로 사위는 깊은 정적에 휩싸였다. 오로지 김항의 영가소리만 찬연한 빛을 발하며 밤하늘을 수놓은 별빛 사이로 스며들었다.

어느덧 영가는 빨라지고 김항의 몸이 움직이기 시작했다. 그리고 몸놀림 또한 영가소리에 따라 점점 빨라지더니 마침내 김항의 몸은 공중에 떠 있는 것처럼 사뿐사뿐 움직였다.

그렇게 한 차례 가무로 마음을 열고 혈맥을 돌리자 김항은 그때부터 추위를 잊었다.

그는 바위에 앉아서 심안心眼으로 밤하늘을 바라보았다. 천문天文을 읽는다.

이게 웬일일까.

그토록 별이 총총하도록 맑은 하늘 한편에 시커먼 먹구름이 피어오르고 있었다. 한 무더기 먹구름이 김항의 별을 가까스로 비껴, 그 옆에서 찬란한 빛을 발하던 새 별 주위로 몰려들었다. 워낙 시커먼 먹구름의 위세에 눌려 새 별은 꺼질 듯 흐릿하다.

먹구름은 분명 전운戰雲이다. 전라도 고부 일대의 하늘을 잔뜩 뒤덮은 먹구름, 그것은 동학군이 틀림없이 크게 봉기를 일으키고야 말리라는 암시다. 그렇다면 이 땅으로 내려올 새 별의 주인공이 그 전운의 한복판에서 위험에 처하게 될지도 모를 일이다.

"모를 일이야. 저토록 검은 기운이 이 땅을 감싸다니……."

김항은 30여 년 전에 동학을 세우고 효수당한 수운 최제우를 떠올렸다. 연담 선생의 충고를 받아들이지 않고 기어이 당장 개벽을 열겠다며 뛰어다니다가 수많은 창생蒼生의 피를 흘리게 한 최제우, 그의 얼굴이 갑자기 눈앞에 환하게 떠오르는 것은 무슨 까닭일까? 같은 스승 밑에서 함께 배운 동학同學으로서 늘 안타깝기만 하던 최제우다.

수운水雲 최제우崔濟愚.

자신이 창시한 종교 집단이 서학西學으로 몰리면서 신변의 위협을 느끼기 시작한 최제우가 전라도 남원으로 피신한 것은 신유년辛酉年, 1861년, 김항의 나이 서른여섯 나던 해다. 김항은 두 살 많은 최제우를 이때 만났다. 그 무렵 김항은 연담 선생 밑에서 수학하던 중이었다.

당골의 서쪽에 띠울이라는 마을이 있다. 띠울은 맑은 물이 흐르는 인내를 앞에 두고 서당산을 뒤로 하여 청룡과 백호에 푹 싸인 평화롭고 밝은 마을이다. 그곳에는 하루에 짚신 한 켤레씩 삼아 인내 장터에 내다팔며 생계를 유지하는 은사隱士가 한 사람 살았다. 언제부터 그곳에 은거하기 시작했는지 아는 사람은 없고,

그에 대해서 내력을 잘 아는 사람도 없다.

그는 세상을 일찍 파하고 큰 뜻을 품고 내려온 비범한 인물이라고만 소문이 돌았다. 호는 연담蓮潭, 자는 수승守曾, 이름은 이운규李雲圭. 실학파의 대가인 이서구李書九의 제자라는 소문도 있었다.

사실 연담은 문과 참판을 지낸 적이 있는데 흥선대원군 이하응과도 절친한 사이다. 그러나 국운이 쇠약해지는 것을 자신의 힘으로 어쩔 수 없다고 생각하고 연산으로 낙향하여 은거하고 있는 중이었다.

연담은 학문의 깊이가 심오하고 자태에도 신비감이 돌았다. 그는 조선에 패망의 기운이 도는데, 이는 패망이 아니라 개벽의 기운이라고 보면서 세상을 근본적으로 뜯어고칠 후학을 끌어 모으는 중이었다. 당시 조선의 뜻있는 선비 문사들 사이에서는 망해가는 조선왕실을 붙들어 일으킬 게 아니고 전혀 다른 세상을 세워보자는 개벽사상이 은근히 떠돌았다. 그는 과거를 선천으로 보고, 다가오는 미래를 후천으로 규정하면서 선후천을 개벽하는 시운에 들어왔으니 시대인들 모두 개벽전사로 뛰어야 한다고 주장했다.

이때 김항도 그런 생각을 갖고 있다가 연담을 처음 만나 문답을 들어보고는 대번에 마음이 끌려 제자를 자처했다. 그가 발명한 정역과 영가무도는 연담 이운규로부터 영향받은 바가 매우 크다.

그 무렵 은둔처를 찾아 이리저리 옮겨다니던 동학 교주 최제우도 연담의 문하로 들어왔다. 동학 교리가 다 완성된 즈음이지만 이운규의 개벽사상에 대해 경청할 필요가 있었던 것이다. 다만 최제우는 연담의 직계 제자로 보기는 어렵고, 피신 중에 문답을 나누며 서로 사상을 나눈 정도의 사이로 보는 게 옳다. 나이 차는 스무 살이고, 피신 중이기는 하지만, 최제우는 이때 많은 교도를 거느린 교주 신분이었다.

당시 연담의 문하에는 김항 말고도 전라도 출신의 광화光華 김치인金致寅이라는 젊은이가 있었다.

이렇게 해서 김항과 최제우, 김치인 세 사람은 연담 밑에서 동문수학하였다. 물론 한 방에 머물면서 함께 공부한 것은 아니다. 제각기 따로 살면서 가끔씩 연담을 찾아와 문답을 주고받거나 연담으로부터 가르침을 받는 방식이었다. 그러니까 학인들처럼 강의를 하고 문답을 나누는 것이 아니라 각자 공부하면서 찾아와 대화를 통해 다듬는 정도였다.

이 무렵 최제우는 주로 전라도 남원에 머물면서 동학을 체계화하는 글을 쓰고 있었다. 최제우는 이 기간에 동학의 뼈대가 될 사상적 성숙을 이루었다. 연담 문하에서는 선후천 개벽사상을 배웠는데, 그는 동학이 바로 후천개벽을 여는 사상이라고 판단하였다. 이들이 한창 연담을 찾아다니며 공부하던 때는 최제우가 38세로 가장 많고, 김항은 36세, 김치인은 나이가 확실치 않으나 매우 어릴 때다.

이들 세 사람의 동문수학은 오래 가지는 못했다. 어찌된 일인지 연담이 어느 날 문하의 세 사람을 불러놓고 불쑥 이렇게 말했다.

"나는 이제 떠날 것이라. 인연이 또 갈리게 되었다."

"그게 무슨 말씀이오이까?"

먼저 최제우가 깜짝 놀라 물었다. 김항과 김치인도 놀란 얼굴로 스승을 바라보았다.

"이미 정한 일이니 어쩔 수 없다. 하늘 일은 하늘이 정하는 법, 나는 하늘을 고칠 만한 재주는 갖지 못했으니 안타깝기만 하다. 알고도 손을 쓰지 못하는 내 고통을 누가 알랴. 후천개벽을 여는 임무를 여러분에게 맡긴다."

연담은 허연 수염 사이로 엷은 미소를 지어 보였다. 자신의 말을 입증이라도 하듯 연담의 옆자리에는 짚신 서너 켤레를 매단 바랑이 꾸려져 있다.

연담은 손에 종이쪽지 석 장을 들고 있었다. 연담은 그 중의 한 장을 먼저 최제우에게 주었다.

쪽지를 본 최제우는 어느덧 슬픔에 젖어들었다.

"이 하늘은 네게 의지하고 있는 형국이다. 네가 일어서면 세상이 바로 서고, 대우주가 바로 설 수 있다. 선천 상극 세상을 네가 한 판 돌려서 상생의 세상으로 돌려놓아야 한다. 하늘은 지금 너를 주목하고 있다. 다만 하늘 일은 단 한 도수라도 비껴나면 패망하느니 조심조심해야 한다. 네가 수(數)를 잃으면 고생할 사람이 또 나와야만 한다. 너 하는 일을 하늘이 초조하게 지켜보고 있느니라."

"명심하겠습니다."

"너는 선도仙道의 전통을 계승한 자라. 이 주문을 독송하며 깊이 근신하라. 내가 하늘에서 얻어 온 것이로다. 후천개벽을 여는 주문이다."

최제우는 숙연한 마음으로 연담이 내민 종이쪽지를 펴보았다.

지기금지원위대강(至氣今至願爲大降)

시천주조화정(侍天主造化定)

영세불망만사지(永世不忘萬事知)

연담은 다음으로 나이 어린 김치인을 불렀다.

김치인이 침통한 표정으로 대답하며 머리를 조아렸다.

연담은 그에게도 종이쪽지를 건네주었다.

"너는 불교 전통을 계승할 자라. 네게도 세상 운수가 놓여 있으니 한번 크게 일어서라. 부처가 한번 마음을 개벽했으니 그 법으로 후천개벽을 도모하라. 내 두 아들에게도 후천개벽을 열 도수를 불교에서 찾으라고 가르쳐두었으니 훗날 만나거든 함께 도모하라. 너는 아직 어리니 더 공부하며 중도를 익혀야 한다. 중도가 곧 후천개벽이다. 중도를 잃으면 망하고 중도를 찾으면 성공할 것이다. 시절 인연을 잘 살피면서 세상을 읽어야 하느니 매사 조심하고 조심해야 한다. 후천개벽이 비록 하늘이 정한 일이기는 하나 한 도수만 비껴도 패망의 기운이 쏟아진다. 예외가 없다. 일부와 더불어 영가무도를 수련하고, 다만 보시적선으로 공덕을 쌓아 자비와 중도로써 세상을 개벽하라."

김치인은 조심스럽게 종이를 펼쳤다.

남문을 열고 바라 치니 학명산천(鶴鳴山川) 밝아온다.

남학南學을 주문한 것이다. 그러고도 몇 줄 어려운 한자로 적힌 주문이 더 있다.

"보았느냐? 근신하고, 그 주문을 외면서 열심히 수련하거라."

마지막으로 연담은 김항을 부른 뒤 시 한 수가 적힌 종이쪽지를 내밀었다.

"공부자는 짐승처럼 살던 중국인들을 인의예지仁義禮智로써 고쳐놓은 선천의 영웅이라. 너는 쇠잔해가는 공부자의 도를 다시 일으켜 장차 크게 천시天時를 받들 것이니 이렇게 장할 데가 없다. 그는 주역으로 일으켰지만 그대는 정역으로 일으키리라. 내 이제까지는 스물두 살 어린 그대를 '너'라 하고 '해라'를 했지만, 이제부터는 '자네'라 하고 '하소'를 할 테니 그리 알고 이제부터는 예학禮學이나 시문詩文에만 치력할 것이 아니라 서전書傳을 많이 읽게. 그러노라면 자연 감동이 되어 후일 크게 이루는 바가 있을 것이니, 그때 쓰게 될 책에 이 글 한 수만 넣어 주게. 후천개벽의 설계도에 내 이름 좀 넣어달라는 부탁이네. 나는 너무 일찍 내려오고, 자네는 딱 맞춰 온 듯하이."

연담이 김항에게 남긴 시의 내용은 이러하다.

> 맑음을 보는 데는 물을 보듯이 하고(觀淡暮如水)
> 덕을 좋아하면 마땅히 인을 실천하라(好德宜行仁)
> 그림자가 천심월을 따라 움직이니(影動天心月)
> 바라건대 이 진리를 찾으라(勸君尋此眞)

결국 김항에게는 이 시가 곧 주문이나 다름없다.

연담은 제자 세 사람에게 각각 글 한 줄씩 남기고, 최제우와 김치인에게는 특히 근신할 것을 거듭 당부한 뒤 홀연히 떠나갔다. 그러고는 그만이다. 그 뒤 무주 용담 방면에 행적이 비슷한 은사가 한 사람 살고 있다는 소문이 있었지만 다들 바쁘다 보니 확인은 하지 못했다. 다만 분명한 것은 연담이 어느 곳엔가 살아 있으면서 세 사람을 지켜보고 있을 것이라는 믿음이 있을 뿐이다.

최제우와 김치인은 연담이 사라진 뒤 다시는 띠울에 나타나지 않았다. 그로부터 3년 뒤 최제우가 마흔한 살의 젊은 나이로 동학을 펴다가 대구 감영에서 효수당했다는 소식이 바람에 실려 김항의 귀에까지 들려왔다. 그로부터 얼마 지나지 않아, 광화 김치인이 '남문 열고 바라치니'에 따라 만든 남학南學 오방불교를 펴다가 전주 감영에 체포당해 역시 처형당하고 만다.

결국은 두 사람 다 근신하라는 스승 연담의 당부를 저버렸기 때문이다. 심지어 그의 두 아들마저 오방불교 운동에 휩쓸려 다 죽고 만다. 시대를 꿰뚫는 눈이 있어도 사람을 보는 눈이 흐리거나, 그런 눈이 있더라도 도수를 아차 비껴나면 문이 닫혀 버리고 만다. 하늘의 도수는 딱 맞아야만 열린다.

최제우의 경우는 매우 안타까웠다. 서른일곱의 나이에 하늘의 말씀을 듣고 크게 깨달음을 얻었으나 아직 지상의 때가 무르익지 않은 시절에 세상에 너무 깊이 뛰어들어 쓸 바를 잃고 겨우 마흔한 살에 요절하고 만 것이다. 천지가 개벽한들 때를 맞추지 못하면 그 하늘과 땅이 용납하지 않는다.

'이젠 나밖에 남지 않았구나.'

하늘을 올려다보던 김항은 깊이 탄식했다. 스승 뜻대로 《정역》 팔괘를 찾아 긋기는 하였지만 무언가 부족하다. 하늘^天과 땅^地은 그 속에 온전히 들어 있지만, 사람^人이 없다. 사람이 아무리 일을 꾸며도^{謀事在人} 하늘이 허락하지 않으면 이루어지지 않는다^{成事在天}. 억지로 되는 일은 하늘 아래 없다^{不可强也}. 그가 지금 불가항력을 느낀다.

'하늘 개벽, 땅 개벽은 내가 알지만 사람 개벽은 아직 모르는구나. 사람의 이치를 아는 누군가가 나와야 한다.'

김항으로서는 그 '사람'의 이치를 깨달아 넣기에는 이미 너무 늙었다. 죽을 날이 멀지 않다는 걸 스스로 느낀다.

천지^{天地}에 인^人을 채울 사람, 바로 그 사람이 필요하다. 천지인

天地人 셋의 이치가 온전히 맞물려 돌아야 묵은 세상을 통째로 고쳐 새 세상을 환히 열 수 있다.

연담 이운규가 창시한 오방불교, 즉 남학南學은 5만 명이나 되는 교도를 모았지만 동학이 궤멸되면서 어부지리로 잡혀 사라졌다. 남학과 김항의 무극대도無極大道는 사실상 형제지간인데 이제 홀로 남았다. 그럴수록 더 초조하다.

'아, 그 사람이 세상에 내려오기는 하였으나 내가 다 구경할 운은 없구나.'

천문을 보니, 도탄에 처한 백성의 원한을 풀어 주고 후천 세계를 열어 줄 신인은 이미 이 세상에 탄강하여 치열하게 구도의 길을 찾고 있는 중이다. 스승인 연담의 예언 그대로다.

그 신인이 누구인지, 또 어떻게 세상을 구원해 낼지는 김항 자신도 알지 못한다. 다만 평생을 바쳐 후천 세계의 역易인《정역》을 완성함으로써 그를 맞을 준비를 하고 있을 뿐이다. 그것도 최제우나 김치인처럼 서두르지 않고 비밀리에 조금씩 조금씩 준비해 온 것이다.

오래전에《정역》을 완성한 김항은《정역》을 쓸 신인을 만나기를 애타게 기다려 왔다. 그렇건만 고희를 눈앞에 둔 지금까지 그 신인을 만나지 못하고 있다.

"이제 그분을 찾아나서야 한다. 마냥 기다리고만 있을 수는 없다."

서둘러야 할 시기가 되었다. 게다가 천문에 나타나기를, 그 신인은 지금 위험에 처해 있다.

반쯤 기운 달이 서편 하늘에 싸늘하고 처연한 빛을 내뿜는다.

뼈를 깎을 듯한 한기가 새삼스럽다.

김항은 두루마기를 걸치고 너럭바위에서 내려왔다.

밀명

이튿날, 저녁때다. 김항은 부엌에서 저녁밥을 짓느라 한창 바쁜 물한을 찾아갔다. 그러고는 산방 살림을 물으면서 친히 부엌살림을 이것저것 열람했다.

"곡식은 넉넉하냐?"

"예. 아, 아직은 넉넉합니다."

"어디 독 좀 보자."

물한은 쌀과 보리, 조 등이 가득 차 있는 독 서너 개를 차례로 보여주었다. 독 말고도 부엌에 붙어 있는 곳간에는 콩이며 옥수수, 고구마 따위를 담은 자루가 가득 쌓여 있다.

곳간에 들어선 김항은 다른 학인들이 보이지 않자 가지고 있던 지팡이로 물한의 짚신을 툭 쳤다.

"이따 저녁밥은 네가 직접 가지고 오너라. 다른 학인 시키지 말고."

물한은 이날 저녁 정성껏 밥을 지었다. 그리고 스승의 지시대로 직접 상을 들고 별채로 찾아갔다.

저녁상을 받은 김항은 숟가락은 들지 않고 먼저 물한에게 물었다.

"물한아, 먼저 십오가$_{十五歌}$를 외워 보아라."

물한은 기침을 하여 목청을 가다듬고는 십오가를 외워나갔다.

"수화기제$_{水火旣濟}$니 화수미제$_{火水未濟}$로다.

기제미제$_{旣濟未濟}$니 천지삼원$_{天地三元}$일세.

미제기제$_{未濟旣濟}$니 지천오원$_{地天五元}$이네.

천지지천$_{天地地天}$이니 삼원오원$_{三元五元}$이네.

삼원오원$_{三元五元}$이니 상원원원$_{上元元元}$이라네.

상원원원$_{上元元元}$이니 십오일언$_{十五一言}$이로다.

십오일언$_{十五一言}$이니 금화이역$_{金火而易}$이다.

금화이역$_{金火而易}$이니 만력이도$_{萬曆而圖}$로다.

만력이도$_{萬曆而圖}$하니 택산함$_{澤山咸}$이 뇌풍항$_{雷風恒}$일세.

택산함$_{澤山咸}$이 뇌풍항$_{雷風恒}$이니 열이요 또 다섯일세."

"이번에는 포도시$_{布圖詩}$를 외워 보아라."

김항이 입가에 엷은 미소를 띠며 말하자 물한은 목청을 내리깔고 낮은 목소리로 시를 읊었다.

"만고문장 일월명萬古文章日月明하니

일장도화 뇌풍생一張圖畵雷風生이라.

정관우주 무중벽靜觀宇宙无中碧하니

수식천공 대인성誰識天工待人成인가."

"무슨 뜻인지 새길 수 있겠느냐?"

김항이 물었다.

물한의 귀밑이 벌게진다.

"뜨, 뜻은……."

"내, 오늘은 그 뜻을 새겨 주마."

김항이 목소리를 고르고는 조용히 읊었다.

"만고의 문장이 해와 달과 같이 밝으니

그림 한 장을 뇌풍이 내놓았네.

고요히 우주의 중심을 바라보니

하늘의 공덕으로 오는 사람을 기다려 이룰 줄을 누가 알았으

랴?"

김항이 뜻을 새겨 주어도 물한은 그게 무슨 말인지 알지는 못

한다. 다만, 단순하게 외울 뿐이다.

"이번에는 십일음十一吟을 외워 봐라."

김항의 말이 떨어지기가 무섭게 물한은 십일음을 줄줄이 외

웠다.

"……천지청명혜天地淸明兮여

일월광화日月光華로다.

일월광화혜日月光華兮여,

유리세계琉璃世界로다.

세계세계혜世界世界兮여,

상제조림上帝照臨이로다.

상제조림혜上帝照臨兮여,

우우이이于于而而로다……"

"한번 새겨 보련?"

김항이 뜻을 새겨 준 적이 있으므로 물한은 그것을 그대로 외우고 있다.

"하늘과 땅이 맑고 밝아 해와 달이 빛나네.

해와 달이 빛나니 유리처럼 밝은 세계가 되는구나.

온 세상이여, 하느님께서 빛으로 오시는도다.

하느님께서 빛으로 오시니 마음이 기쁘고도 즐겁구나."

김항은 흐뭇한 표정으로 물한을 바라보았다.

"음, 잘했다."

김항은 물한을 거듭 시험하고는 만족스런 표정으로 숟가락을 들었다. 물한은 스승이 밥을 먹기 시작하는 것을 보고는 조용히 물러나왔다.

김항과 학인들이 모두 저녁상을 물리고 한 시간쯤 지났을 때다. 김항의 방에서 괴로운 신음이 흘러나오기 시작했다.

"아이고, 아이고."

뒤뜰에서 검법을 연습하던 북하는 즉시 별채로 달려갔다.

"아이고, 물한아."

김항은 급기야 방문을 열고 조카 물한을 불렀다. 그의 얼굴에서는 식은땀이 흐르고 두 손은 배를 움켜잡고 있었다.

"무슨 일이십니까?"

김항이 기다시피 하여 마루에 나오자 북하가 깜짝 놀라서 여쭈었다. 그때 김항의 목소리를 들은 물한이 뒤뚱뒤뚱 달려왔다. 다른 학인들도 무슨 일인가 싶어 모여들었다.

"이런 못된 놈! 상한 음식을 올려 배탈이 나게 하다니."

김항은 물한이 나타나자마자 버럭 역정을 냈다. 물한은 여지껏 큰아버지가 화를 내는 걸 본 적이 없다. 그는 깜짝 놀라 그 자리에 엉거주춤 서서 어쩔 줄을 몰랐다.

"머리는 아둔하지만 심성 착한 것 하나 믿고 산방 살림을 맡겼더니, 이제 네놈이 꾀가 나서 게으름을 피우는구나."

물한은 어떤 음식이 상했는지 얼른 생각이 나지 않는다. 배추짠지나 장아찌, 무말랭이 같은 것은 오래되었지만 상할 음식이 아니고, 된장국도 새로 끓여서 탈이 날 리가 없다.

그렇더라도 스승이 자신이 해다 드린 저녁을 들고 심하게 배탈이 났으니 음식을 만든 사람으로서는 할 말이 없다.

"죄, 죄송합니다."

"죄송하다고 해서 될 일이냐? 나에게도 이럴 정도면, 다른 학인들에게는 오죽했겠느냐? 안 되겠다. 이제 너 같은 무녀리에게는 산방 살림을 맡길 수 없겠다. 넌 내려가서 농사나 지어라. 못난

놈."

김항은 수염까지 푸르르 떨며 소리쳤다. 물한은 눈물을 뚝뚝 떨어뜨리며 그 자리에 서 있을 뿐, 아무런 대꾸도 하지 못했다.

"아이고, 아이고. 누구 복통을 가라앉힐 사람 없느냐?"

김항은 화낼 기력도 없는 듯 신음만 냈다. 학인들은 아무도 나서지 못하고 걱정만 했다. 양반가 선비들인 그들이 배탈을 어떻게 치료하는지 알 리가 없다.

"제가 해 보겠습니다."

잠시 망설이던 북하가 나섰다. 사당패 시절, 북하는 웬만한 병은 스스로 치료하는 법을 배웠다. 아파도 의원에 갈 돈이 없던 사당패인지라, 알아서 치료를 하지 않으면 안 되었다. 그러므로 배탈을 다스리는 것쯤은 별게 아니다.

"제가 손을 써볼 테니, 다들 들어가 쉬십시오."

북하가 김항을 업어 방으로 들어가자 그제야 학인들은 자신들의 방으로 돌아갔다. 물한은 자리를 뜨지 못하고 그대로 서 있다.

"너도 네 방으로 썩 가거라. 꼴도 보기 싫다. 조카고 뭐고 다 필요 없다."

김항은 물한에게 소리를 냅다 지르고는 방문을 탁 소리가 나도록 닫았다.

북하는 김항의 맥부터 짚었다. 맥이 조금 빨리 뛸 뿐 별 이상이 느껴지지 않는다.

"여기가 답답하구나."

김항은 조금 전에는 아랫배를 움켜쥐었는데 지금은 명치끝을 가리킨다. 명치가 답답하다면 배탈이 난 게 아니라 체한 것이다. 그렇다면 치료는 간단하다.

김항의 손을 당겨 잡았다. 그러고는 엄지와 검지 아래를 손가락으로 꾹꾹 눌렀다.

김항은 북하가 하는 대로 맡기고 눈을 감은 채 앉아 있었다.

"음. 이제 좀 풀리는 것 같구나."

"이제 발을 주물러 드리겠습니다."

김항은 두 발을 뻗었다. 북하는 위를 자극하는 족혈을 찾아 눌러 주었다.

"됐다. 시원하구나. 많이 내려갔어."

김항은 통증이 가셨는지 평소처럼 가부좌를 하고 꼿꼿이 앉았다. 안색도 많이 평온해졌다.

"북하라고 했던가? 압록강을 가리키는 이름이라고?"

김항이 나직이 물었다.

"예, 그러합니다."

북하는 머리를 숙여 대답했다.

"전봉준이 하고 동학당을 같이 했었다고?"

김항이 미소를 머금은 얼굴로 북하를 바라보며 물었다.

"그렇습니다."

"힘깨나 쓴다고 들었다."

북하는 산방에 입문한 이래 처음으로 마주하는 스승 앞인지라 어렵기 그지없다. 묻는 말에 대답만큼은 또박또박 올렸다.

"아직 멀었습니다."

"그래. 무술은 꼭 필요한 때가 아니면 써서는 안 된다."

"명심하겠습니다."

북하는 머리를 깊이 조아렸다.

"네 입의 무게는 얼마나 되느냐?"

북하는 김항이 무엇을 묻는 것인지 알아차리지 못해 잠시 대답을 하지 못했다. 그러다가 이내 그 뜻을 알아차리고는 말했다.

"천 근, 만 근이옵니다."

"오, 그래? 묵직하구나."

김항의 입가에 만족스런 미소가 피어오른다.

"내가 아프다고 하니까 네가 제일 먼저 달려오더구나. 귀가 밝은 모양이구나? 늘 이쪽을 향해 귀를 기울이고 있었던 게냐?"

뜻밖의 질문에 북하는 당황하여 선뜻 대답하지 못했다. 자신이 석전의 지시대로 신장처럼 호위를 하고 있다는 것을 알아챈 것은 아닌가 하는 생각이 들었다.

"그, 그게 아니라, 제 발걸음이 워낙 빨라서……."

북하는 간신히 변명을 둘러대었다. 석전이 김항을 지키기는 하되 자신이 신장이라는 사실은 드러내지 말라고 신신당부했다.

"어쨌든 고맙구나."

김항은 더 이상 묻지 않았다. 그리고 나직이 일렀다.

"네가 힘도 좋고 입도 무겁고 발도 빠르다니 부탁할 일이 있다.

조만간 내가 은밀히 부를 테니 다른 학인들이 다 잠든 것을 확인한 뒤, 자시子時에 내 방으로 찾아오거라. 공부를 끝내면서 내가 막대기로 서탁을 네 번 치는 날이 바로 그날이다."

김항은 아무에게도 말해서는 안 된다고 거듭 강조했다.

북하의 치료 덕분인지, 다음날 김항은 평소와 다름없이 아침식사를 들었다. 물한이 직접 상을 들고 와 용서해 달라고 청했으나 김항은 싸늘하기가 이를 데 없었다.

"내려가라면 내려갈 일이지 무슨 군소리가 그리 많으냐? 내 말이 안 들리느냐?"

"하지만, 선생님. 물한이 그동안 해온 걸 봐서라도……"

물한과 각별하게 지내던 이차현이 돕기 위해 나섰지만, 김항은 끄떡도 하지 않았다.

"그러잖아도 얘가 요즘 게을러져서 내쫓으려던 참이었다. 어서 짐 싸갖고 내려가거라. 넌 농사가 딱이야. 공부는 무슨 얼어죽을 공부!"

옆에서 듣고 있던 북하는 물한이 게으르다는 말이 이해가 가지 않았다. 물한은 북하가 처음 들어왔을 때나 지금이나 한결같이 우직하고 성실하게 산방의 허드렛일을 도맡고 있다. 그러나 들어온 지 얼마 안 되는 북하로서는 감히 뭐라고 의견을 낼 수가 없다.

물한은 제 방으로 돌아가 눈물을 줄줄 흘리며 짐을 싸고, 그동안에 아침 강의가 시작되었다. 김항은 물한의 일 따위는 잊은 듯, 열정적으로 서전書傳을 강의했다.

오전 강의가 끝나 점심때가 되자 물한이 점심밥을 지어 왔다. 그러고는 하직 인사를 올렸다. 김항은 돌아다보지도 않았다.

물한은 눈물을 훔치며 산방을 떠나고, 학인들은 언짢은 마음으로 물한을 보냈다.

물한이 산을 내려가고 이틀 정도는 이차현과 북하가 자청해서 밥을 지었다. 물한이 없으니 그 손이 그렇게 아쉬울 수가 없었다.

이틀이 지나자 김항은 이차현에게 마을에 내려가서 밥을 짓고 허드렛일을 할 사람을 구해 오라고 했다. 한 사람이 해내기는 어려울 테니 두 사람을 구해 오라고 했다.

그렇게 하여 머슴이 둘이나 들어온 뒤에야 북하와 이차현은 잡일에서 벗어날 수 있었다. 두 사람이 해도 힘든 일을 물한은 어떻게 혼자서 해냈는지 신기하다고들 했다. 그렇게 많은 일을 묵묵히 해낸 물한을, 상한 음식 한 번 올렸다고 해서 내쫓다니, 북하는 김항이 너무 심했다는 생각이 자꾸 들었다.

며칠이 지난 3월 하순.

오후 강의가 끝날 무렵 김항은 중대 발표를 했다.

"내가 십수 년 연구해 온 《정역》이 이제 완성되었다. 내일부터 너희들에게 《정역》을 강의할 테니 그런 줄 알라."

학인들은 모두 즐거워했다. 말로만 듣던 《정역》을 드디어 보게 되자 다들 흥분해서 어쩔 줄 몰랐다. 특히 신대평과 민부안 두 선비가 더욱 좋아했다.

"자, 오늘 강의는 이것으로 마친다."

김항은 여느 때처럼 막대기로 서탁을 쳤다.

'하나, 둘⋯⋯'

요 며칠 동안 북하는 김항이 공부를 마칠 때마다 서탁 치는 소리를 속으로 세고 있었다.

'셋, 넷!'

네 번이다. 다른 때는 세 번만 쳤는데 오늘은 분명 네 번이다.

'오늘이로구나. 오늘 자시에 방으로 찾아오라는 말씀이로구나.'

북하는 속으로 막대기 수를 헤아리며 김항을 바라보았다. 막상 김항은 북하에게 눈길 한 번 주지 않고 서탁에 놓인 책을 챙겼다.

그날 밤, 북하는 자시가 되도록 잠을 자지 않고 기다렸다. 그날 따라 학인들은 다음날부터 《정역》을 공부하게 되었다는 사실에 기분이 들떠 늦게까지 잠에 들지 않았다. 그러다 해시가 끝나고 자시가 되자 모두 조용해졌다.

북하는 몰래 방에서 빠져나와 별채로 향했다. 그리고는 별채 마루에 올라 나지막이 기침만 한 번 한 뒤 문을 열었다.

"어서 오너라."

방안에는 김항과 이차현이 마주 앉아 있었다. 이차현도 은밀한 부름을 받고 온 듯하다.

"북하야, 차현아."

북하와 이차현 두 사람이 앞에 나란히 앉자 김항은 두 사람을 번갈아 바라보며 불렀다.

"예, 선생님."

두 사람이 동시에 대답했다.

"너희들은 내일 아침 산을 내려가거라."

갑작스런 스승의 지시에 두 사람은 무슨 영문인지 몰라 어리둥절했다.

"나는 그동안 스승이신 연담 선생의 분부대로 하늘을 바꿀 큰 여易을 만들어냈다. 묵은 하늘을 뜯어고쳐 새 하늘을 여는 비결서다. 2천 년만의 대업을 마치는 셈이다."

김항은 《정역》 팔괘를 잡던 때의 이야기를 감동 섞인 목소리로 들려주었다.

기묘년己卯年, 고종 16년, 1879년.

그러니까 김항의 나이 쉰넷이 되던 해다.

스승 연담의 가르침에 따라 영가무도에 정진하던 어느 날, 우연히 김항의 눈앞에 낯선 괘획卦畫이 떠올랐다. 그후 3년을 두고 이 괘획은 점점 커져서 눈을 감으나 뜨나 세상이 온통 이 괘로 가득 찼다. 김항은 자신의 건강을 의심하고 수차에 걸쳐 식보食補를 해보았으나 아무 소용이 없었다.

이후 김항은 《주역》을 누차 다시 읽어가며 그와 유사한 괘도가 있는지 자세히 조사했다. 그랬더니 '설괘전說卦傳'에 이런 글귀가 보였다.

신야자 묘만물이위언자야(神也者 妙萬物而爲言者也)
고수화상체 뇌풍불상패(故水火相逮 雷風不相悖)
산택통기 연후능변화(山澤通氣 然後能變化)
기성만물야(旣成萬物也)

신은 천지만물을 묘하게 만들어낸다.
신은 물과 불을 서로 따르게 하고,
천둥과 바람을 일으키되 어그러지지 않게 하고,
산과 연못의 기운을 통하게 한다.
그래서 변화가 일어나고, 만물이 생성된다.

이 대목을 읽고 김항은 큰 깨달음을 얻었다.

김항은 마침내 용기를 얻어 재당질인 김국현金國鉉과 함께 그동안 머릿속에서만 자라온 새 괘도를 그려냈다. 이것이 정역팔괘도다. 하지만 그것은 단지 새 하늘 새 땅이라는 신천지를 상징하는 부호에 불과했다. 문명과 기후, 지리가 변하는 이치 등 새로 펼쳐질 신천지에 대해서는 따로 자세하게 궁구하지 않을 수 없었다. 그리하여 일흔 살이 다 되어서야 김항은 비로소 《정역》을 완성시킨 것이다.

이 또한 후천개벽을 그린 도상과 이론에 불과하다. 《정역》의 이
치로 새 세상을 여는 것은 또 다른 길이다. 그러기에는 일흔 살이
라는 나이가 벅차다. 그는 오래전부터 《정역》의 이치로 묵은 하늘
을 때려 부수고 새 하늘, 새 세상을 열어줄 사람을 애타게 기다려
왔다.

"허나, 그 일을 마칠 사람은 하늘에서 내려오신 다른 분이다.
내 역할은 《정역》을 짓는 일이고, 《정역》을 쓰는 것은 그분의 일이
다. 그분에게 《정역》을 전해야 한다."

북하는 자신의 귀를 의심했다. 《정역》을 쓸 사람이 따로 있다
니, 《정역》을 다른 사람에게 전해야 하다니…… 그렇다면 김항은
신인이 아니란 말인가? 여지껏 김항이 신인인 줄 알고 지켜온 북
하로서는 머리가 혼란스럽다.

"아니, 선생님. 평생을 바쳐 이루어 놓으신 《정역》을 다른 사람
한테 전하시다니요? 그게 웬 말씀이십니까?"

이차현도 이해가 가지 않는 듯 볼멘소리로 물었다.

"내 일은 《정역》을 완성하는 것이었다. 이제 《정역》이 그리고 있
는 새 세상 후천後天을 열 신인이 나타날 것이다."

"그렇다면 선생님. 《정역》을 세상에 내놓아 서둘러 새 세상을
여는 게 낫지 않겠습니까? 어떻게 한 사람에게 그처럼 큰일을 맡
기려 하십니까? 여러 사람이 힘을 합쳐야 빠른 것 아닌가요?"

이차현이 다시 한 번 이견을 냈다.

"사람 백 명, 천 명, 만 명을 대서도 안 되는 일이 있다. 천하사에는 반드시 그 사람이어야만 하는 일이 있는 법이다. 《정역》은 사람이 보는 책이 아니라 하늘이 보는 책이다. 《주역》도 신인이 지은 책이라서 그 심오한 뜻에 이른 자가 드물었다. 《정역》 또한 보통 사람들은 아무리 읽어 보아야 무슨 뜻인지 알지 못한다."

"그렇다면 선생님이 직접 새 세상을 여시면 될 게 아닙니까?"

이차현은 물러서지 않고 질문을 계속했다.

"내가 아는 것은 하늘과 땅의 이치뿐이다. 사람의 이치에 대해서는 도무지 깜깜하다. 천지인天地人 삼재三才가 완성되어야 그 도수度數를 맞추어 힘차게 돌릴 수 있는데, 나로서는 힘들구나."

김항은 후천의 하늘天과 땅地은 준비했지만, 후천의 사람人에 대해서는 설계도를 완성하지 못했다는 뜻이다.

"하지만, 선생님이시라면 능히 하실 수 있을 텐데……."

북하도 안타까운 목소리로 말했다.

"최제우에겐 최제우의 명命이 있고, 김치인에겐 김치인의 명이 있고, 내겐 내 명이 있고, 그분에겐 그분의 명이 있다. 너희 또한 너희 둘의 명이 따로 있다. 그분은 새 세상을 열도록 스스로 선택된 사람이니라. 나는 이미 늙고, 시간조차 없다. 어서 신인을 찾아 이 일을 마저 끝내지 않으면 안 된다."

김항은 다시 결연한 목소리로 말을 이었다.

"'인간'을 아는 어떤 사람이 나타날 것이다."

"스승님, 인간을 안다는 게 무슨 뜻인지 저희는 모르겠습니다. 사람이라는 게 그냥 사람이지 달리 무슨 뜻이 있으리까."

"하늘과 세상일은 그리 간단치 않단다. 사람이 변하지 않고는 새 하늘 새 땅이 열리지 않는다. 또한 새 하늘 새 땅이 일어난다면 마땅히 그 사람도 바뀌어야 한다. 지금 하늘에서 내려온 분이 이 땅 어딘가에 있다. 너희가 그분을 찾아내야 한다. 그분에게 《정역》을 전해 주어야 한다."

김항은 북하와 이차현을 향해 준엄하게 말했다.

"그분을 어디서 찾습니까?"

북하가 조심스레 물었다.

"천문天文을 보니 그분께서는 몸으로는 이미 내려오셨으나, 뜻은 아직 찾지 못한 것 같다. 너희가 마치 전생을 기억하지 못하는 것처럼 자신의 사명을 다 깨우치지 못했을 수가 있다. 더 자세한 내용은 나도 알지 못한다. 그래서 더 급하니, 속히 그분을 찾기 바란다."

김항은 목이 타는지 냉수를 한 모금 입에 물어 목 너머로 넘겼다.

"그래도 무슨 징표가 있어야 찾지 않겠습니까?"

이차현이 물었다.

"작은 이익에 연연하지 않고 큰일을 내다보며, 나 하나의 안위보다 더 많은 사람의 안녕과 발전을 도모하려는 사람이 바로 그분이다."

너무도 흐릿하다. 김항이 신인이라면 알아들을까, 최제우와 김치인까지 처형당한 지금 달리 누가 신인이란 말인가. 동학이 한창일 때 사람들은 수운 최제우를 신인이라고 하더니 참형되고 나니 조용해지고, 그뒤 남학을 펴던 광화 김치인을 신인이라고들 하여 사람들이 구름같이 몰려들었는데 그마저 관군에 잡혀 어이없이 죽은 뒤로는 이제 그런 말이 사라졌다.

또한 일반 사람이면 누구나 소리小利를 좇지 말고 대의大義를 구하라고 배워 오지 않았던가? 실천하기가 어려울 뿐이지, 추구하는 바는 모두 한 길인데 어떻게 신인을 구별한단 말인가?

"그것으로는 표지가 부족합니다. 더 자세히 말씀해 주십시오."

북하가 한번 더 청했다.

"천하사天下事는 결국 사람이 하는 것, 세상 무엇보다 사람이 중하다. 사람에 관심을 두고, 사람을 높이 보고, 사람을 귀히 여기고, 사람을 근본적으로 뜯어고치려 하는 사람이 바로 그분이다."

더 모호하다. 도대체 어떤 면을 보아서 그가 사람을 근본적으로 뜯어고치려는 사람인 줄을 판별한다는 말인가.

"더욱 모르겠습니다, 선생님."

이차현도 답답한 듯 가슴을 치는 시늉을 했다.

"너희들이 보기에 이분이다 싶은 사람이 바로 그분이다."

더더욱 막막한 기준이다. 북하로서는 더구나 바로 조금 전까지만 해도 김항이 신인인 것으로 철석같이 믿고 있던 터라, 누가 신인인지 알아내는 데는 더 자신이 없다. 그런 미욱한 자신이 보기에 이분이다 싶은 사람이 바로 그분이라니, 이렇게 모호하고 막막한 경우가 어디 있단 말인가?

"내가 해 줄 말은 이것뿐이다."

김항은 더 이상 묻지 말라는 듯 잘라 말했다. 움찔한 북하와 이차현은 더 질문하지 못했다.

"이분이다 싶은 분을 만나거든 북하 너는 그때부터 그분을 철저히 지켜라. 그리고 차현이 너는 내게 서찰을 띄워라. 그분이 살아온 내력이 어떠했으며, 특성이 어떠하고, 어떤 점 때문에 신인이라고 생각하게 되었는지 상세히 적도록 해라. 서찰을 받은 뒤 내가 다음 행동을 이르겠다."

"그러면 내일부터 하는 《정역》 강의를 저희는 듣지 못하겠군요."

이차현이 섭섭한 표정을 지었다.

"학인들에게 강의하는 《정역》과 신인에게 전해 줄 《정역》은…… 같은 게 아니다."

"그렇다면 진본 《정역》은 따로 있고 학인들에게는 가짜 《정역》을 강의하시는 겁니까?"

"가짜는 아니다. 다만 《정역》의 진수라 할 내용이 빠져 있을 뿐이다. 단, 진본 《정역》은 신인께 전하기 위해 내가 따로 보관해 두었다."

김항의 설명에 두 사람은 고개를 끄덕였다.

"너희 둘에게 이 세상 누구보다 막중한 임무를 준 것이다. 묵은 세상을 뜯어고쳐 새 세상을 열 신인을 찾는 일, 그 일을 해낼 수 있겠느냐?"

"예."

북하와 이차현이 결연하게 대답했다. 두 사람 다 눈에서 빛이 발했다.

"목숨을 바쳐서라도 신인을 찾아내고 호위하겠느냐?"

"예. 선생님 분부대로 하겠습니다."

두 사람의 목소리는 조금 전보다 더 커졌다.

"그분을 찾더라도 《정역》에 대해 미리 말해서는 안 된다. 신인임을 확인한 다음 내가 직접 《정역》을 전할 것이다."

김항은 우선 동학군 진영부터 찾아가 보라고 했다. 혁명의 현장에 신인이 나타날지도 모른다는 게 그의 추측이다.

"이번 일은 철저히 비밀에 붙여라. 그렇지 않으면 그 신인은 물론, 너희의 목숨도 위태로워진다. 항상 경계를 늦추지 말고 몸조심해라. 곳곳에 위험이 도사리고 있을 것이다. 최제우, 김치인이 죽었다는 사실을 잊지 말라."

김항은 어린 자식을 먼길 떠나보내는 부모처럼 자상하게 일렀다.

"자, 그만 물러가거라."

김항의 묵직한 명령이 떨어지자 북하와 이차현은 절을 올리고 물러나왔다.

신인을 찾아라

이튿날.

이차현과 북하는 산방 학인들에게 작별인사를 하고 길을 떠났
다. 길을 묻는 학인들에게 북하는 동학당에 도로 가겠노라고 하
고, 이차현은 어머님이 깊은 병환에 들어 당분간 집에서 공부하며
병구완을 해드리겠다고 둘러댔다.

겨우내 얼어붙은 시냇물이 따사한 봄기운에 녹아 흐르면서 향
적산 골짜기를 졸졸 흘러내렸다. 양지바른 언덕에는 아지랑이가
가물거리고, 앙상한 나뭇가지에는 어느새 새 움이 터올라 푸릇푸
릇하다.

북하와 이차현은 향적산을 내려서자 남쪽으로 발걸음을 옮겼

다. 연산에서 고부까지는 줄잡아 2백 리 길이나 두 사람은 해가 저물기 전에 고부 땅을 밟기 위해 부지런히 걸었다.

북하는 지칠 줄 모르고 뛰듯이 걸었다. 발걸음이 재빠르고 가벼워 마치 날아가는 것 같다. 이차현은 그런 북하를 힘겹게 따라갔다. 보통 선비와 달리 체력 단련도 게을리하지 않은 이차현이건만, 북하의 빠른 발걸음을 당해낼 재간이 없다. 숨을 헉헉거리고 땀을 뻘뻘 흘리며 뒤처지지 않으려고 안간힘을 썼다.

두 사람은 순식간에 연산의 너른 들판을 가로질러 금강이 굽이치는 강경 나루터에 다다랐다.

"북하. 좀 쉬었다가 가세."

이차현이 가쁜 숨을 몰아쉬면서 먼저 나무 그늘을 찾았다. 금강의 물결이 하얀 햇살에 부서지는 광경이 내려다보이는 언덕에서 두 사람은 지친 다리를 쉬었다.

잠시 숨을 고른 두 사람은 쉬는 김에 요기도 할 겸 아예 강물이 훤히 내려다보이는 나루터 주막을 찾아들어갔다. 강 저쪽은 충청도 부여 땅이고, 이쪽은 전라도 땅이다. 이상하게도 부여 쪽에서 거룻배를 타고 전라도 쪽으로 건너오는 사람이 유난히 많다. 또한 작은 주막에 어울리지 않게 사람들이 들끓는다.

이차현은 주막에서 심부름하는 아이가 주문을 받으러 오자 그 까닭을 물어보았다.

"웬 사람들이 이리도 많은 게냐?"

아이는 대답은 않고 이차현을 이상한 눈으로 쳐다보며 경계의 빛을 띠었다. 아이는 주문을 받고 돌아가면서도 이차현을 흘낏 다시 돌아다보았다.

이차현이 영문을 몰라 당황하는 기색을 보이자 북하가 나지막이 귀에 대고 속삭였다.

"아마도 동학군일 겁니다. 우리처럼 고부로 가는 사람들이겠지요."

순간 이차현의 눈이 휘둥그레졌다. 온 세상이 동학군 천지라는 사실을 비로소 실감한 것이다. 산방에서 학문만 닦던 이차현으로서는 그러한 광경이 낯설기만 했다.

이차현은 무리를 지어 움직이는 사람들을 바라보다가 새삼 궁금증이 일어 북하를 빤히 쳐다보았다. 도대체 동학이 뭐길래 이토록 세상이 떠들썩하냐는 표정이다. 스승 김항을 오로지 세상에서 으뜸가는 성인으로 알고 모셔 온 이차현으로서는 다른 사상에는 별 관심을 두지 않아왔다.

"동학의 창시자가 수운 최제우 선생이라 했던가?"

"예. 제가 태어나기 전에 돌아가신 분이므로 저는 그분을 뵙지는 못했습니다. 하지만 동학군에 가입했을 때 그분 말씀을 담은 책도 읽고, 또 직접 배웠던 분들한테서 이야기를 많이 들었습니다. 우리 일부 선생님도 그분과 동창이잖습니까."

북하는 최제우에 대한 이야기부터 동학도의 봉기가 일어나게 된 과정을 이차현에게 아는 대로 말해 주었다.

두런두런 이야기를 하며 걷느라 북하와 이차현은 밤 늦게서야 고부에 다다랐다. 두 사람은 주막에서 방을 하나 얻어 함께 들었다. 태어나서 처음으로 하루에 2백 리 길을 거의 쉬지 않고 걸어온 이차현은 늦은 저녁을 먹고 나자 바로 이불을 깔았다.

"저는 서찰을 한 통 쓸 게 있습니다."

북하는 방구석에 등잔불을 놓고 먹을 갈았다.

"이 밤중에 웬 서찰을? 어디로 보내려고?"

이차현이 궁금해서 물었다.

"그냥 보낼 데가 있습니다."

북하는 석전에게 서신을 보내야만 한다. 여태 김항이 신인인 줄 알고 지켜왔는데, 김항 스스로 자신은 신인이 아니고 다른 신인이 있다며 찾아나서라 했으니 그에 대해 보고를 해야 한다.

먹을 다 갈아 붓에 흠뻑 묻히고 난 북하는 편지를 쓰려다 말고 멈칫했다.

─ 네 입의 무게는 얼마나 되느냐?

지난번 처음으로 마주했을 때 김항이 묻던 목소리가 갑자기 들려오는 듯했다.

─ 천 근, 만 근이옵니다.

북하는 그때 이렇게 대답했다. 그런데 지금 석전에게 이번 일에 관해 보고하면 북하는 김항에게 올린 약속을 어기는 셈이 된다. 김항은 북하와 이차현이 신인을 찾아나선 사실도, 신인에게 《정역》을 전해 주어야 한다는 사실도 모두 비밀로 하라고 신신당부했다.

'어떻게 해야 하나?'

김항의 말을 따르자니 석전의 분부를 거역해야 하고, 석전의
지시를 따르자니 김항에게 한 약속을 저버려야 한다.

석전과 김항, 둘 다 북하에게 큰 가르침을 준 스승이다. 무엇보
다 석전은 목숨을 구해 주고, 글과 무예를 가르쳐 주었다. 김항은
그보다 더 높은 영가와 무도의 세계를 열어 주었다.

북하는 붓을 든 채 곰곰 생각해 보았다. 그러고는 마침내 결론
을 내렸다.

'두 분이 다 같은 뜻으로 움직이실 거야. 석전 스승님이 내게 신
장이라고 하며 신인을 지킬 임무를 알려주셨듯이, 김항 선생님은
그 신인을 찾아내어 《정역》을 전할 임무를 맡기셨다. 두 분이 비
록 각기 다른 일을 맡기셨지만 뜻하는 바는 같다. 그러니 다른 사
람한테면 몰라도 석전 스승님께 이 일을 말씀드리는 것은 비밀을
누설하는 일이 아닐 것이다.'

북하는 확신을 갖고 다시 먹물에 붓을 적셨다.

한편 북하와 이차현이 떠난 뒤의 향적산방.

두 사람이 한창 고부 땅을 향해 잰 발걸음을 옮기고 있을 때,
향적산방에서는 《정역》 강의가 시작되었다. 육필로 직접 적은 원
고를 묶은 책이니만큼 학인들에게 돌려 읽게 할 수는 없고, 그렇
다고 필사를 시켜 저마다 한 부씩 지니게 할 수도 없다. 그래서

하루하루 조금씩 진도를 나아가기로 했다. 그렇게 공부하다 보면, 《정역》을 다 배우는 데 몇 개월이 걸릴 듯했다.

산방 학인들은 만고萬古의 진리를 설한다는 《정역》 강좌에 흥분해 지필묵을 준비하고 김항이 말하는 것을 한 자도 빠뜨리지 않고 적어나갔다.

"요즈음 민란이 끊이질 않는다고 한다. 고부 민란도 그렇고 경상도, 충청도, 황해도 등 난리가 일어나지 않는 데가 없다. 질병이 퍼져 십여 만 명이나 죽었다는 소문도 들린다. 나라를 맡고 있는 자들은 위에서 밑에까지 다 딴 마음을 품어 제 가문을 흥하게 하고 제 영달을 추구하느라 정신이 없는 사람들 같다. 양이洋夷들은 곳곳에 상륙하여 학교를 세우고 교회를 짓는 등 민심을 홀리고, 일본인들은 장사꾼이며 군인까지 수없이 많이 들어와 들쑤시고 다닌다."

김항은 강의에 앞서 시국부터 거론했다.

"비단 우리나라만이 아니라 모든 나라가 다 총포銃砲에 밀려 이리 갔다 저리 갔다 한다. 저들은 지금 악업惡業을 짓는 중이다. 앞으로 우리 조선도 그렇지만 세상 사람들이 얼마나 많이 죽어나갈지 모른다. 사람의 힘으로는 도저히 고칠 수 없을 만큼 이 세상의 병이 깊고도 깊다. 그러나 역시 하늘은 우리를 버리시지 않았도다."

김항은 들창을 열어 하늘을 올려다보았다. 학인들도 고개를 길게 빼고 스승이 가리키는 하늘을 바라보았다. 거기엔 여느 때와 똑같은 이른 봄하늘이 펼쳐져 있다.

"저 하늘을 보라. 하늘이 지금 바뀌고 있다. 내 눈에는 보인다. 하늘이 빙글빙글 돌아가면서 상극相剋의 선천先天을 물리치고 상생相生의 새 하늘 후천後天을 열고 있다는 것을."

"선생님, 그러면 천지개벽이 일어납니까?"

신대평 선비가 몹시 궁금하다는 듯이 김항에게 물었다. 김항은 고개를 끄덕였다.

"암, 일어나고말고."

"그러면 산이 무너지고 바다가 뒤집힙니까? 화산이 터집니까?"

이번에는 다른 학인이 겁에 질린 목소리로 물었다.

"그러기도 하겠지. 그러나 난 그렇게 말하지 않는다. 백성들을 놀라게 해서는 안 된다. 하늘 일은 그리 급하게 일어나지 않는다. 봄이 깊어지면 여름이 오고, 여름이 깊어지면 가을이 오듯이 그렇게 자연스럽게 순리에 따라 바뀌리라. 다만 동지가 보기에는 하지가 천지개벽이고, 하지가 보기에는 동지가 천지개벽이라. 여름이 보기에 겨울은 살 수가 없는 계절이고, 겨울이 보기에 여름은 너무 뜨거운 계절이라."

"그러면 어떻게 새 세상이 열리는지요?"

"하늘이 바뀌어야 새 세상이 열린다. 그런데 하늘은 아직 바뀌지 않았다. 지금 바뀌려고 몸부림친다. 보리를 심어 거두려 해도 1년이 걸린다. 아무리 급한 마음으로 햅쌀을 거두려 해도 역시 1년은 걸린다. 십 년이 걸려야 열리는 열매도 있고, 백 년을 기다려야 약효가 서는 풀도 있다. 그런 걸 도수라고 한다."

"우주에도 철이 있군요."

민부안 선비도 끼어들었다.

"그렇고말고. 우선 우리는 다른 하늘로 들어서느니라. 그리하면 선천 상극 시대에 비스듬히 누워 있던 지구가 조금씩 바로 서면서 역曆이 먼저 바로잡힌다. 1년은 360일, 윤달과 윤일이 필요 없다. 그러고 나면 날씨가 순해진다. 기후가 순해지면 인성人性도 따라서 순해지느니라. 바야흐로 상생相生의 기운이 일어난다. 선천에는 남의 것을 빼앗고, 남을 죽이고, 남을 억누르는 세상이었지만 후천 새 하늘이 열리면 그런 사람은 죄다 서리를 맞는다. 상강霜降에 새카맣게 타죽는 초목처럼 말끔히 사라질 것이다."

학인들은 김항의 말에 귀를 바짝 기울였다. 신대평과 민부안 두 선비는 누구보다도 열심히 들으며 그 내용을 꼼꼼히 적었다.

"우주에도 철이 있어 이제 가을철로 접어드느니라. 가을에는 숙살肅殺의 기운이 넘친다. 추수를 하자면 필요 없는 나뭇잎이며 풀잎 따위는 다 죽는다. 허깨비는 다 죽는단 말이다. 사람도 알맹이가 없으면 죽게 된다. 선천의 칼이며 총이며 사람 죽이는 도구가 다 사라지고, 대신 사람에게 이로운 도구가 차례로 생겨나리라."

학인들은 개벽 세상이 온다는 말에 흥분하여 도대체 무엇이 어떻게 달라지는지 이것저것 묻고 대답을 들었다.

그날 저녁, 해가 넘어가도 날씨가 따뜻하자 김항은 오랜만에 국사봉에 올라갔다. 저녁상을 물린 후 산에 올라간 김항은 새벽까지 내려오지 않았다. 학인들은 산에서 들려오는 영가소리에 김항이 아직도 산중에 있다는 것을 알 수 있었다.

이튿날 오전 강의 때 김항이 다소 굳은 표정으로 나타났다.

"어젯밤 내 서탁에 두었던 《정역》이 사라졌다. 혹 누가 아무 말 없이 빌려간 게냐?"

김항의 질문에 학인들은 마주보며 웅성거리기만 할 뿐, 아무도 나서지 않았다.

"여기엔 가져간 사람이 없는가 보구나. 그렇다면, 외부에서 도둑이 들었을 터. 거 참, 고상한 도둑이로고……"

누군가 자수하기를 기다리던 김항은 마침내 깊은 한숨을 내쉬었다.

"진리란 새삼스러운 게 아니다. 《정역》은 내가 쓰기 이전에도 있었고, 없어진 지금도 있고, 앞으로 먼먼 미래에도 있다. 어찌 천하의 진리가 종이 위에 한낱 먹가루로 붙잡혀 있을소냐."

학인들은 《정역》이 없어졌다는 말에 몹시 안타까워했으나, 김항은 오히려 초연했다.

"나는 늙어 이미 머리가 희미해졌다. 십수 년간 써온 글을 다시 적을 수 없어 통탄스럽기는 하나, 이 머리에서나마 기억을 끄집어내어 그것으로 강의를 계속하도록 하겠다. 하나, 누가 《정역》을 가져갔는지 그게 걱정이로구나. 잘 쓰면 천하를 살릴 수도 있지만 잘못 쓰면 천하를 통째로 못쓰게 버릴 수도 있는 게 《정역》이라."

김항은 십오일언+五一言부터 시작하여 천구의 황도黃道 적도赤道 상에 위치한 28성수星宿가 어떻게 변화하며, 그것이 세상에 어떤 영향을 미치는지 천간天干 열 가지와 지지地支 열두 가지를 놓고 심오한 설명을 해나갔다. 역曆은 어떻게 변하며,《정역》이 복희 8괘와 문왕 8괘하고는 어떻게 다른지도 설명해 나갔다.

학인들의 열기는 어제와 달리 한 풀 꺾였다.《정역》원본이 사라진 상태에서 김항이 희미하게 기억나는 대로 풀어나가는 강의인지라 어딘가 맥이 풀린 듯하기 때문이다.

김항은 나름대로 천문학天文學과 역학易學 등 해박한 고전 지식을 바탕으로 강의를 해나갔지만, 어제만 해도 한 마디도 빼놓지 않고 받아 적으려 하던 학인들은 강의 내용을 받아 적지도 않고, 별로 열중하지도 않았다. 특히 신대평과 민부안은 더욱 심드렁해져서 가끔 고개를 떨구며 꺼떡꺼떡 졸기도 했다.

며칠 후, 신대평과 민부안은 짐을 쌌다.

"원본도 없는 핵심 빠진 강의는 더 이상 듣기 싫소. 우리는 다른 스승을 찾아가야겠소."

두 사람은 휑하니 산방을 떠나 버렸다. 남은 학인들도 마음이 동해 술렁였다. 자신들도 신대평 선비와 민부안 선비처럼 산방을 뜨자느니, 그래도《정역》을 쓰신 분이 김항 선생님인데 원본이 없어졌다고 한들 내용까지 바뀌겠느냐 하며 더 배우자는 둥 말이 많았다.

다음날 서넛이 더 산방을 뜨자 삼십 명 가깝던 학인이 스무 명

정도로 줄어들었다. 그래도 김항은 개의치 않고 매일매일 열성껏 강의를 해나갔다. 그리고 《정역》이 어디로 갔는지, 누가 훔쳐갔는지에는 더 관심을 두지 않았다.

마두의 그림자

1894년 갑오년 3월 하순.

고부로 간 북하와 이차현이 동학당에 들어가자마자 그러잖아
도 심상치 않게 움직이던 동학군이 과연 다시 일어났다. 석전이
재봉기를 촉구할 때만 해도 꿈쩍 않던 전봉준이 결국은 중론을
이기지 못한 것이다.

신임 고부 군수 박원명과 합의하여 자진 해산했던 농민군은 비
밀리에 재집결하여 안핵사 이용태가 기생을 품고 음풍농월吟風弄月
하고 있던 기원으로 들이닥쳤다.

"저놈도 조병갑과 같은 탐관오리 종자다!"

전봉준이 일갈을 하자 이용태를 지키던 역졸들은 저마다 창칼

을 집어던지면서 황망히 엎드렸다. 관복조차 챙겨 입지 못한 안핵사 이용태도 엎드려 목숨을 구걸했다.

"살려만 주신다면 시키는 대로 하리다."

"기껏 족제비 같은 조병갑이를 내쫓았더니 이젠 너 같은 승냥이가 들어와 더 큰 악행을 일삼느냐! 도대체 조선 관리들은 얼마나 갈아치워야 똑바로 된 놈이 나타난단 말이냐! 처음부터 백성을 부려먹을 생각이나 해온 '썩은 유림腐儒'들이 어찌 이 나라의 앞날을 도모하리요!"

전봉준이 오른손을 쳐들자 미리 대기하고 있던 농민군들이 달려들어 이용태를 포박했다.

"네놈을 보낸 전라감사 긴문현이도 보나마나 너 같은 탐관의 괴수일 터, 내 반드시 응징하리라!"

전봉준은 그동안 고부를 들쑤시고 돌아다닌 역졸들을 잡아들여 심문한 다음, 그 중 중죄자를 골라 목을 베었다. 그리고 이용태는 모욕을 준 뒤 방면했다.

"네놈의 죄상을 낱낱이 적어 조정에 보냈으니 진정 사내대장부라면 자결을 하든가, 그럴 용기조차 없으면 국법에 따라 스스로 처벌을 받아라! 이 용렬한 인간아."

고부를 재장악한 전봉준은 휘하 병력 5천 명을 이끌고 백산으로 나아가 전주 감영까지 진격할 채비를 갖췄다.

"이번에는 물러서지 않는다. 한양까지 밀고 올라가 국왕 폐하를 만나 담판을 짓자!"

3월 스무하루.

고부 백산에는 흰옷 입은 동학군들로 발디딜 틈이 없었다. 동학군은 고부 지역의 동학도뿐만 아니라 인근 무주·장수·고창·영광·흥덕·정읍·태인·부안·금구 등지에서 모인 동학도와 농민들이다.

창의소倡義所에서 키 작은 사내가 동학군의 무리 사이에서 걸어 나와 토성 위에 우뚝 섰다. 사내는 무리와 똑같이 흰색 바지저고리에 흰 머리띠를 둘렀다. 비록 키는 자그마하지만 범상치 않은 기상이 넘친다.

"여러분! 전봉준 장군이시오!"

"와!"

뒤를 따르던 청년이 목청 높여 소리치자 동학군들은 죽창을 흔들어대며 일제히 함성을 지르기 시작했다.

전봉준은 힘차고 낭랑한 목소리로 격문을 읽어내려 갔다.

"우리가 지난 1월에 행한 거사는 의리를 편 작은 항쟁이었습니다. 우리는 두 차례에 걸쳐 우리의 억울한 처지를 군에 탄원했으나 그때마다 문제가 해결되기는커녕 오히려 그들에게 잡혀가 곤욕만 치르고는 했습니다. 이에 우리가 살길을 찾아 저 악독한 고부 군수 조병갑을 내쫓았던 것인데, 이제 우리에게 그 책임을 물어 우리의 가족과 죄 없는 양민을 약탈하고 강간하여 사람이 살아갈 수 없는 무인지경을 만들어 놓았습니다. 피 끓는 염통을 가진 인간으로서 어찌 이런 경우를 당하고도 참고만 있어야 한단 말입니까, 여러분!"

　전봉준의 연설은 폭풍처럼 성난 파도처럼 계속되었다. 연설이 계속될수록 동학군의 열기는 더욱 치솟았다. 동학군들은 비장한 결의로 죽창을 움켜쥐고 땅바닥이 울리도록 쿵쿵 내리찍었다.

　전봉준은 목적을 어디까지나 탐관오리를 혼내주는 것만으로 한정했다. 끝까지 임금에게 충성한다는 원칙을 분명히 했다. 안타깝게도 그들이 충성을 맹세하는 임금이 얼마나 나약하고 무기력한 줄 알지 못했다. 당시 조정은 중대한 국사를 놓고 그 아비인 대원군과 부인인 민 왕후가 밀고 당기며 치열하게 싸우는 중임을 그는 몰랐다. 그리하여 조선의 등불이 하늘하늘 꺼져가고 있다는 사실도 알지 못했다. 그냥 왕이 한번 마음만 돌려 먹으면 나라가 금세 살아날 줄 착각했다. 하늘이라도 이 지경을 슬퍼할 수밖에 없다.

　"녹두 장군 만세! 동학 만세! 백성 만세!"

　전봉준의 연설이 끝나자 동학군은 팔을 높이 치켜들고 만세에 만세를 불러댔다. 북하와 이차현도 그 무리에 섞여 목청껏 만세를 외쳤다. 특히 북하는 그가 알던 전봉준이 혹시 일부가 말하고, 석전이 찾는 신인이 아닌가 하는 의문을 다시 품는 계기가 되었다.

　동학혁명의 거센 기운은 이렇게 하여 본격적으로 불붙기 시작했다.

　"이건 진본이 아니다."

이시다는 오히라와 도미야쓰가 애써 구해 온 《정역》을 홱 집어
던졌다. 두 마두는 당황해하며 이시다의 안색을 살폈다.

이시다는 눈썹 끝이 바짝 치켜 올라갔다. 몹시 화가 났을 때
짓는 표정이다.

오히라와 도미야쓰는 몸을 움츠리고는 처분만 기다렸다.

"너희들은 어찌 진짜와 가짜도 구별하지 못한단 말이냐? 그래
가지고 어떻게 황국의 성스런 임무를 수행하겠느냔 말이다. 천지
개벽은 우리 일본이 일으키는 거야! 어디 감히 버러지 같은 조선
놈들이 천지개벽을 떠드냐고!"

"저희가 김항의 방에서 직접 훔쳐온 것이옵니다."

도미야쓰가 기어들어가는 목소리로 변명했다.

"그래서 가짜란 말이닷!"

이시다는 그 자리에서 벌떡 일어섰다.

"그렇다면 진짜는 어디에?"

오히라도 풀이 죽은 목소리로 물었다.

"그걸 내가 어찌 알겠느냐? 김항의 머리를 쪼개서라도, 심장을
찢어서라도 가져왔어야지!"

이시다가 벽력같이 소릴 지르며 오히라와 도미야쓰의 어깨 위로
지팡이를 내려쳤다. 두 사람은 비명도 지르지 못했다. 부동자세를
흩트리지 않은 채 스승의 매를 기꺼이 맞았다.

"김항이 너희들 존재를 눈치챘음에 틀림없다. 그러니까 원본과
가본을 따로 만들어 너희들로 하여금 가본을 훔쳐가게 한 것이리

라. 영악한 늙은이라구."

이시다는 오히라와 도미야쓰를 노려보았다.

"그렇게 오랜 시간 훈련을 받고도, 산에 앉아 글이나 읽는 늙은
이한테 속아 넘어가다니…… 쯧쯧."

이시다는 격노를 가라앉히고 자리에 도로 앉았다.

"김항은 필시 《정역》 원본을 어딘가로 빼돌렸을 것이다. 뭔가
짚이는 게 없느냐?"

이시다의 질문에 오히라와 도미야쓰는 머릿속을 부지런히 굴렸
다.

"혹?"

무슨 생각이 났는지 오히라가 입을 여는 순간, 도미야쓰도 무
릎을 쳤다.

"《정역》 강의를 시작하던 날 학인 둘이 갑자기 하산을 하였습
니다. 혹시 그들이?"

"한 사람은 동학당에 돌아가겠다고 하고, 또 한 사람은 어머니
병환을 돌보러 간다고 했잖아? 그런데 전날 아무 데서도 기별이
오지 않았어. 그런데 어떻게 그 사람은 어머니가 병이 난 걸 알았
을까?"

"맞아. 그 두 녀석이 수상쩍어."

오히라와 도미야쓰가 말을 주고받는 것을 한심하다는 듯이 바
라보고 있던 이시다는 지팡이로 두 사람의 머리를 한 대씩 때렸
다.

"둔한 것들. 진작 눈치챘으면 그들한테서《정역》진본을 빼앗아 벌써 내 손에 들어왔을 게 아니냐?"

"죄, 죄송합니다."

오히라와 도미야쓰는 몸 둘 바를 몰라 고개를 푹 수그렸다.

"다른 횡목이 보내온 정보에 따르면, 김항은 그날 하산한 두 사람에게 신인을 찾을 것을 명했다고 한다. 신인을 찾아《정역》진본을 전해 주기로 했다는 것이다. 현재 두 사람은 신인을 찾기 위해 함께 움직이고 있을 것이다."

"예? 그렇다면 김항도 신인이 아닙니까?"

"김항은…… 신인이 아니다. 우리가 여태 헛다리를 짚은 것이다. 동학 최제우가 신인인 줄 알고 죽도록 엮었지만 그도 신인이 아니고, 남학 김치인 역시 죽이고 나니 헛된 죽음이고, 김항도 마찬가지고……."

"전봉준 그놈 때문에도 시간을 많이 허비했는데, 결국 김항조차 우리가 찾는 인간이 아니로군요. 조선놈들이 뭐 신인 같은 게 있겠습니까. 아무래도 우리가 조선인을 너무 두려워하는 거 아닙니까."

도미야쓰가 분한 듯이 입술을 깨물었다.

"아직 끝나지 않았다. 김항 그 늙은이가《정역》을 짓긴 했지만, 그것을 펼치기엔 너무 나이가 많지.《정역》을 갖다 쓸 사람은 따로 있는 거야. 결국 김항은《정역》을 발명하는 것으로 역할이 끝난 거다. 김항은《정역》을 그 사람에게 전하려고 제자들을 내려

보낸 거야. 그 사람이 신인이다."

"우리가 속았군요."

오히라가 억울해서 주먹을 불끈 쥐었다.

"어서 놈들을 찾아내야 한다. 그리하여 《정역》의 행방을 찾고, 그 《정역》을 전달할 대상이 누구인가도 알아내야 한다. 그자가 바로 조선놈들이 기다리는 신인이 틀림없어."

이시다의 눈썹이 심하게 일그러졌다.

"너희들은 다시 동학당에 잠입하라. 한편으로 《정역》과 신인을 찾아내고, 다른 한편으로는 동학당을 부추겨 세를 키워 주어라."

이시다는 두 사람에게 새로운 명령을 내렸다.

"너희 둘 다 동학군의 이름으로 양반이고 상민이고 가리지 말고 무차별로 죽이고 빼앗고 쳐부숴라. 특히 관군이라면 가차없이 죽여 없애라. 그래야 그 다음 작전을 펼칠 수 있다. 전봉준 따위를 키워줄 필요가 없다."

"하이!"

오히라와 도미야쓰는 허리를 곧추세우며 대답했다.

"우리 목적 중 하나가 황군皇軍을 조선으로 끌어들일 명분을 만드는 데 있다는 것을 잊지 말고 임무에 집중하라. 조선의 목줄을 죄고 나면 모든 게 저절로 이루어지리라."

"핫! 천황 폐하 만세!"

"너희가 동학군이 되어 관군을 긁어 주면 조선은 상하가 갈라지고 좌우가 찢어져 저절로 망하게 된다. 이번 기회에 어떻게 해서든지 정예 일본군을 불러들이는 작전을 펴야 한다. 임진왜란에서 우리가 진 것은 침략자의 얼굴로 나타났기 때문이다. 이번 작전은 다르다. 조선 국왕이 우리 대일본제국의 군대를 자청해서 모셔오도록 하는 것이 목표다. 조선의 조정과 사대부란 것들만 잡고 나면 나머지는 쓰레기 치우듯이 없애도 무방하다. 따라서 의병이 일어나지 못하도록 막는 것이 가장 중요하다. 조선은 의병이 제일 골치 아프다. 그러니 여기서 동학군을 철저히 쳐부숴야 한다."

"혹 의병이 일어나더라도 조선 관군이 직접 토벌하도록 밀어주면 되지 않겠습니까? 그때 가서 우리 일본군은 관군을 돕는 척하고 말입니다."

도미야쓰가 빙긋 웃으며 말했다.

"그렇고말고. 그러기 위해서 치밀한 작전을 따로 짜고 있다. 어리석은 조선놈들이 저희끼리 실컷 칼질하게 만들어야지."

이시다가 그제야 얼굴을 펴고 입가에 웃음을 물었다.

"히로시마에 주둔 중인 5사단이 조선 진출을 못해 발을 동동 구르고 있다. 그들만 조선 땅에 들어올 수 있다면 우리 일의 절반은 성공한 것이다."

이시다의 말에 오히라와 도미야쓰는 벌써 일본군이 조선에 진군하기라도 한 것처럼 통쾌하게 웃어댔다.

"흐흐흐. 조선놈들에게는 총검을 든 우리 일본군이 곧 신군神軍이요, 천황 폐하께옵서 바로 하느님이시다. 천황 폐하가 곧 미륵이자 정도령이고 신인이란 말이다. 장차 천황 폐하께서 조선 팔도를 천지개벽해 주실 거니까 말이다. 조선뿐이냐. 중국, 미국까지 개벽시켜 주실 거다! 암만!"

이시다는 싸늘한 웃음을 짓고 나서는 눈을 부릅떴다.

동학군은 파죽지세로 달렸다. 관군은 고부 민란이 진정되었다고 믿고 사실상 수수방관하고 있기 때문에 전봉준의 갑작스런 봉기에 꼼짝없이 당하고 말았다.

고부·태인에 이어 홍덕·고창·금구·부안·김제·무장이 차례로 함락되었다. 그렇다고 동학군과 관군 사이에 전투가 제대로 벌어진 적도 없다. 동학군이 보인다 싶으면 관아에는 사람 그림자조차 보이지 않았다. 동학군은 무기고를 털어 무장을 하고, 아전들을 혹간 잡더라도 볼기나 칠 뿐 죽이지는 않았다. 하물며 백성들은 터럭 하나도 건드리지 않았다.

함락된 군현의 관리들은 전라 감영이 있는 전주로 일제히 피신했다. 민란은 곧 안정될 것이라면서 그들은 선화당宣化堂, 전라감사가 사무를 보는 관청에 모여 골패놀이를 하고 기생까지 불러 주연을 가졌다.

선화당의 주인인 감사 김문현은 백성들이 화풀이 삼아 일어났다가 곧 수그러질 것이라고 믿었다. 김문현은, 조병갑의 뇌물을 먹고 고부 군수에 재임용시킨 잘못에다 안핵사 이용태까지 잘못 보내는 바람에 조정의 질책을 면할 길이 없게 되었다. 그래도 이쯤에서 그쳐 주어야 그나마 감봉이나 면직 정도로 끝나지 자칫하면 족보에 얼굴 내밀기도 어렵게 될지 모른다.

"술을 마셔도 취기가 오르지 않고, 계집을 품어도 흥이 나질 않는다. 점占이나 쳐봐야겠다."

감사 김문현은 답답한 마음에 복술가를 불러 괘를 뽑아 보았다. 덜컥 뽑힌 괘사가 '참讖'이다.

"아이쿠, 그 많은 괘사 중에 하필 참이 무엇이냐. 하필!"

복술가는 감사의 가슴을 박박 긁는 괘사를 읽어댔다.

남북과 동서를 구분할 수 없으니
눈앞이 깜깜하고 귀는 들리지 않네.
황정경(黃庭經)이나 자주 읽어라.
귀천(貴賤) 궁통(窮通)을 가리지 말고.

"감사 나리. 보아도 보이지 않고, 들어도 들리지 않는다 하니 만사가 다 불리합니다."

"듣기 싫다! 다시 뽑아!"

"산지박山地剝입니다. 산이 무너지고…!"

"시끄러! 다시 뽑아! 지천태地天泰 같은 괘를 뽑아봐!"

"택수곤澤水困."

"나가!"

김문현은 복술가를 내쫓아 버렸다.

잡는 점괘마다 두렵고 황당하자 군수 현감들과 함께 돌리던 골패를 집어던지고 서둘러 군대를 모집했다. 안핵사가 고부까지 데리고 간 역졸들은 어디로 다 도망갔는지 귀환한 자가 수십 명에 불과하다. 명색이 관찰사와 절도사를 겸직하건만 실은 감사 휘하의 군졸이라곤 거의 남아 있질 않다. 미국·프랑스·영국의 정예 군대가 조선 해안을 들쑤셔댄 지가 오래건만, 그래서 이웃 청과 일본은 군비를 늘리고 정병을 길러 외세에 맞서건만 조선 팔도는 아직도 수염이나 쓰다듬고 헛기침이나 내뱉고 있다. 시아버지 대원군과 며느리 민자영의 싸움에 나라가 망해가는 조짐을 보는 사람이 없다.

감사는 얼른 창고를 열어 길 가는 장정들을 끌어들였다. 베나 끊어 주고 쌀을 퍼주면서 설득하여 임시 병졸로 뽑으려는 것이다. 지나가는 보부상들도 불러들여 군복을 입히고, 농민들은 돈을 주어 모집했다. 보부상들은 조직이 잘 되어서 그런지 돈을 준다는 소문을 듣고는 무려 8백 명이나 모여들었다. 그렇게 관군을 돈 주고 사들이다시피 해서 감영에 남아 있던 군졸과 장정들, 그리고 보부상을 합하니 모두 1천6백 명이 되었다. 훈련이 안 된 게 문제지만 그런 대로 머릿수로는 볼 만하다. 훈련 안 된 것으로 치자면 동학도 마찬가지 아닌가, 감사는 그렇게 위안을 삼았다.

"가서 반란자를 모조리 때려잡아라! 쳐죽이든 잡아먹든 찢어먹든 너희들 마음대로다!"

그렇게 해서 민관군 혼성 부대는 반란지를 향해 왁자지껄 떠들면서 진군했다.

이 소식은 전봉준 진영으로 바람같이 날아들었다.

"녹두 장군님, 관군이 쳐들어오고 있습니다."

보고를 받은 전봉준은 작전을 치밀하게 구상했다. 처음 맞는 전투인 만큼 병법兵法을 잘 구사해야 한다. 그리고 첫 전투인 만큼 반드시 이기는 전쟁을 해야만 한다. 관군의 예상 진격로를 살핀 전봉준은 접전지로 황토현을 골랐다.

"날랜 장정 수십 명을 선발하여 관군 진영에 잠입시켜라."

전봉준이 침투시킨 동학 측 보부상들은 관군의 무기, 보급 현황을 낱낱이 조사하여 보고했다.

그 결과가 너무나 어이없다.

- 군대라고 보기 어려울 정도로 군기(軍紀)가 물러터지고, 대오 (隊伍)가 흐트러졌습니다.

- 일각에서는 술과 고기를 진탕 먹으며 여자들을 희롱하는 중입니다. 전쟁 나온 군졸이 아니라 소풍 나온 유객(遊客)들 같습니다.

- 군사들은 다 잠들고 보초는 보부상들이 대신 서고 있습니다.

첩자들의 보고를 들은 전봉준은 즉각 공격 명령을 내렸다.

"천둥처럼 후려친다!"

동학군은 최대한 관군 진영으로 접근, 바로 코앞에서 일제히 꽹과리와 북을 두드리면서 함성을 내질렀다. 천둥 벼락치듯 들이닥치니 관군은 혼비백산했다.

결과는 대승, 혼성부대는 허무하게 무너지고, 개중에 정신을 차린 병사도 도망가기에 급급했다. 관군의 지휘관들조차 전주를 떠나 황토현까지 오는 동안 또다시 백성들의 재물을 털고, 전주 기생들을 대거 끌고 왔다는 사실이 밝혀졌다. 그 중에 어쩔 수 없이 끌려온 양민은 방면되었지만 돈과 재물을 노리고 자원한 자나 보부상들은 모조리 목을 베어버렸다.

황토현 전투에서 대승을 거두자 동학군 진영에는 괴이한 소문이 나돌았다.

　　- 부적을 갖고 있었더니 적이 쏘는 총구멍에서 탄알이 나오지 않고 물이 니왔다더라!
　　- 시천주(侍天主) 주문을 외우니 날아오던 총알도 비껴갔다더라!
　　- 부적을 몸에 붙이면 총알을 맞아도 죽지 않는다더라!

소문은 일파만파로 번져가고, 그때마다 앞뒤로 신비스런 말이 더 붙어나갔다.

조정에서는 긴급 명령을 내려 감사 김문현을 파직시키고, 거제도로 유배시켰다.

조정은 현지 군졸로는 더 이상 동학군을 막을 수 없다고 판단하여 부랴부랴 경군京軍을 조직하여 파견했다. 왕비의 비호를 받는 홍계훈이 야포 2문, 기관총 2문으로 무장한 총 8백 명의 정예 군사를 이끌고 인천항을 떠나 군산항에 도착했다. 그러나 이 경군은 말이 정예 군사지 전투 경험이라고는 한 차례도 없는 신병 집단이다.

1894년 갑오년 4월 7일. 초파일을 하루 앞둔 이 날, 홍계훈이 이끄는 경군은 전주성에 입성했다. 이 때문에 초파일날 나모하린 이 아기를 보러 올지도 모른다는 모악산 금산사에 가려던 북하는 비상이 걸린 동학군 진영에 눌러 있어야 했다. 일 년에 단 한 번밖에 없는 기회를 놓친 북하는 다음해 초파일을 기다릴 수밖에 없게 되었다.

이날, 홍계훈은 입성과 동시에 관군 혼성부대 1천6백 명이 전멸했다는 비보를 받았다. 홍계훈의 충격은 이루 말할 수 없었다.

이 소문이 전주부에 퍼지자 홍계훈이 이끌고 온 경군마저 흔들리기 시작했다. 결국 8백 명 가운데 3백30명이 소리 소문 없이 탈영해 버렸다. 게다가 경군 중에서도 동학군과 내통하는 첩자가 있어 탈영을 부추기는 등 사기를 떨어뜨리고 다녔다.

이 사실을 안 홍계훈은 내부 첩자를 가린다며 애꿎은 호남 출신 장수와 병사들을 골라 한꺼번에 처형해 버렸다. 호남에 불을 지른 셈이다.

겁을 먹기는 홍계훈도 마찬가지다. 그는 동학군과 정면 승부를 벌이지 않기 위해 요리조리 숨어 다녔다.

4월 27일, 전쟁 중임에도 말만 많은 게 양반 관료들이다. 홍계훈이 숨어 다닌다는 소문은 금세 장계에 적혀 한양으로 날아갔다.

당황한 조정은 홍계훈의 지휘권을 박탈하고 대신 이원회를 급히 파견했다.

5월 31일, 동학군은 감사 김문현이 파직되어 거제로 유배되고, 신임 감사가 채 부임하지도 않은 전주 감영을 향해 진군했다. 홍계훈의 지휘권마저 신임 장수 이원회가 내려갈 때까지만 허락되어 관군은 안팎으로 지휘 계통이 서지 않아 어수선하기만 했다.

"신임 감사와 신임 장수가 내려오기 전에 전주부를 접수해야 한다."

전봉준은 전주 감영을 서둘러 함락시키기 위해 비상 전략을 수립했다.

전봉준은 장날을 이용해 장사꾼과 손님으로 가장시킨 동학군을 전주 서문 밖 시장으로 침투시켰다.

이날 정오, 기습 준비를 마친 전봉준은 공격 명령을 내렸다.

"전주 감영을 쳐부숴라!"

즉시 서문 밖에서 콩을 볶는 총소리가 났다. 이 신호에 따라 장사꾼과 손님으로 위장한 동학군들은 "동학군이 쳐들어왔다!"고 소리치며 서문을 향해 뛰었다. 그러자 장을 보러 나온 사람들과 장사꾼들은 다투어 그 뒤를 따랐다.

결국 서문, 남문 할 것 없이 동학군을 피해 숨는다는 백성들의 행렬이 물밀듯이 들이닥쳤다. 이 사람들 중 대다수는 무기를 숨기고 들어간 동학군 선발대다. 그들은 전주성에 들어서자마자 총을 꺼내 마구 쏘아대면서 선화당으로 진격했다. 뒤이어 신호를 기다리던 동학군이 성문을 박차고 뛰어들었다.

막상 동학군이 전주성으로 들이닥치자 감영의 관리와 병졸들은 연기처럼 흩어졌다. 동학군은 관군의 저항을 전혀 받지 않은 상태에서 전라 감영을 함락시키는 데 성공했다. 북하와 이차현도 동학군의 일원으로 전주성에 들어갔다.

그러나 전라 감영을 장악한 동학군의 기쁨은 불과 며칠 만에 끝났다.

호남의 시국이 나날이 위급해지자 그렇지 않아도 친일파親日派와 친청파親淸派로 나뉘어 세력 다툼을 하던 조정은 동학군을 진압한다는 명목으로 최악의 오판을 했다. 원수 같은 일군日軍과 청군淸軍을 동시에 불러들이기로 했다. 돌이킬 수 없는 악수였다. 이런 악수는 민족사에서 5백년 역사에 한 번 나올까 말까한 가장 나쁜 수다.

물론 청나라와 일본이 각자 뇌물을 먹인 대신들을 앞세워 원군을 요청하라고 이쪽저쪽에 압력을 넣은 덕분이다. 특히 오래전부터 조선 상륙을 준비하던 일본으로서는 임진왜란의 치욕을 씻을 호기로 보았다.

이 소식은 전주성에서 대치중이던 동학군과 관군에 동시에 전해졌다. 청군은 북양대신 이홍장 휘하 2천5백 명이 출동 준비를 마치고, 일군은 히로시마에서 학수고대하며 대기중이던 5사단 병력 6천 명을 즉각 출동시켰다. 일본이 신식 전투부대원을 6천 명

이나 보낸 것은 여러 모로 노림수가 많았으나 그때만 해도 일본의
시커먼 속내를 알아차리는 사람은 드물었다.

동학군을 이끄는 전봉준은 이 돌발적인 사태에 몹시 고뇌했다.

윤치호는 그의 일기에서 조선의 사대부를 가리켜 이렇게 통탄
했다.

- 천만 백성이 자유롭게 생각하고 말하고 행동하지 못하는 나
라, 능력이 발휘되지 못하고 사장되며 포부가 실현되지 못하며 애
국심이 표현되지 못하는 나라, 지옥 같은 전제정치가 수세대의 굴
종과 빈곤과 무지를 낳는 나라, 삶 속에서 죽어가고 죽음 속에서
살아가는 나라, 도덕적 물질적 부패와 더러움이 해마다 수천의 생
명을 앗아가는 나라, 이것이 조선의 현실이다. 이 같은 정치적 지
옥이 언제까지 계속될 것인가.

사태가 이렇게 돌아가자 경군이든 동학군이든 난처하게 됐다.

"외적들에게 빌미를 주어서는 안 된다."

그때까지도 경군을 지휘하고 있던 홍계훈 역시 외세 간섭 이전
에 마무리를 지어야 한다고 생각했다. 특히 홍계훈으로서는 신임
지휘관이 내려오기 전에 서둘러 마무리하지 않으면 곤란한 처지
에 놓일 것을 우려했다. 전라감사가 거제도로 유배되었으니 그는
제주도 유배라도 당할 수밖에 없다.

"조선 문제는 조선인이 해결해야 한다. 어서 화약和約을 맺고 피

차 군대를 해산하자!"

다급한 홍계훈이 먼저 전봉준 측에 화약을 제안했다. 전봉준
도 외세를 불러들여서는 안 된다는 생각에는 동의했다. 그의 몸
에는 조선왕실이라고 하면 꼼짝 못하는 봉건 사대부의 피가 흐른
다.

동학군 내부에서는 그대로 한양까지 밀고 올라가자는 강경파
와 화약을 맺자는 온건파가 의견 통일을 보지 못했다.

전주 감영에서 전봉준을 가운데 놓고 장수들끼리 한창 격론을
벌일 때였다. 밖에서 한바탕 소란이 일어났다.

"글쎄 이 사람이 왜 이래? 안 된다니까. 저리 비키시오."

청년 하나가 막무가내로 선화당으로 들어가려 하자, 그 앞을
지키던 경비병들이 막고 나섰다. 경비병 가운데는 북하와 이차현
도 있다.

"전봉군 장군을 만나게 해 주시오. 지금 만나지 않으면 기회가
없소이다."

"지금은 회의 중이라잖소? 당신 같은 사람이 나설 때가 아니란
말이오. 소란 피우다가 치도곤이나 당하지 말고 어서 떠나시오."

경비병들이 떼어놓으면 청년은 어느새 문 앞으로 다시 달려들
며 승강이를 벌였다.

"도대체 당신이 누구인지도 모르고, 또 당신이 누구인지 알더라
도 그렇지. 지금 같은 중대한 모임에 어디 당신 같은 청년이 가당

키나 하겠소? 그러니 죽창이나 하나 들고 저 말단에 가 앉아 있으시오."

"그러지 마시오. 나는 고부 사람 강일순이오! 동향인 전 장군에게 전할 말이 있어서 왔소이다. 전쟁을 여기서 끝낼 수는 없단 말이오. 여기서 화약을 맺다니, 그러면 청군과 일군이 어디 팔짱만 끼고 가만히 있어 준답디까? 차라리 그들이 들어오기 전에 한양까지 치고 올라가야 합니다."

청년은 전봉준 장군을 만나 보지 않는 한 돌아갈 수 없다며 막무가내로 버텼다.

"이 사람 정말 안 되겠군. 여보게들 이 사람을 포박하게."

경비 책임을 맡은 장수가 청년을 포박하라고 명령했다.

"이것 놓으시오. 시간이 없단 말이오. 전봉준 장군을 만나게 해 주시오."

"일단 하옥해 두게."

동학군들은 청년의 팔을 잡고 밖으로 끌어냈다.

"이 철없는 풋내기야. 죽창이나 꼬나들고 여기서 기다려. 싸울지 말지는 어른 장수들께서 알아서 결정을 내리실 테니."

청년은 동학군에게 끌려가면서도 이럴 때가 아니라 한양으로 진격해야 한다고 소리를 질러댔다.

처음부터 쭉 지켜보던 북하와 이차현은 고개를 가로저었다. 무모한 젊은이로군 하는 생각에서였다. 그러잖아도 신경이 날카로워져 있는 장수들에게 괜스레 나섰다가 봉변을 당하지 않은 게 다행이라는 생각도 들었다.

그동안 선화당 안에서는 경군과 화약을 맺을 것인가, 맺지 않을 것인가를 놓고 열띤 토론이 벌어졌다. 그 결과 사람들은 전봉준의 결정에 따르기로 했다. 결국 전봉준은 일본이나 청나라에 빌미를 주지 않기 위해 부득이 화약을 맺는 게 좋겠다고 결론을 내렸다.

"나라가 더 급하다. 썩었든 타락했든 내 나라가 우선이다. 외적이 물러간 뒤에 다시 일어나자."

전봉준의 주장에도 일리는 있다. 하지만 북하는 이름 모를 청년의 주장이 더 옳다는 생각이 들었다. 청군과 일군이 들어오기 전에 한양까지 진격하여 나약한 임금과 부패한 관리를 내몰고 백성들의 나라를 세워야 한다는 생각이 들었다. 그러면 감히 청군도 일군도 지금처럼 침을 흘리며 조선에 접근하지 못할 것이라고 믿었다.

'역시 전봉준은 세상을 바꿀 만한 큰 인물이 못 된다.'

스승 석전이 왜 그런 말을 했는지 북하는 알 수 있을 것 같다. 전봉준은 세상은 그만두고 조선 팔도를 구원할 만한 재목도 안 되어 보였다. 봉건왕조 사상에 찌든 유림 중 한 명일뿐이었다.

화약이 이루어지자 동학군들은 뿔뿔이 흩어지기 시작했다.

일이 허무하게 끝나버리자 북하와 이차현도 동학당에 계속 머물 명분을 잃었다.

"형님, 너무 허무하군요. 이거 어디서 사람을 찾는다지요?"

함께 행동하는 동안 몹시 가까워진 북하와 이차현 두 사람은 서로 호형호제하는 사이가 되었다.

"그런데 북하. 도대체 동학군이 이긴 건가, 진 건가?"

이차현이 고개를 갸우뚱하며 물었다.

"글쎄요. 아리송한 전쟁입니다. 이대로 끝날 것 같지도 않고요. 그나저나, 도대체 조선을 구할 신인은 어디 계신 걸까요? 이게 나라입니까."

두 사람은 일단 동학당을 그만두고 김항을 찾아가기로 했다. 동학당 내에서 아무리 찾아보아도 없으니, 앞으로 어찌 하면 좋을지 새로운 지시를 받아야 한다.

"《정역》 강의도 많이 진척되있겠구먼."

"우리가 떠나온 지 석 달이 넘었으니 아마 그렇겠지요."

"스승님 건강은 좋으신지 걱정일세."

이차현은 향적산 쪽을 바라보며 그리운 표정을 지었다.

천태(千態)

　　북하와 이차현은 향적산방 학인들한테 의심을 사지 않기 위해 서로 차이를 두고 산방으로 돌아가기로 했다. 먼저 북하가 향적산방으로 향하고 이차현은 실제로 자신의 집을 들러 사나흘 후에 돌아가기로 했다. 신인 찾는 일에 관해서는 이차현이 합류하는 날 함께 김항에게 여쭙기로 했다.

　　어느새 부쩍 더워진 날씨에 땀을 뻘뻘 흘리며 향적산방에 이르니 뜻밖의 인물이 북하를 기다리고 있었다.

　　"이보게. 자네 안사람이 찾아왔네."

　　김항에게 간단히 인사를 드리고 나오는데, 물한 대신 새로 살림을 맡은 강 서방이 은근한 목소리로 불렀다.

"예? 안사람이라뇨?"

북하는 깜짝 놀라서 되물었다. 순간, 북하의 머릿속에는 '혹시 나모하린이?' 하는 생각이 빠르게 스쳐지나갔다. 지난 초파일에 부영이 북하 대신 금산사에 가서 나모하린을 만나 자신의 소식을 전해 주었을지도 모르는 일 아닌가.

"저기, 부엌방에 머물고 있네. 이곳을 찾아온 지 벌써 열흘도 넘었다네."

강 서방은 한 눈을 찡긋거렸다.

"행동이 점점 둔해지는 게 아무래도 아기를 가진 것 같으이. 총각인 줄 알았더니만, 머잖아 아기 아버지가 되겠구먼."

강 서방은 짓궂은 표정을 지으며 북하의 어깨를 툭툭 쳤다.

부엌방으로 향하면서 북하는 현기증이 나는 것처럼 아찔했다.

'나모하린, 나모하린을 만난다……'

꿈에도 그리던 나모하린을 전혀 기대치 않은 때에 뜻밖의 장소에서 만나게 되자 반가움보다는 오히려 마음이 혼란스럽기만 했다. 게다가 나모하린이 아기까지 가진 것 같다고 하니 더욱 심기가 복잡하다.

'이게 몇 년 만인가?'

북하의 나이 열일곱 살에 헤어져, 지금 스물한 살이 되었으니 꼭 4년 만이다.

김항이 머무는 별채에서 부엌방까지 닿는 짧은 순간 북하의 머릿속엔 별의별 생각이 다 스쳤다. 나모하린과 첫정을 맺던 일, 몸을 팔게 된 나모하린과 결혼을 하겠다며 아버지 이지군에게 떼쓰던 일, 웬 부자에게 남몰래 팔려간 나모하린을 찾아 헤매던 일, 황 진사 집에 침입했다가 나졸들에게 상처를 입고 쫓기던 일, 스승 석전의 구원으로 목숨을 구하고 글공부와 무예를 배웠던 일, 살인죄로 옥에 갇혔다가 동학군에게 구출된 일, 신장이 되어 전봉준을 지키다가 다시 김항 밑으로 옮겨 공부하며 호위하던 일, 《정역》을 전해 줄 신인을 찾아 다시 동학군에 입당한 일, 그리고 다시 향적산방으로 돌아온 게 오늘이다.

'나모하린은 그동안 어느 하늘 밑에서 어떻게 살아왔을까?'

'나모하린은 어떻게 내 행적을 찾았을까?'

'나모하린이 가진 아기는 누구의 자식일까?'

'나모하린을 보면 무슨 말을 먼저 할까?'

지난 일과 함께 온갖 궁금증이 뭉게구름처럼 피어났다.

"어흠."

부엌방 앞에는 아담한 크기의 짚신이 가지런히 놓여 있었다. 북하는 그 앞에서 헛기침을 해 사람이 왔음을 알렸다.

안에서 바스락거리며 인기척이 났다. 그 사이에 다시 한 번 현기증이 났다.

"누구신지요?"

방문이 열리면서 여인의 목소리가 들려왔다.

"응?"

여인은 북하가 그렇게도 그리던 나모하린이 아니다.

"어머, 북하님."

"아니, 부영 처녀."

여인은 뜻밖에도 부영이다. 전주 황 진사의 배다른 여동생인 바로 그 부영이다. 고부 외가에서 역졸에게 겁탈당하고 목숨을 끊으려는 것을 구해 준 이래 처음 대면하게 된 것이다.

"돌아오셨군요. 언젠가 이곳에 들르실 거라 생각하고 무작정 기다리고 있었어요. 마침 김항 선생님께서도 허락해 주시고……."

"어쩐 일로 나를……?"

북하는 짚신을 벗고 부엌방으로 들어섰다.

"흑."

북하가 안으로 들어서자, 부영은 얼굴을 가리며 눈물부터 쏟았다. 북하는 영문을 몰라 부영이 울음을 그칠 때까지 잠자코 기다렸다.

"그때 차라리 절 죽게 내버려두시지 그러셨어요? 그렇다면 오늘날 제가 이렇게 고통 받지는 않을 텐데……."

부영은 목을 매 죽으려던 자신을 구해 준 북하를 오히려 원망했다.

"무슨 일 때문에 그러시오? 아직도 그 일 때문에 괴로우신 거요?"

북하는 어떻게 위로해야 할지 몰라 이말 저말 되는대로 건넸다.

"그 역졸 녀석에게 한 번 능욕당한 것으로 회임懷妊이 되고 말았어요. 설마설마 했는데 벌써 다섯 달이 되었어요."

"저, 저런."

부영의 말을 들은 북하는 나모하린을 만날 기대가 무너졌다는 실망을 느낄 겨를이 없었다. 처녀가 겁탈을 한 사내의 아기를 가졌으니 이보다 더 큰 낭패가 없다.

"그래도 명색이 양반가 처녀인데 얼굴도 이름도 모르는 사내, 그것도 꿈속에서조차 저주를 퍼붓던 사내의 아이를 임신했으니 이제 저는 어떡합니까? 의원에 몰래 가서 떼어 보려고 온갖 약을 다 지어 먹었지만, 아무 소용이 없어요."

북하는 망연자실해서 부영의 말을 듣기만 했다.

"그때 북하님이 모진 목숨을 살려 주어서 이렇게 되었으니, 이제 제 인생을 책임져 주세요. 아니면, 당신이 주신 목숨, 이 자리에서 거두어 가시든가요."

부영은 품에서 단도를 꺼내 북하 앞에 내밀었다. 그러고는 방바닥에 엎드려 흐느꼈다.

"어, 어찌 낭자의 목숨을 감히 내가 거둔단 말이오?"

북하는 부영의 억지스런 요구에 어찌할 바를 몰랐다.

"그래서 이곳 산방 사람들한테 내 안사람이라고 한 것이오?"

"예. 아이를 가졌으면 아비도 있어야 할 것 아닙니까? 어떻게 겁탈당해서 가진 아이라 하며 살겠습니까? 그러면 앞으로 태어날 이 아이는 또 어찌하고요?"

부영은 계속 눈물을 흘렸다.

"아기 아버지가 되시든가, 아니면 저와 이 아이의 목숨을 거두시든가 한 가지를 정해 주세요."

당돌하다. 난감하다.

이 일을 어떻게 처리해야 할지 알 수가 없다. 부영의 목숨을 거둔다는 것은 말도 안 되는 소리니, 꼼짝없이 손 한 번 잡아 본 적 없는 여인의 지아비가 되어 누구의 씨인 줄도 모르는 아기의 아비 노릇까지 해야 할 판국이다. 그렇게 되는 것도 우스꽝스러운 일이지만, 만 보 양보해 그렇게 된다면 신장의 임무는 어쩌란 말인가. 나모하린은 또 어쩌란 말인가.

"어허. 어떻게 이런 일이……."

북하는 한숨이 저절로 나왔다. 아무리 골똘히 생각해도 해결책이 떠오르지 않는다. 생각하면 힐수록 오히려 머릿속은 읽힌 실타래처럼 더욱 복잡해졌다.

북하는 일단 이차현이 돌아오기를 기다리기로 했다. 이차현에게 지혜를 구하면 뭔가 묘안이 떠오를 것만 같다.

그동안은 부영이 미리 산방 사람들에게 거짓말을 둘러댄 대로 부영의 지아비인 척 행동하기로 했다. 아니라고 부인하다가는 곤경에 처한 부영이 홧김에 목이라도 매버리면 더욱 큰일이다. 막다른 골목에 이른 여인이 택한 최후의 방도를 함부로 무너뜨릴 수가 없다.

이차현은 나흘 뒤에 산방으로 올라왔다. 어머니 병환에 차도가 있어 잠시 들르는 거라며 산방 학인들에게 나누어 줄 떡까지 해서 등에 짊어지고 왔다.

"형님, 이를 어쩌면 좋겠습니까?"

저녁을 먹은 후 이차현과 마주앉은 북하는 땅이 꺼져라 하고 한숨을 쉬었다.

"자신의 목숨을 살려 주었으니 나머지 인생도 책임져라…… 거참."

이차현은 기가 막히다는 듯 입맛을 쩍쩍 다셨다.

"그거 이러지도 못하고 저러지도 못하고, 진퇴양난일세그려."

이차현에게서도 묘책은 나오지 않았다.

"하는 수 없네. 선생님께 여쭈어 보세. 선생님께서는 분명 무언가 대안을 제시해 주실 걸세."

두 사람은 그길로 김항의 방을 찾았다. 일이 워낙 급하다 보니, 신인 찾는 일보다 부영의 문제를 먼저 꺼내게 되었다.

"고민할 게 무어 있느냐? 네가 아이 애비가 되면 간단한 것을……."

김항의 대답은 너무 간단하다. 북하더러 부영의 지아비 노릇을 하라는 것이다.

"하지만, 저는……."

북하는 자신에게는 꿈에 그리는 나모하린이 있다는 말을 꺼내려다가 머뭇거렸다.

"가까이 있는 여인 하나도 구하지 못한다면 이 세상을 뜯어고치러 오신 신인같이 위대한 분은 어찌 지키겠느냐? 가정사도 해결 못하면서 천하사를 어찌 도모하느냐 이 말이다."

김항은 이미 결론을 내려버렸다.

"허나, 선생님. 북하는 저 여인의 손목도 잡아 보지 아니하였고, 또한 누구의 씨인지도 모를 저 아기는 어찌합니까?"

이차현이 북하를 위해 이의를 달아 주었다.

"인연은 본래 해질녘 땅거미처럼 몰래 오는 것이니라. 이 세상 여인이 모두 네 여인이고, 이 세상 아기가 모두 네 아기니라. 그러니 사람을 돌봄에 차등이 있어서는 아니 되느니라. 천하 만민을 자비하라."

"하오나 그렇게 되면, 신인을 찾는 일은 어찌하겠습니까? 당장 처자식 먹여 살릴 궁리부터 해야 하지 않겠습니까?"

북하가 신장으로서 자신의 임무를 걱정했다.

"허허허. 지아비가 되더니 벌써 처자식 걱정부터 하는구나. 기특한 일이로고."

김항은 모처럼 호탕하게 웃었다. 그러고는 웃는 낯으로 말을 이었다.

"물한이가 산방에서 멀리 떠나지 못하고 아랫마을에서 농사를 짓고 있다. 우선 네 아내를 그곳으로 보내라. 내가 일렀다고 하면 물한이가 거처를 마련해 줄 것이다. 아내가 그곳에 머물며 몸을 풀게 하고, 너는 이전처럼 네 임무를 차질 없이 수행하라."

김항이 부영을 보낼 곳을 마련해 주니 북하는 마음이 놓였다. 앞으로는 어떻게 인생이 풀려나가든, 당장의 문제를 해결하고 나니 무거운 짐을 내려놓은 기분이 든다.

"선생님, 그나저나 신인을 찾는 일이 너무 막연합니다. 동학당에서 아무리 찾아보았지만, 저희 눈이 용렬한 탓인지 신인 같은 사람을 보질 못하였습니다. 그래서 이렇게 다시 여쭙고자 산방으로 올라왔습니다. 어떤 사람이 신인인지 알아볼 수 있는 방법을 좀더 자세히 알려주십시오."

북하의 당면 문제가 해결되자 이차현이 본론을 꺼냈다.

"지난번에 말한 대로다. 너희가 보았을 때 신인이다 싶은 사람이 바로 그분이다. 전봉준은 아니었던 모양이구나."

"예, 그런 것 같습니다."

"다시 말하지만 이분이다, 이런 확신이 들어야 신인이다."

김항은 여전히 흐릿한 기준을 주었다.

"하오나⋯⋯."

"그러고 보니, 한 가지 더 알려줄 것이 있구나. 천문을 보아하니 산태극수태극山太極水太極의 금강 이남 사람인 것으로 나오는구나."

김항의 말은 이것으로 끝이다. 북하와 이차현, 두 사람이 지혜를 짜내어 능력껏 찾아내야만 한다.

김항의 방에서 물러나온 북하와 이차현은 머리를 맞대고 의논을 했다.

"세상에는 도인으로 소문난 사람이 많습니다. 그 사람들을 찾아다니며 신인인지 아닌지 확인하다 보면 만나게 되지 않겠습니까?"

북하의 제안에 이차현이 무릎을 쳤다.

"그래. 바로 그거야."

두 사람은 공주 계룡산부터 훑어 내려가기로 했다. 김항이 말한 산태극수태극이라면 그 중심이 공주 계룡산이므로 거기서부터 찾아보는 것이 순서라는 생각에서다.

다음날, 애초에 잠시 다니러 왔다고 둘러댄 이차현이 먼저 하산했다. 북하와는 사흘 뒤 계룡산 갑사 입구 주막에서 정오에 만나기로 약속했다.

북하는 하루를 더 기다렸다가 부영을 데리고 산방을 내려갔다. 그리고 물한이 산다는 향적산 아래 음절리 마을에 도착했다.

"아이구, 북하. 오, 오랜만일세."

물한은 농사꾼이 되어 열심히 농사를 짓고 있었다.

"그래, 서, 선생님께서는 펴, 평안하신가? 농사를 잘 지어 가을에는 곡식을 지고 올라가 봐야지."

김항의 안부를 묻는 물한의 눈가에 어느새 물기가 번졌다. 그새 큰아버지가 그리운 모양이다.

"조금 야위긴 하셨지만, 건강은 여전하십니다."

물한은 가을에 산방에 곡식을 올려 보내겠다는 마음으로 조금이라도 소출을 늘리기 위해 매일같이 논에 나가 피를 뽑고, 밭에 나가 김을 매는 중이다. 잡초가 적어야 그만큼 알곡이 실하고, 좋은 곡식으로 큰아버지를 모시고 싶은 생각뿐이다.

"이 사람은 제 안사람입니다. 저는 밖으로 나도는 사람이라 이 사람과 뱃속의 아기를 형님께 맡기고자……."

"아이구, 자, 자네가 장가를 갔는가? 난 그, 그것도 모르고."

물한은 반색을 하며 부영을 받아들였다. 그렇지 않아도 혼자 사는 처지라 적적한 참인데 잘 되었다며 자신이 거두어 줄 테니 걱정 말라고 했다. 김항이 그렇게 분부했다는 말은 꺼낼 필요도 없다.

북하는 부영을 물한에게 맡겨놓고 홀가분한 기분으로 길을 떠났다. 부영은 진짜 지어미처럼 동구밖까지 따라나왔다.

"고맙습니다. 북하님. 저와 아기의 목숨을 구해 주셔서. 평생 은인으로 생각하고 지극히 모시겠습니다."

"일 마치고 올 테니 허튼 짓 마오. 당신과 아이는 내가 지키리다."

부영은 허리를 깊이 숙이고 돌아섰다. 그러고 보니 지난번 고부에서 보았을 때는 머리를 땋아 등에 길게 내려뜨렸던 부영이 지금은 쪽을 틀어 얹은 모습이다. 그 모습을 바라보니 북하의 가슴이 싸아하니 쓰려온다.

계룡산 갑사 입구 주막에서 다시 만난 북하와 이차현은 계룡산 골짜기부터 샅샅이 훑기 시작했다. 예로부터 도인이 많이 나기로 유명한 계룡산이다. 계룡산 주변 사람들은 계룡산 하면 도인들 천지로, 어깨에 부딪치는 사람이 다 도인이라고들 했다. 운이 좋으면 이곳에서 바로 신인을 찾을지도 모른다.

그런데 도인을 묻는 주막의 주인 노파가 진짜 도인이 한 명 있다면서 두 사람에게 자신 있게 천거했다.

"우리 산수山水 도인은 내가 십수 년째 수발을 하고 있다오. 밥 대주고, 지필묵을 대주면서 도통하기를 기다렸지요. 내가 몸이 늙어 이 몸만 못주었지 줄 건 다 주었다오. 지금쯤 아마 날개를 달았을 것이니 댁들이 가서 한번 도담道談 좀 나누어 보시구려. 어차피 이 달 들어 쌀도 올려 보내고 찬거리도 보낼 참이었는데 잘 되었구려."

두 사람은 귀가 솔깃하여 노파가 말해 주는 대로 갑사 윗 계곡으로 올라갔다.

한참 짐을 지고 올라가다 보니 자그마한 토굴이 나오고, 누군가 도를 닦고 있는 게 눈에 띄었다. 얼굴 생김새며 몸집 등 모든 게 노파가 말한 바로 그 산수도인이다. 긴 머리채며 나부끼는 수염까지 영락없다.

"우리는 연산에서 온 나그네인데 우연히 갑사 계곡에 들렀다가 도인 한 분이 계시다기에 문안드리러 왔소이다."

이차현이 먼저 좋은 말로 인사를 건네고, 북하는 노파가 보낸 쌀과 찬을 내놓았다. 산수도인은 턱 끝으로 한쪽 구석에 내려놓으라는 시늉만 하고는 스르르 눈을 감았다. 반은 뜨고 반은 감은 듯하나 도무지 손님들을 거들떠보는 자세가 아니다.

"도인님, 도를 묻고자 왔으니 한 말씀 들려주십시오."

이차현이 먼저 청했다.

"내 도는 말로 할 수 없는 도입니다. 함께 좌정 삼매에 들면 다

보이리다."

과연 산수도인은 금세 선정에 들었다. 역시 도가 높은 사람인 것 같았다. 북하는 참지를 못하고 계속 물었다.

"사람들은 왜 이렇게 고통스럽게 세상을 살아가야 합니까?"

산수도인은 묵묵부답이다.

"동학농민군이 궐기를 했는데 어떻게 해야 시국을 바로잡겠습니까?"

역시 산수도인은 선정에서 깨어나질 않는다.

"이것 참, 도인인지 산송장인지 모르겠군."

이차현이 투덜거렸다. 북하가 손으로 산수도인의 옷깃을 슬쩍 당겨보았다. 산수도인은 끄떡하지 않는다. 삼매경에 든 게 분명하다.

"선정에 든 것만은 틀림없군요."

두 사람은 하는 수 없이 토굴에서 물러나오고 말았다.

대단한 도인이다. 그 정도로 깊은 선정에 들어갈 수 있다면 역시 보통 인물은 아니다. 그 깊이를 가늠할 길이 없다.

아무 소득 없이 하산한 두 사람은 다시 노파에게 돌아가 그들이 보고들은 내용을 말해 주고는 고개를 갸우뚱했다.

"우리네 눈으로는 도인인지 범인인지 구분이 안 가더군요."

"그러시오? 그러면 내가 아는 수가 있소. 기다려 봅시다."

그러고서 노파는 손녀딸을 불러냈다. 산속에 핀 야생화처럼 곱고 싱싱해 보이는 처녀다. 누구든지 사내라면 음심을 품을 만큼 잘 핀 미모다.

"너는 이길로 우리 산수도인한테 가라. 그러고는 네 몸을 공양하고 오너라. 할미가 늙어 육보시 하나를 빠뜨렸는데 손녀딸을 대신 바친다고 말씀드려라."

노파는 구체적으로 어떻게 어떻게 하라고 손녀딸에게 자세히 일러주었다.

처녀는 할머니가 시키는 대로 토굴에 올라갔다. 그러고는 다짜고짜 옷을 훌러덩 벗어 버렸다.

처녀는 알몸을 도인의 얼굴에 가까이 갖다 대고 말했다.

"할머니께서 산수도인님을 모시라고 했습니다. 제 몸을 공양하면 저도 복을 짓는 거라고 말씀하십니다. 저를 취하셔서 산수도인께서는 음덕陰德을 입으시고 제게는 도덕道德을 나누어 주시어요."

미끈한 키에 윤기 흐르는 살결까지 그저 얼른 품고 싶은 소녀의 몸이다.

산수도인은 눈을 가느다랗게 떴다가는 그대로 내리깔며 선정에 빠졌다.

처녀는 맨살로 산수도인의 얼굴에 비벼 보기도 하고, 입술을 맞대고 비벼 보기도 하고, 그의 손을 잡아다가 젖무덤에 대어 보기도 했다.

누구 한 사람 보는 사람도 없건만 산수도인은 전혀 흔들림이 없다.

처녀는 여색에 흔들리지 않는 산수도인의 위엄에 놀라 도로 옷을 챙겨 입었다.

처녀가 토굴에서 내려오자 노파는 산수도인이 어떻게 하더냐고 물었다.

"그래, 아무리 도인이라지만 너같이 예쁜 몸을 보고는 가만있지 못했겠지?"

"웬걸요. 저 따위는 거들떠보지도 않던데요. 그대로 선정에 빠져 눈곱만치도 흔들리지 않으셨습니다. 역시 우리 도인님은 대단한 분이세요. 화담 서경덕이 황진이를 물리쳤다더니 그분 환생인가 봐요."

"뭐라고?"

처녀의 말에 노파는 기뻐하기는커녕 큰소리를 지르면서 화를 벌컥 냈다.

"내 이놈을 그냥! 십 년이 넘도록 수발을 들어주었더니 그놈 대가리가 돌팍처럼 굳었는가 보다. 그놈이 깨달으면 나도 그 인연으로 공덕 좀 지어볼까 했더니, 이제 보니 그놈이 바위처럼 굳어가는 도를 닦고 있었구나."

노파는 씩씩거리면서 노구를 이끌고 토굴로 달려 올라갔다. 북하와 이차현도 허겁지겁 노파의 뒤를 따라 토굴로 올라갔다.

"이보시오, 산수도인! 그래, 내 손녀딸을 공양했더니 거들떠보지도 않으셨구려? 내가 공양한 것은 밥이든 계집이든 다 처먹어야지, 네 멋대로 뭐는 받아먹고 뭐는 물르는 게야?"

노파가 그렇게 화를 내며 소리치는데도 산수도인은 계룡산만큼이나 묵직하니 끄떡하지 않았다.

노파는 눈을 부라리더니 토굴 옆에 놓여 있던 지팡이를 들어 산수도인의 머리통을 힘껏 내려쳤다.

딱!

머리가 부서지는 듯한 소리가 났다. 그래도 그는 눈썹 하나 까딱하지 않았다.

노파는 정말로 화가 나는지, 아니면 도를 시험하려고 그러는 것인지 한 번 더 지팡이를 내려쳤다.

딱!

이번에도 그는 꿈쩍하지 않는다.

노파는 토굴 밖으로 뛰어나왔다. 그러고는 입구에 솔가지며 마른 나뭇가지를 끌어 모아 놓고 냅다 불을 질렀다. 불은 금세 토굴 안으로 옮겨 붙었다. 토굴에는 이것저것 살림살이가 있다보니 불이 잘 타오른다.

"켁켁."

결국 안에 있던 산수도인은 연기를 마시다 마시다 기침을 해대면서 토굴 밖으로 뛰쳐나왔다.

노파는 그를 향해 마구 욕을 퍼부어댔다.

"이 빌어먹을 놈아! 아예 계룡산에 대가리를 처박고 천년만년 바위로 굳어 버리지 무엇하러 기어 나오느냐? 너 같은 놈을 믿고 십 년이나 공을 들이다니 내가 미친년이다. 하늘이 어찌 어느 하나에 편고 되었다더냐! 너 같은 놈은 사바세계에서는 거름으로밖에는 쓸 데 없는 똥통이니라! 산수도인 좋아한다, 이놈아!"

산수도인은 정말로 노파가 화를 내고 토굴을 불사르자 얼굴을 들지 못하고 도망치다시피 산을 내려갔다.

"이보시오, 젊은이들. 내가 도인인 줄 알고 잘못 소개한 죄로 다른 사람을 천거해 볼 테니 한번 만나 보시구려. 저 공주에 나가 보면 웅진성 근처에 육효점을 잘 치는 점사占師가 한 명이 산다우. 지천명知天命 선생이라고 하는데, 그이한테 가서 진짜 도인을 천거해 달라고 하시구랴."

북하와 이차현은 고개를 저으며 그곳을 떠났다.

"형님. 만일 산수도인이 정말 하늘에서 내려온 신인이라면 저렇게 쪼그리고 앉아 있을 까닭이 없지 않습니까? 우리가 찾는 분은 세상을 구하러 오신 분인데……."

"그러게 말일세."

북하의 말에 이차현은 고개를 끄덕였다.

"달마대사나 된다면 시운時運을 기다리느라 그런다지만, 어찌 나라를 구하겠다는 자가 고목처럼 쭈그리고 앉아만 있겠는가?"

북하와 이차현은 더 돌아볼 여지가 없다고 결론을 내렸다. 그리고 새로운 도인 지천명을 찾기 위해 노파가 일러준 대로 충청 감영이 있는 공주로 나갔다.

육효점의 대가라고 알려진 지천명은 과연 유명한 인물이었다. 공주에서는 물론이고 멀리 청주, 수원 등지에서도 일부러 내려오는 문점객問占客들로 성시를 이루었다.

북하와 이차현은 엽전 한 닢을 꺼내 바치고 순서를 기다렸다.

그 사이 공주에 사는 유지며 젊은 선비들이 문지방이 닳도록 그 집을 드나들며 언제 과거에 합격할 수 있느냐, 관운官運은 따르느냐, 송사訟事에 이길 방법이 없느냐 등등 갖은 질문을 해대었다. 이쪽 사람들은 남쪽에서 동학이 일어나는지 꺼지는지 관심도 없는 것 같다.

다른 곳에서는 목숨을 초개같이 내던지며 탐관오리의 악습을 뜯어고치려고 동학당이 일어나 헐떡거리는 마당에, 이곳에서는 반대로 그러한 관리가 되고자 꿈꾸는 사람들이 줄을 이었다. 과거 하고, 돈 벌고, 도둑질을 하면서도 들키지만 않으면 최고의 삶이라고 믿는 사람들, 북하에게는 그들의 질문이 그저 철모르는 욕망으로만 보였다.

점사 지천명은 찾아온 손님이 질문을 하면 점을 치고는 곧바로 비방을 해 주었다.

"붉은 콩 열다섯 개하고 검정콩 열 개를 파란 비단 주머니에 싸고, 그것을 들고 곰나루에 나가 소원을 빌면서 다섯 번 절을 하고 금강에 던져라. 그러면 삼칠일 안에 소식이 있으리라."

점사의 비방은 뜻밖에도 매우 쉽고 간단하다. 그런 식으로 무슨 난관이든 소원이든 점사는 척척 해결해낸다. 심지어 죄를 짓고도 피해갈 수 있고, 어렵지 않게 큰돈을 벌 수 있는 비방도 있다고 장담했다. 점사의 말이 모두 사실이라면 그야말로 조선쯤은 거뜬히 구하고도 남을 신인감이다.

정말 놀라운 것은 그 점사가 시키는 대로 비방을 쓴 사람들이 한결같이 효험을 보았다고 떠든다는 것이다. 사기꾼이라면 문제지만 이렇게라도 백성들의 소원을 하나하나 이루어 준다면 그야말로 도인이고 신인일 것만 같다.

마침내 이차현의 차례가 되었다.

"지천명 선생님, 나는 도인을 만나고 싶소. 어디 계신지 소개시켜 주시오. 이 세상을 구원할 아주 큰 도인으로 말이오."

이차현이 말하자 점사는 산가지를 척척 갈라 괘를 뽑더니 즉석에서 답을 주었다.

"논산에 가보면 금부자金富子라는 사람이 있을 것이오. 그 사람이 도인이오."

진짜로 그 사람이 도인인지 아닌지는 가봐야 알겠지만 대답만은 시원시원하다. 더구나 '부자富者'가 아니라 굳이 '부자富子'라고 한다니 더욱 그랬다.

다음엔 북하 차례다.

"내가 억울한 죄를 쓴 게 있는데 그걸 벗으려면 어떻게 해야 합니까?"

질문을 받은 점사는 북하의 얼굴을 찬찬히 뜯어보고 난 뒤 산가지를 뽑았다. 그러더니 고개를 갸웃거렸다.

"이상하군."

점사는 혼잣말로 중얼거리고는 재차 산가지를 추슬러 잡았다.

그렇게 다시 뽑은 괘를 머릿속으로 그리던 점사는 또다시 고개를 갸웃거렸다.

"이상한 일이군. 젊은이는 점괘가 서질 않아. 이게 무슨 조화인지 나도 모르겠는걸."

세 번째로 산가지를 뽑고 난 점사는 안색이 하얗게 변하며 믿을 수 없다는 듯이 고개를 가로저었다. 그러고는 떨리는 목소리로 물었다.

"젊은이, 혹시 이 세상 사람이 아닌 거 아니오?"

점사의 말에 북하는 속으로 뜨끔했다. 석전이 자신한테 하늘에서 내려온 신장이라고 했던 말이 생각났다.

"원 별 말씀을. 그러면 내가 죽은 귀신이라도 된단 말이시오? 괘가 잡히지 않으면 솔직히 그렇다고 말하면 되는 것을."

북하는 정색을 하고 항변했다. 그러면서 속으로는 다른 생각을 했다.

'내가 신장은 과연 신장이란 말인가. 그러지 않고서야 귀신들이 맞춘다는 육효점이 서지 않을 리가 없잖은가.'

북하가 속으로 생각하고 있을 때 먼저 점을 본 이차현이 점사에게 질문을 던졌다.

"마음대로 운을 바꿀 수 있다면 당신은 왜 이 자리에 주저앉아 있으시오? 과거에라도 나가 장원급제하여 관운을 잡고 밀고 올라가 왕후장상王侯將相이라도 할 일이지."

"하하하. 나는 사과나무를 배나무로 바꿀 줄은 모른다오. 다만, 나무에 거름을 내고 벌레를 잡아 기왕 크는 나무를 조금 더 크게 하거나, 맺히는 열매를 더 실하게 하는 재주나 있을 뿐이오. 내게 나무 이름을 바꿀 수 있는 능력이 있다면 얼마나 좋겠소?"

점사가 제 가슴을 손으로 텅텅 쳤다. 세상일을 모두 맞힌다는 그 역시 답답한 일이 많은 모양이다.

혹시나 하여 점사에게 질문을 던졌던 이차현은 북하에게 나가자고 눈짓을 했다. 점사 지천명은 두 사람이 찾는 신인이 아니라고 판단한 것이다.

다음 날 아침, 북하는 밤중에 쓴 서찰을 보부상 편에 석전한테 보냈다. 부영이 자신을 찾아온 이야기는 사적인 일이라 적지 않았지만, 신인을 찾기 위해 동학당에 들었던 일과, 현재 신인을 찾기 위해 도인들을 찾아다니고 있다는 이야기를 상세하게 적었다.

그동안 동학을 따라다니느라 북하의 거처가 워낙 변동이 심해서 그런지 석전으로부터 아무런 연락도 오지 않았다. 그러나 북하가 석전에게 소식을 전하는 것은 어렵지 않다. 석전에게는 한양에 막역한 친구가 있어 보부상 편에 그 집으로 서신을 놓으면 얼마 안 가 석전에게 전해지게 돼 있었다.

북하와 이차현은 꽤 큰 기대를 갖고 논산으로 향했다. 점사가 일러준 금부자를 만나기 위해서다.

북하와 이차현이 새로 찾아간 금부자는 좀 색다른 거부巨富였다. 이 거부는 성이 김金씨지만, 돈이 하도 많아 사람들은 그의 성을 김으로 부르지 않고 금으로 불러, 논산 금부자金富子라고 했다.

금부자는 재산이 삼천 석 정도 하는 지주地主로, 자신에게 딸린 소작농 중에서 혹 돈에 쪼들려 파산하거나 병에 걸려 죽는 사람이 없도록 세심히 살핀다는 소문이 나 있었다. 다만 계산만은 정확해서 언제든 거저 주는 법이 없단다. 소작료도 정해진 만큼은 무슨 일이 있어도 받아낸다.

북하와 이차현은 하루쯤 금부자의 집에 머물면서 이야기를 들어 보자고 의견을 모았다.

금부자의 집에 도착해 보니 그럴듯하게 지어 놓은 객사까지 딸려 있다.

어쩐 일인지 정시기는 위아래로 훑어보더니 하룻밤 묵자는 두 사람의 청을 거절했다.

답답해진 북하가 청지기에게 그 까닭을 물었다.

"예로부터 가산이 넉넉한 사람들은 식객까지 두면서 선비들을 먹여 살렸는데, 우리 같은 하룻밤 과객까지 내쫓을 이유는 없지 않겠소?"

청지기는 다시 한 번 단호히 거절했다.

"허! 식객이라고요? 우리 주인이 가장 싫어하는 게 식객이오. 글줄이나 읽는답시고 몇 달, 몇 년씩 남의 집에 죽치고 앉아 바둑이나 두고 잡담이나 하면서 소일하는 족속이 바로 식객 아니오? 우리 주인은 그런 꼴 눈 뜨고 못 보는 분이오."

청지기도 주인 못지않게 깐깐하다.

"그 말뜻은 이해하오. 허나 과객인 우리 신분에 하룻밤 유숙하자면 결국 소작농들한테 가서 사립문을 두드려야 할 판인데, 그게 오히려 민폐 아니겠소?"

북하가 금부자 집에 머물러야 할 이유를 그럴듯하게 꾸며냈다.

"혹 돈을 빌리러 오신 건 아니오?"

청지기가 두 사람의 안색을 살피며 물었다.

"아니오. 우리는 그저 지나가는 객일 뿐이오."

이차현도 사정조로 말했다.

"그러하면 밥값을 내고 이쪽 객사에서 하룻밤 유숙하도록 하시오. 밥값을 내고 객사에 들겠다면 주인께서도 마다하지 않을 것이오."

"좋소이다. 하지만, 밥값을 낼 만한 여유가 없으니 내일 하루 일을 해서 갚으면 어떻겠소? 우리 두 사람이 한나절 일한다면 하룻밤 신세진 값은 되지 않겠소?"

북하가 점잖게 협상을 했다.

"그렇다면야 마다할 필요 없지요. 우리 주인도 좋아하실 것이오. 일일一日 부작不作이면 일일一日 불음不飮이 우리 주인의 좌우명이라오."

청지기는 두 사람이 생판 거저 묵겠다는 뜻은 아니라는 걸 확인하고 나서야 표정이 부드러워졌다.

"그런데 우리더러 돈을 꾸러 왔느냐고 물은 건 무슨 뜻이오? 일면식도 없는데 아무나 돈을 꿔주시오?"

북하가 아까부터 궁금했던 바를 물었다.

"논산 사람이면 누구나 돈을 꿔주고 있소."

"듣자 하니 이 집에 소작을 붙이는 사람들은 주인께서 돌보아주어서 굶어죽거나 돈 때문에 고통을 겪지는 않는다고 들었소이다."

"우리 주인은 소작인들에게 한 푼도 거저 준 적이 없소이다. 일을 시켜서 원금을 다 받습니다. 얼마나 지독한데요. 살아 있는 사람 가운데 우리 주인님 돈을 떼먹은 사람은 지금까지 아무도 없소이다."

청지기의 말에 북하와 이차현은 금부자에 대해 더욱 호기심이 일었다. 이 사람이 바로 신인이 아닐까 하는 기대도 생겼다.

"그렇다면 돈을 빌려줄 때 이자를 놓는 거요?"

"아니오. 다만 그 사람의 앞날을 사두지요."

"아, 앞날을 사다니? 어떻게?"

이차현의 눈이 휘둥그레졌다. 북하도 무슨 말인가 싶어서 귀를 쫑긋 세웠다.

"어떤 사람이 큰돈이 필요하다고 하면 3년 뒤에 그 사람이 얼마나 벌 수 있는지 함께 의논하지요."

"그래서요?"

북하는 조급증이 일어 청지기의 다음 말을 재촉했다.

"그러면 돈을 빌려간 사람은 그 돈을 가지고 땅을 사기도 하고, 장사를 하기도 한다오. 그래서 약속한 3년 뒤에 가서 그 사람이 일 년 동안에 얼마나 벌었는지 따져 본다오. 그리하여 일단 꿔준 돈 원금을 돌려받고, 그 다음에 남은 돈에서 그 사람이 앞으로 일 년간 써야 할 돈을 빼지요. 그러고는 나머지를 이자로 다 가져온다오."

"그러면 꾸어간 사람들이 돈을 제대로들 갚습디까?"

북하가 아무래도 믿기지 않는다는 얼굴로 물었다.

"대부분은 잘 갚지요."

"죽거나 대처로 도망가면 어떻게 하지요?"

이차현도 궁금증을 풀어놓았다.

"그러면 다시는 논산 땅을 밟지 못하겠지요. 그런데 우리 주인의 성품을 아는 사람들은 절대로 도망가지 않는다오."

"논산 사람이 한둘이 아닐 텐데 그 많은 사람한테 다 돈을 꿔준단 말이오?"

"물론이오. 그래도 돈이 모자라지 않는다오. 왜냐하면 우리 주인께서 삼천 석 이상 되는 재산은 따로 관리를 하기 때문이오. 그 돈은 우리 돈이 아니라 다른 사람들 재산이라고 말하면서, 언제든지 꿔줄 준비를 하라고 하신다오."

청지기는 그런 주인을 섬기고 있는 것이 자못 자랑스러운 듯 어깨를 우쭐거렸다.

"그러시는 분이 과객한테 밥 한 끼, 하룻밤 잠자리 하나 못 내주시다니 앞뒤가 맞지 않는 것 아니오?"

북하가 짐짓 힐난조로 말했다.

"아니오. 아예 안 주는 게 아니오. 다만 거저로 주지는 않는다는 것이오."

북하와 이차현은 이 정도로 거부의 성품을 대강 전해 듣고 일단 객사에 유숙하기로 했다.

두 사람은 방을 얻은 다음 주인에게 면담을 청했다. 그제야 주인한테서 사랑채로 건너와도 좋다는 전갈이 왔다.

금부자의 거처로 가보니 거부의 방 치고는 매우 검소하다.

"어서들 오시오. 일을 해서 밥값을 내시겠다니 참 반가운 말씀이오. 그런데 두 분은 어디서 오신 분들이오?"

"우리는 연산 향적산방에서 공부하는 학인들인데, 핍박받는 백성들을 구세할 신인이 이 나라에 탄강하셨다는 소문을 듣고 그분을 찾아다니는 중이오. 혹 거부께서 그 신인이 아닌가 하여 들렀소이다."

북하가 단도직입적으로 대답했다.

"재산이야 약간 가졌지만 나는 댁들이 찾는 그런 신인은 결코 아니오. 오늘은 헛걸음을 하셨구려. 이유야 어쨌든 내 집을 찾아주셨으니 궁금한 게 있으면 무슨 말이든 물어보시오."

북하는 금부자의 얼굴을 살펴가며 말을 이었다. 금부자는 말이 거부이지, 얼굴이 갸름하고 눈빛이 고고한 게, 열심히 학문을 닦아 온 학자풍이다.

"어떻게 욕심을 조절하시기에 삼천 석 이상 되는 돈을 따로 떼어서 구휼에 나서는지 궁금하오이다."

"다른 건 몰라도 돈으로 말하자면 한 마디 해드릴 수 있소이다."

금부자는 두 사람의 질문에 주저하지 않고 대답했다.

"우리 가풍에 집안을 책임지는 가장은 자주 절에 나가 참선을 하여 욕심을 비우고, 고명한 선생을 초청하여 공부를 하게끔 되어 있소. 그리고 우리 가산을 지키기 위해 대대로 내려오는 책이 있습니다."

"그 책 제목이 무엇입니까?"

"《금강경金剛經》이라는 책이올시다."

"《금강경》이라면 불경 아니오?"

이차현이 뜻밖이라는 표정을 짓자, 금부자는 그럴 줄 알았다는 얼굴로 껄껄 웃고 나서는 설명했다.

"하하하. 불가佛家의 금강경이 아니라 재산을 굳게 지키는 비결이라는 뜻이오. 이 책에 이르기를, 큰 줄기 돈이 내게 흘러오게는 하되 그만큼 잘 흘러가도록 길을 터주라고 되어 있소이다. 이 말씀을 명심하고 살아가고 있지요. 보시다시피 내 생활은 다른 사람과 크게 다를 게 없소이다. 조금 더 좋은 음식을 먹고, 조금 더 좋은 옷을 입는 것뿐이오. 나도 내 인생을 살아야지 돈에 치어 인생을 허비할 수야 없잖소?"

"이자를 챙기다 보면 삼천 석 재산이 자꾸 불어날 텐데 그걸 어떻게 하고 계시오?"

북하가 계속 질문했다.

"우리 논산 사람들에게 쓰는 것도 있지만 이 재산을 지키는 데 드는 비용도 적지 않소이다."

금부자는 북하와 이차현이 번갈아 던지는 질문에 조금도 망설임이나 꾸밈없이 성심껏 답해 주었다.

"탐관오리가 판치는 세상에 우리 가문이 무사한 것도 실은 가풍에 따라 잘 처신해 왔기 때문이었소이다. 그러나 삼천 석은 지킬 수 있어도 그 이상은 역부족이오. 나라를 가지고 있는 군왕이라면 혹 모르지만……."

"그러면 결국 돈만으로는 세상을 구제할 수 없겠군요?"

북하가 풀이 죽어서 물었다.

"그렇고말고요. 지금이라도 관헌들이 들이닥치면 나는 돈다발을 싸서 바치고도 머리 조아리며 그네들이 떠드는 잡담에 예예 맞장구치며 귀를 기울여 주어야 하오. 이렇게 돈이 할 수 있는 일에는 한계가 많소이다. 돈 위에 칼이 있다는 걸 아셔야 하오."

금부자의 말에 북하는 침통한 얼굴로 고개를 끄덕였다.

"주인장의 말씀이 옳고도 옳소이다. 세상을 다 사들일 만한 부富, 온 백성을 다 구제할 만한 부를 가지려면 결국 이 세상의 주인이어야만 하겠군요. 허나 지금은 임금조차 아무것도 하지 못하는 세상."

북하가 탄식하자 이차현이 말을 이었다.

"그런즉 상극相剋하는 묵은 하늘을 뜯어고쳐야 하는 거네. 그래서 우리도 신인을 찾고 있는 거고."

"형님. 이제 하늘이 직접 탄강하신 이유를 알 만하겠습니다. 거부도 군왕도 하지 못하는 일, 사람이 하지 못하는 일을 하기 위해서임을 알겠습니다."

북하는 깊게 깨달으면서도 가슴 속이 답답했다. 신인을 지키는 신장의 임무를 갖고 있으면서도 아직 그 신인이 누구인지 찾아내지도 못했다는 현실이 북하를 무겁게 내리눌렀다.

이튿날, 금부자 집 일꾼들은 새벽같이 일어나 분주하게 움직였다. 금부자 역시 해가 뜨기 전부터 집안일을 보는 사람들과 하루 일을 의논하고 이것저것 지시했다. 취기가 있어 약간 늦게 일어난 북하와 이차현도 아침밥을 얻어먹는 대로 청지기가 시키는 일을 맡았다.

밭에 거름을 내는 일이다. 한나절을 꼬박 땀 흘리고 나서야 두 사람은 겨우 제 몫을 끝냈다.

북하와 이차현은 이번에는 부여로 내려가 혹 도인이 없는가 더 수소문했다. 도인이 많기로는 공주 쪽이 무수하지만 두 번이나 실망한 탓인지 웬만한 소문에는 귀가 솔깃하게 일어나지 않는다.

"이렇게 도인이 많은 나라가 왜 외세 앞에서 널뛰기를 할까? 이것 또한 불가사의라."

북하와 이차현은 계속 새 도인을 수소문했다.

두 사람이 새로 만나기로 결심한 사람은 부여에 산다는 학자다. 그는 독서를 워낙 좋아하는 인물이란다. 청나라 말도 배우고, 일본말도 막힘이 없다. 그래서 그에게는 '사고전서四庫全書'라는 별명이 붙었다. 그러나 과거에는 번번이 낙방한 불우한 만년수재다. 그래서 친구들이 나이가 몇인데 아직도 급제를 하지 못했느냐고 물으면 이렇게 여유를 부린다고 했다.

"내 나이 사십 년 전에는 아홉 살 신동이었지. 아직 남아 있는 나이가 수십 년인데 더 기다려 봄세."

과연 두 사람이 찾아가 보니 이 학자 사고전서는 그야말로 무불통지無不通知다. 학문이라면 남 못지않게 깊은 이차현이 서전이며 주역 등을 깊이 파고들며 질문을 했지만, 학자는 조금도 막힘없이 줄줄이 대답했다. 자구 하나도 틀리지 않고 정확하다.

'어쩌면 저런 학식을 가질 수 있을까?'

학식이 짧은 북하는 옆에 앉아 속으로 감탄만 할 뿐이다.

"동학당이 일어나 외세의 침략을 막아내려 피 흘리고, 조정은 조정대로 양이들을 물리치느라 고생들인데 나라 걱정하는 선비로서 시무책時務策이 있다면 들려주시지요."

북하가 청을 했다.

"시무책이라니, 누가 쓴 책이오? 내가 아는 한 사고전서四庫全書에는 그런 책이 없는데……."

사고전서는 고개를 갸우뚱거렸다.

"누가 쓴 책이 아니라 이 나라 정세를 보고 의견을 달라는 말씀입니다. 어떻게 하면 국난을 극복할 수 있는지요?"

북하가 말을 잘못 표현했는가 하여 질문 내용을 보충했다.

"글쎄. 공자에도 없고, 맹자에도 없고, 가만 있자. 주자에는 있던가? 아니지. 노자나 장자는? 그것도 아니고, 춘추전국 시대를 훑고, 진한秦漢을 지나, 삼국시대, 수당송요금원명隨唐宋遼金元明……."

"조선은 왜 안 찾습니까?"

"대중화가 있는데 소중화야 다 그 속에 있는 거지요."

사고전서는 중국을 대중화大中華, 조선을 소중화小中華라 하면서 조선을 숫제 중국의 부속품으로 여기고 있는 듯하다.

"아! 아국我國의 이율곡 선생한테 자그마한 시무책이 있었지요. 그걸 외워 볼까요?"

사고전서는 가까스로 머릿속을 뒤져 3백여 년 전에 이율곡이 마련했던 시무책을 끄집어내었다.

"아니, 옛날 시무책이 아니라 지금 이 시대의 시무책을 스스로 지어서 보여주십사 하는 말입니다."

자신의 시무책을 묻는데, 고전을 들먹이고 옛 역사를 훑는 학자에게 북하는 이미 실망했다. 보거나말거나 하품을 늘어지게 했다.

"글이란 고문古文이 으뜸이거늘 누가 함부로 새로 짓는단 말씀입니까? 법고창신法古創新이라는 해괴한 주장을 편 연암 박지원 무리가 죽은 지도 오래전 일이건만. 나는 사고전서를 다 외우므로 다른 저작이 필요 없습니다. 여기서 다 꺼내 쓸 수 있습니다."

사고전서는 자랑스레 자신의 머리를 손가락으로 가리켰다.

"참으로 안타까운 일이로군요. 아예 책 속으로 기어 들어가시구려."

북하는 고개를 저었다. 이차현도 더 이상 질문 없이 자리를 박차고 일어섰다.

자칭 대학자 사고전서는 감히 학문도 모르는 것들이 와서 소란만 피우다 간다며 싫은 소리를 그치지 않았다.

실망한 두 사람이 주막으로 돌아가자, 그 사이 동학군이 재집결한다는 소문이 들려왔다. 어느새 조선으로 상륙한 청군과 일군이 활동을 시작했다는 말도 들렸다.

저녁을 먹고 난 이차현은 정좌하고 앉아서 김항에게 서찰을 썼다. 오늘 만난 학자 사고전서에 대해 썼다.

북하와 이차현은 이른바 도인이라는 사람을 만나고 오면 그때그때 김항에게 자세한 보고를 올리기로 했다. 두 사람의 판단만으로는 신인을 알아내지 못할지도 모른다는 생각에 새로운 방법을 마련한 것이다.

이차현은 지난번에 만난 산수도인과 점사 지천명, 그리고 논산의 금부자에 대해서도 그랬듯이, 사고전서를 만나서 나눈 대화도 빠짐없이 기록했다. 김항이 판단하는 데 최대한 도움을 주려는 것이다.

"북하, 자네는 오늘 만난 학자에 대해 어떻게 생각하는가?"

편지 말미에 사고전서를 만난 소견을 적던 이차현이 뒤를 돌아다보았다.

"먼지 잔뜩 앉은 오래된 서고에 들어갔다온 느낌입니다. 케케묵은 곰팡이 냄새가 아직도 가시지 않은 듯한데요."

북하는 마치 자신의 옷에 그 냄새가 배어 있기라도 한 듯 옷을 탈탈 털었다.

"하하. 자네 의견은 그렇게 적겠네."

서신을 다 쓰고 난 이차현은 먹물이 마르기를 기다렸다가 반듯하게 접었다.

북하는 석전에게 따로 서신을 쓰지 않았다. 괜히 별 소득도 없는 소식을 자주 보내는 것보다 진짜 도인, 신인일 수도 있는 사람을 만났을 때나 적어 보내는 게 낫겠다고 판단했다.

신인(神人)을 찾았습니다

　　전주 화약 후 조정에서는 호남 사태의 책임을 물어 이른바 오
적五賊을 치죄했다. 감사 김문현은 삭탈관직 후 거제도로 귀양 보
냈으니 그렇고, 안핵사 이용태는 남해로, 고부 군수 조병갑은 길
주로, 그리고 고부 군민을 비롯한 호남 백성들의 원성을 산 전운
사 조필영과 균전사 김창석도 역시 유배시켰다.

　　막상 고부 사람들은 고부 군수 조병갑이 겨우 유배형을 받고
끝났다는 말에 분통을 터뜨렸다. 목을 잘라도 곱게 자를 수 없다
고 소리치던 그들이다.

　　신임 감사 김학진은 전주성에서 전봉준과 회견을 갖고 각 군현
마다 집강소執綱所를 설치하여 동학군의 활동을 공식적으로 인정

했다.

만사가 형통하는 형국으로 흘러갔다. 호남 지역은 동학군과 관군 간에 벌어지는 사소한 마찰을 빼고는 민생이 순조롭게 회복되어 갔다. 백성들은 조선조 5백 년 만에 처음으로 살맛나는 세상을 만났다며 즐거워했다. 관리들도 떳떳이 백성을 대하고, 백성들도 관을 대할 때 스스럼없이 여겼다.

문제는 호남이 아니다. 관군을 보호한다는 명목으로 청군이 전주성에 입성한 뒤부터가 문제였다. 일본군은 즉각 청군의 열 배에 달하는 대규모 신식군대를 동원해 한양·인천·무산·원산 등지로 마치 상륙작전을 감행하듯이 밀고 들어왔다.

6월 20일, 한양에서는 기가 막힌 일이 벌어졌다.

일본 공사 게이스케가 대원군 이하응을 강제로 끌고 경복궁으로 쳐들어갔다. 이 작전에 일본군과 낭인浪人들이 총동원되었다.

막상 일본군이 쳐들어가자 대신 이하 위사衛士, 왕과 왕비를 경호하는 병졸와 시신侍臣들이 바람처럼 흩어져 결국 경복궁에는 왕과 왕비만남아서 일본군의 갖은 모욕을 받았다. 왕과 왕비를 위해 목숨을바치겠다는 사람은 하나도 없었다고 한다.

이때부터 일본 공사 게이스케 측과 조선의 친일파 대신들 사이에 작난作亂이 이루어졌다. 일본군의 위세가 어느 정도 심했는지, 고종 임금조차 밥을 제때 얻어먹지 못할 정도였다. 경복궁에 있던 각사各司는 다 도망치고 없어 운현궁에서 국왕 부처의 수라를 지어오게 했지만, 수라상이 오는 동안 일본군들이 이것저것 집어먹어 막상 나중에는 빈 접시만 경복궁으로 들어왔다.

일개 병사들까지 조선 국왕을 대하는 태도가 이러했다. 이래 가지고 조선은 자주 국가라고 할 수 없는 상황이었다.

이때부터 일본군은 입에 침도 안 바르고 고종을 황제라 부르고, 양복을 입게 하는 등 멋대로 조종했다. 겉으로는 청나라의 간섭을 벗기 위한 것이라고 둘러대지만 고종으로서는 시키는 대로 할 수밖에 없었다.

6월 23일, 왕비파※ 대신들이 공작을 벌인 끝에 '조선은 과거 수백 년간 청나라와 맺은 조약을 모조리 파기한다'고 선언했다.

"청군을 조선에서 몰아내 주시오."

조선 국왕의 명으로 일본군에게 이 같은 조칙이 내려졌다. 청군이 조선에서 철병한 뒤에 닥칠 운명에 대해서는 그 누구도 예상하지 못했다. 그럴 안목을 가진 사람도 없다.

일본군이야 드러내놓고 기다리던 조칙이니 신이 나서 펄펄 뛸 지경이다. 조선은 늑대가 무서워 호랑이를 끌어들이는 토끼 노릇을 자처한 것이다.

조칙을 받은 일본군은 기다렸다는 듯이 아산만에 정박중이던 청군 북양함대를 기습 공격했다. 이 전투로 청나라 함대가 격침되고, 청군 1천 명이 몰살당했다. 그와 동시에 성환에서는 양국군 간에 지상 전투가 벌어졌다. 여기서도 기습전을 벌인 일본군은 청군 보병을 여지없이 격파했다.

이러한 상황에 크게 불안을 느낀 측은 당사국인 조선이 아니라 청나라였다. 사태가 심상찮게 돌아가자 패전군을 이끌고 조선에 주둔중이던 청나라 장수 원세개는 북양대신 이홍장에게 열세 차례나 전문을 보내 원군을 요청했다. 어쩐 일인지 이홍장은 묵묵부답했다.

　결국 원세개는 병사 10여 명만 이끌고 한밤중에 인천으로 달아나, 거기서 배를 타고 청나라로 도망쳤다. 패잔병들도 그런 식으로 각자 조선을 탈출했다. 일본군은 이때 이미 조선을 손바닥에 넣었다. 백성들만 그 사실을 모를 뿐이다.

　"아직도 못 찾았다는 말이냐? 저런, 한심한⋯⋯."

　《정역》을 빼돌렸을 김항의 제자 두 사람을 찾아 헤매던 오히라와 도미야쓰는 아무런 정보도 없이 빈손으로 돌아왔다.

　"동학군의 움직임이 워낙 급변해서 어디서 활동하고 있는지 찾을 수가 없었습니다."

　도미야쓰가 변명을 했다.

　"그들이 동학군에서 나온 지가 언젠데 여지껏 동학군을 뒤지고 다녔단 말이냐?"

　"그러면, 스승님께서는 그들이 어디 있는지 알고 계시군요?"

　오히라가 존경어린 눈으로 이시다를 올려다보았다.

　이시다는 그동안 줄곧 한양에서 활동하고 있었다. 일본 공사관 바로 옆에 연락처를 두고 조선에 대한 정보를 민첩하게 수집해 일본 정부에 보냈다. 일본의 대對 조선 정책은 겉으로는 일본 공사가 맡았지만, 뒤에서 이시다가 깊숙이 관여하고 있었다.

"다행히, 아직 두 사람은 신인을 찾아내지 못했다. 지금쯤 공주 근방에서 도인을 찾아다니고 있을 것이다."

"그렇다면, 도인으로 소문난 사람을 찾아가 보면 두 사람의 행적을 뒤쫓을 수 있겠군요?"

오히라의 말에 이시다가 고개를 끄덕였다.

"오히라, 네가 무예는 조금 떨어지지만 머리는 도미야쓰보다 낫구나."

이시다의 말에 도미야쓰는 부끄러운 듯 고개를 푹 숙였다.

"너희들이 어서 《성역》 신본과 신인을 찾아내야 내가 한양에서 마음 놓고 일을 추진할 수 있다. 골치 아픈 조선을 때려잡아야 천지개벽이 일어난단 말이다. 대일본이 조선과 청나라를 속국으로 거느리는 그 아름다운 신천지가 정녕 안 보이느냐?"

이시다는 자신이 그동안 한양에서 벌인 첩보활동을 오히라와 도미야쓰에게 자랑스레 늘어놓았다. 조선 조정을 사주해 청국을 퇴치하게 한 것이나, 경복궁에 일본군과 낭인을 배치해 조선 국왕을 무력화시킨 것 등 모두 이시다의 공이 크다.

"무엇보다 재미있는 작전은 청나라 장수 원세개와 북양대신 이홍장 사이를 이간질한 계책이지. 멍청한 놈들."

이시다는 킬킬 웃으며 자신이 세운 계략의 전말을 이야기해 주었다.

이시다는 6월에 일본 낭인을 대거 부산으로 끌어들였다. 이들은 과거에 입국한 첩자들과는 달리 조선말이나 풍습은 모르지만 무예가 뛰어난 행동대원들이다. 그러자 위기감을 느낀 원세개가 이홍장에게 원군 요청을 한 것이다.

"이홍장이 원세개의 말을 들어줄 리가 없지. 왜냐하면, 우리가 이홍장에게 백금白金을 두 수레나 보내 뇌물을 잔뜩 먹여 놓았거든. 배가 터질 지경이니 앉은자리에서 일어나기도 힘들걸? 하하하."

"흐흐흐."

도미야쓰가 스승을 따라 음흉하게 웃었다.

"당사자인 원세개만 그걸 모르고 있었던 거야. 원군을 보내 달라는 전문을 수없이 띄웠지만, 이홍장은 들은 척도 하지 않았지. 청나라는 아래가 푹 꺼진 허방다리다."

"스승님의 지략은 정말 대단하십니다."

오히라와 도미야쓰는 이시다에게 탄복했다.

"우리 작전은 처음부터 지금까지 변함이 없다. 그게 무엇인가 도미야쓰 네가 말해 보아라."

"먼저, 조선 스스로 망하게 한 뒤, 우리 일본이 거저줍는다! 임진년의 한을 일시에 갚는다!"

이시다의 명을 받은 도미야쓰가 허리를 곧추세우며 한 마디, 한 마디 끊어서 또박또박 대답했다.

"그렇지. 암, 그렇고말고. 그러기 위해서는 위로 조선 조정도 움직여야 하지만, 무엇보다 아래로 백성들을 혼란스럽게 해야 한다. 이렇게 일이 착착 진행돼 가고 있는 판국에 엉뚱한 곳에서 일을 그르쳐서는 안 된다. 신인이란 자가 나타나 민심을 휘어잡으면 모든 일이 무산될 수 있다. 조선놈들은 중, 백정, 노비까지 의병을 일으키는 이상한 족속이다. 그러니 너희 임무가 막중하다. 어서 길을 떠나거라. 상황이 바뀔 때마다 보고하는 일을 게을리하지 말도록."

"하이!"

오히라와 도미야쓰는 다다미 방바닥에 이마를 댔다.

청나라가 물러가자 이때부터 크고 작은 정령政令이 일본에서 나왔다. 비록 고종의 명의를 달기는 했으나 실은 조선을 병탄하려는 일본이 뒤에서 조종하는 명령이다. 그것을 일본은 갑오경장甲午更張이라고 그럴듯하게 꾸몄다. 갑오경장은 조선을 삼키려는 일본이 오래전부터 민심을 현혹하려고 마련해 둔 정한론 계책 중 일부에 불과하고, 그걸 원하는 조선 사람은 친일파 말고는 아무도 없다. 스스로 변하지 않으면 결국 변화에 휩쓸리고 만다는 것을 모르는 탓에 당하는 일이다.

상황이 이렇게 돌아가자 전봉준은 9월에 이르러 재봉기를 결심했다.

– 백성만이 나라를 구할 수 있다.

일본군의 전횡을 보는 동학군과 지사志士들은 이렇게 생각했다.

하긴 조선이 믿을 수 있는 힘은 오직 민民뿐이다. 관官은 모화 사대주의자 혹은 친일파 사대부 일색이거나 탐관오리뿐이다. 더러 뜻있는 관리가 있다고는 해도 관의 조직으로는 아무것도 할 수 없는 상황이다.

군軍 역시 일본군이 장악한 상태다. 임진왜란 때의 민民처럼, 고려 시절 몽골군에 맞선 그 민民처럼 다시 민民이 일어나야만 할 상황이다.

"동학당을 다시 모은다고? 이보게, 북하. 아무래도 동학당이 모이는 곳으로 한번 더 가봐야 하지 않겠는가?"

이차현은 동학당에 미련이 남는 모양이었다.

"제 생각도 그렇습니다."

북하도 이차현의 의견에 동의했다.

"나라가 이 지경이라면 필시 그분도 가만있지는 않겠지? 혹 전봉준 장군이 그분인지도 모르는 일이고."

"그러게 말입니다. 기왕 그럴 것 같았으면 처음부터 불끈 일어났으면 좋았을 텐데……."

북하는 동학당을 따라다니며 느낀 답답한 심경을 드러냈다.

"전봉준 장군은 국왕에 대한 충직이 지나쳐 왜놈들의 간사한 꾀를 헤아릴 줄 몰라 그게 걱정입니다."

결국 북하는 지난날 전주 선화당에서 고부 청년이 주장하던 내용이 옳다는 걸 알게 되었다.

"지난번에 전주성을 함락한 농민군이 전주성에서 그 기세를 멈출 것이 아니라 그대로 북상하여 한양을 쳤다면 일본의 야욕까지 꺾을 수 있었을 텐데……."

이차현도 같은 생각을 하는지 그때 청년의 주장을 묵사발 낸 것을 아쉬워했다.

"그랬더라면 일본에 패해 무력해진 평양의 청군까지도 몰아낼 수 있었을 겁니다."

"그러게 말일세. 선화당에서 화약을 반대한 그 청년의 주장이 옳았어. 비록 전주성 병력이 수적으로는 열세에 있었다 해도 한양으로 가는 길에 충청과 경기, 강원 지역의 동학도와 농민 세력을 모은다면 충분히 가능한 일이었지."

"하지만 그때는 청년의 말에 귀를 기울이는 사람이 없었어요."

아쉬운 일이다. 그렇지만 어쩔 수 없다.

소문을 들어보니 동학당은 곳곳에서 모여 논산으로 집결하고 있다고 했다.

북하와 이차현은 신인이 있다면 아무래도 그런 큰 판에 모습을 보일 것이라 추측하고 서둘러 논산 땅으로 향했다. 대규모 봉기가 일어난다면 적어도 그들이 찾는 인물은 그런 자리에 얼굴을 내밀지 않을 수 없으리라는 계산이다. 적어도 민심은 절체절명의 위기의식을 느끼고 있었다.

북하와 이차현이 논산을 향해 가고 있는 중에도 일본을 물리치자는 기치로 2차 봉기에 나선 전봉준과 동학군은 각 읍의 무기고를 털어 재무장하기 시작했다. 집강소 별로 시퍼렇게 조직이 살아 있던 동학군은 관군과 큰 마찰 없이 재무장해 나갔다.

"일군에 잡혀 있는 국왕 폐하를 구출하자!"

농민군은 뜨거운 가슴으로 봉기에 나섰다. 이번에 노리는 적은 어디까지나 일본과 일본군인만큼 온 백성이 총궐기해 주리라 믿었다.

전봉준은 2차 봉기의 목표를 일본군을 쫓아내는 것으로 삼았다. 전주 화약 이후 집강소만 관리하던 전봉준에게 일본군의 경복궁 습격 사건은 하늘이 무너지고 땅이 꺼질 대사건이다. 더구나 우리나라 땅에서 제멋대로 전쟁을 벌이는 일본과 청국의 야욕을 더 이상 지켜볼 수 없다. 하지만 그때까지도 전봉준은 조선 관군이 일본군을 끌고 내려올 줄은 상상하지도 않았다.

"묵은 하늘, 묵은 인간들이 몸부림치는구나."

전봉준은 2차 봉기를 알리는 통문을 전국의 동학도에게 돌렸다. 통문에는 전적으로 외세 축출을 위해서만 봉기하자고 적혀 있었다. 일단 거병 시점은 농민군의 생계와 동학군의 군량미 조달을 위해 추수 뒤로 잡았다.

드디어 10월 중순, 각처에서 동학군이 일어났다. 전봉준은 전라우도 전주에서, 손화중은 전라좌도 광주에서 일어났다.

금세 경기도 죽산과 안성까지 동학군이 진출했다는 소문이 돌 정도로 2차 봉기의 물결은 거세고 신속하게 이루어졌다. 물론 1차

때와 다름없이 양반들은 거의 참여하지 않았다.

그 무렵 북하와 이차현도 논산으로 집결중인 동학군 진영에 무사히 합류했다. 다만 죽창을 쳐들고 봉기 대열에 끼지는 않고 후방에서 보급을 맡았다.

전봉준이 전주에서 떨쳐 일어나자 뒤이어 호남 각처에서 뜻을 같이 하는 동학군이 차례로 일어났다.

호남 일대에서는 동학군에게 군기를 탈취당한 수령과 진장鎭將의 수가 3십 명이 넘었다. 전라도 남원에 집결한 동학군의 수만도 5~6만에 이르렀다. 동학군은 각 읍의 무기고를 열어 무장하고 전라도의 세력을 집결시킨 뒤 한양으로 진격할 계획이었다.

2차 봉기에 참여한 전라도 지역의 동학군은 11만5천 명에 이르렀다. 호남군이 논산으로 출진하는 동안 북접의 호서군은 보은 장내리로 이동했다. 그리고 여기서 다시 대를 나누어 그 1대는 영동, 옥천으로부터, 다른 1대는 양덕에서 청주의 관군을 무찌르고 저마다 집결지인 논산으로 향했다. 그리하여 11월 중순에는 남북접의 동학군이 논산에서 합세했다.

북접 산하의 동학군에는 경기, 강원 지역의 동학군까지 몰려 내려왔다. 총집결된 동학군은 논산으로부터 수도 방어의 요새인 공주로 북상하는 전략을 세웠다.

"이번에는 참말로 한양까지 친다!"

그런데 이번 봉기에서도 이상한 일이 일어났다. 지난번에 전주 선화당에 나타났던 그 고부 청년이 다시 나타났다. 그는 이번에는 전쟁을 하지 말라고 떠들고 다녔다.

"때를 놓쳤습니다. 지금은 전쟁을 일으켜서는 안 됩니다."

북하와 이차현이 그를 다시 본 곳은 호남과 충청 지역 동학군이 집결해 있던 논산이다. 그때 논산에는 호남군과 호서군이 한꺼번에 몰려들어 그야말로 인산인해를 이루었다.

"형님. 저 친구, 지난번에는 한양까지 진격해야 한다고 주장하던 그 청년 아닙니까?"

북하가 먼저 청년을 발견하고 이차현에게 물었다. 두 사람은 마침 논산장 한켠에 있는 국밥집에서 탁주 두어 잔을 마셔 불콰해진 얼굴로 장터 이곳저곳을 기웃거리고 있었다.

"맞군. 그런데 왜 이번에는 전쟁을 해서는 안 된다고 떠들지?"

참으로 이상한 청년이다. 십만이 넘는 대병력이 기치창검을 들고 공주를 향해 진격하려는 마당에 저 혼자 전쟁을 반대하는 연설을 하면서 논산 일대를 누비고 다니니 다들 이상하게 생각했다.

"여러분. 저들은 전쟁을 업業으로 살아온 일본의 사무라이 부대입니다. 무기 또한 양이들의 신무기를 가지고 있습니다. 그들이 쏘는 총과 대포는 벼락보다 더 무섭습니다. 우리는 저들의 무기를 상대해낼 능력이 없습니다. 청나라 군대도 전멸할 정도 아닙니까!"

청년의 힘찬 목소리가 중천쯤 솟은 장날의 부푼 흥을 깨뜨렸다.

북하와 이차현은 순간 긴장했다.

"이번에 저들과 맞닥뜨리면 수많은 목숨을 한꺼번에 잃게 될 것입니다. 여러분, 저들은 이 나라의 관군과는 다릅니다. 저들은 살인과 전쟁에 길들여진 마귀들입니다. 전쟁이 시작되면 오직 죽음뿐입니다. 이 많은 농민을 다 죽이자는 겁니까!"

청년은 목이 터져라 외쳐댔다. 그렇지만 청년의 말을 귀담아듣는 사람은 거의 없었다. 오히려 '별 미친놈 다 보겠다'는 투로 혀를 찰 뿐이다.

듣는 사람이 많든 적든, 수긍하든 하지 않든 청년은 포기하지 않고 계속 목청을 높였다.

북하와 이차현은 일부러 청년을 따라다니면서 그의 주장을 들어보았다. 일리가 있기도 하지만 지금 논산 상황과는 완전히 딴판이다. 누구든 동학군이 일제히 치고 올라가면 일본군을 물리칠수 있다고 자신만만한 상황 아닌가.

"새파랗게 젊은 놈이 동학군에 들어가 나라 위해 목숨 바칠 생각은 하지 않고 왜 찬물을 끼얹느냐! 그런 혈기가 있으면 죽창이나 잡아라, 이놈아!"

"이 더러운 양반놈아. 일본놈이 아무리 무섭다 해도 조선 땅에선 조선 사람이 최고여. 산으로 들로 달리면 말도 안 통하는 낯선 땅에서 왜놈들인들 어떻게 버텨?"

"저놈 저거, 일본놈 앞잡이다!"

"저런 놈은 일본놈보다 더 나쁜 매국노야!"

"양반이란 것들이 돕지는 못할망정 초를 치고 다니는구나!"

동학군 가운데는 대놓고 청년에게 욕을 퍼붓는 사람이 많았다. 그렇지 않으면 대부분 미친 녀석이라면서 거들떠보지도 않았다.

"여러분, 죽창으로 어떻게 기관단총을 이기고 대포를 이깁니까? 총알이 빗발치는데 어떻게 살아남습니까!"

청년은 목이 터져라 다시 설명했다.

"지난번에도 우리는 죽창을 들고 관군을 이겼잖아! 백성들이 벌떼같이 일어나면 누구를 못 이겨?"

"일본군은 다릅니다. 놈들하고 싸우다 보면 누구도 살아남지 못합니다."

"그래 봤자 칼이 더 날카롭고, 화살이 좀 더 빠른 정도겠지."

동학군은 청년의 말에 콧방귀도 안 뀌었다.

"그런 차이가 아니라 하늘과 땅의 차이입니다. 포탄이 우레 떨어지듯 합니다. 눈깜짝할 새에 총알 수백 발이 날아듭니다!"

"그러면, 어쩌자는 거냐?"

"어차피 우리나라는 남들이 무기를 만들고 개화하는 동안 무지몽매하게 굴어서 이대로는 신식 무기로 무장한 일본군을 이기지 못합니다. 힘을 길렀다가 다른 기회를 도모해야 합니다. 저놈들은 얼씨구나 하고 우리 동학군을 때려잡으러 내려오고 있습니다. 큰일 났습니다."

청년은 흥분한 동학군에게 걸려 얻어맞기도 했다. 그래도 그는 뜻을 굽히지 않았다.

"여러분! 죽음의 길에서 걸어 나와야 합니다. 선택은 여러분께 달려 있습니다. 삶이냐 헛된 죽음이냐? 여러분, 아직 이릅니다. 훗날을 도모합시다. 죽으면 모든 게 끝이 납니다. 일어나려면 지난번에 일어나 한양까지 밀어붙여야 했습니다. 이번 상대는 포악하고 잔인하기로 이름난 왜구들입니다. 여러분! 고정하셔야 합니다."

"참 질긴 청년이로군."

이차현이 북하의 귀에 대고 속삭였다.

"여러분, 동학은 지난 1차 봉기에서 한양을 쳤어야 했습니다. 이제 전열을 정비한 관군은 일본군까지 끌어들여 전쟁판을 일부러 키우고 있습니다. 이번 전쟁은 떼죽음을 예고하고 있습니다. 그동안 여러분들이 보았던 관군들은 전투 경험이 없던 순둥이들이었습니다. 그러나 이번에 이 나라에 진주한 일본군은 사람을 짐승 잡듯이 많이 죽여 본 진짜 살인 집단입니다. 일본에서도 가장 잔인한 전쟁광들입니다. 수적으로 농민군이 우세하다고는 하지만 일본군이 가진 무기는 일당백의 신무기들입니다. 총에서 불이 펑펑 터지고 대포는 천둥벼락보다 더 무섭습니다. 여러분, 전쟁은 여기서 그만두어야 합니다. 무력으로는 해결될 수 없는 일입니다. 이제 대표를 뽑아 조정과 협상을 벌여야 할 때입니다."

청년의 말에 공감하는 사람도 있어서 더러 박수소리가 나기도 했다.

북하와 이차현은 청년의 연설을 한 마디도 빼놓지 않고 들었다.

"저러다 동학당한테 잡혀가면 어쩌려고……."

두 사람은 구경꾼들이 떠드는 반응에도 귀를 기울였다.

"뭐하는 청년인데 저렇게 열을 올리는 게야?"

"전봉준 장군의 고향인 고부 땅에서 올라온 청년이라는데, 벌써 며칠째 저런 헛소리를 늘어놓고 다닌다는구먼."

연설이 한창 무르익는 순간이었다. 갑자기 죽창을 든 장정들이 사람들 틈을 비집고 가운데로 뛰어들었다.

"이놈은 일본 첩자다!"

"잡아! 손모가지를 묶어라!"

"이런 매국노의 넋두리에 귀를 기울이다니, 당신들 정신 있는 인간들이야! 당장에 개 패듯이 때려잡지 않구서!"

장정들은 날렵하게 뛰어들어 목소리의 주인공을 발길질하면서 거칠게 묶어 버렸다.

"나 하나 잡아 조선을 구한다면야 얼마나 좋겠소."

청년은 예상했다는 듯이 반항을 하지 않고 장정들이 하는 대로 몸을 맡겼다.

"닥쳐라, 이놈아. 감히 어디서 주둥이를 함부로 놀리느냐. 얘들아, 저놈한테 재갈을 물려라."

장정들은 청년의 입에 재갈을 물려 버렸다.

"여러분, 여기 이놈의 넋두리는 하나도 귀담아 들을 필요가 없습니다. 우리 동학군은 그 어느 때보다도 전력이 막강하고 사기가 충천합니다. 관군 중에서 투항해 들어온 사람도 엄청나게 많습니다. 이제 한양으로 진격하기만 하면 조선 백성이 다 평안히 살 수 있는 좋은 세상을 만들 것입니다. 사람 사는 세상으로 바꿔 봅시다. 여기 이자는 그동안 우리 동학군을 비방하고 다니던 일본의 선무공작대원인 것으로 밝혀졌습니다. 이제 조사해 보면 알겠지만 이놈의 죄상이 밝혀지는 대로 장대에 모가지를 매달겠습니다. 여러분, 아무 걱정 마시고 하시던 일을 계속해 주십시오."

처음 청년이 나타났을 때만 해도 동학군의 김개남 군 지휘부에서는 그저 할 일 없는 미친 유림儒林의 소행이려니 치부하고 내버려 두었다. 그러나 날이 갈수록 그 정도가 심해지면서 관군이나 일본군의 선무공작요원으로 의심하기 시작했다. 일단 그런 의심이 들자 김개남 군 지휘부에서 즉시 청년을 잡아들이라고 명령한 것이다.

동학군들의 종용에 따라 군중들은 "그러면 그렇지" 하면서 하나둘 흩어지기 시작했다. 북하와 이차현도 사람들에 떠밀려 장거리 쪽으로 나왔다.

"어떤가? 알아보아야겠지?"

이차현이 북하에게 의견을 물었다.

"예. 괜히 나타나는 인연이 아닌 듯합니다. 벌써 두 번째 아닙니까."

"나도 그래. 뭔가 느낌이 있어."

이차현이 북하의 말에 고개를 끄덕였다.

"자네는 저들의 뒤를 밟아 어디로 끌고 가는지 알아보게. 나는 장거리에서 잡혀간 사람을 아는 사람이 있는지 돌아다니며 얘기를 모아보겠네."

이차현의 말이 떨어지기가 무섭게 북하는 잰걸음으로 군중 속으로 사라졌다.

이차현은 주위를 살피며 누군가 청년에 대해 설명해 줄 만한 사람을 찾아다녔다. 수소문 끝에 이차현은 청년을 안다는 고부 사람 몇을 만났다.

"청년의 이름은 제석帝釋, 자는 금오金烏라는데, 몰락한 천씨 양반가의 아들이라오. 집안이 빈한하여 어릴 적부터 고생을 많이 했다고 하오. 청년이 돈 것도 같고, 아닌 것도 같고."

"돌긴? 어려서부터 범상치 않은 사람이었다오. 서당에서 글을 익히는데 하늘 천天, 따 지地를 배우더니 그만 공부를 폐했다고 합디다. '웬 까닭인고' 하고 아버지가 물었더니, '하늘을 알고 땅을 알았는데 더 이상 무얼 배우느냐'고 반문하더라는 겁니다. 글쎄."

"땅을 차면 땅이 무너질 것 같고, 소릴 지르면 하늘이 놀랄까 두렵다 했다지? 천하장사 아닌감?"

"열네 살 무렵이던가, 양반 자제치고는 너무 고생을 하여 그 모습이 내 기억에도 선하게 남아 있다오. 짚신은 닳아서 발가락이 삐져나오고, 옷이라고는 낙엽처럼 낡은 무명옷을 걸치고, 밥을 잘 먹지 못했는지 부황기가 어린 고달픈 얼굴로 가쁜 숨을 몰아가며 자갈길을 걷고 있는 모습을 보았소. 그런데도 눈동자는 검고, 눈에는 짙은 서기가 어려 있었어요. 슬픔 같은 것이었소. 알고 보니 가난한 집안 살림에 입도 덜고, 새경이라도 받아 굶는 식구들 입에 풀칠이라도 해야 한다며 어린 나이에 머슴살이를 자처했다고 합디다."

"나는 그 사람이 산판 일을 하는 걸 본 적이 있소. 일을 하다가 허기가 지는지, 개울물을 두 손으로 마구 떠 마시고 있었소. 밥 대신 물로 배를 채우는 중이었던 것 같소. 그때 감독인지 뭔지 하는 사람이 나타나더니 일 안하고 하루 종일 물만 처먹느냐고 욕설을 퍼붓더군. 묵묵히 그 욕을 다 들으면서 나무를 베러 산비탈로 다시 올라가더이다."

청년에 대한 이야기는 처절했다. 고귀한 신인의 삶은커녕 비천한 노비의 역정을 듣는 것만 같다.

어느덧 날이 저물었다. 며칠간 묵기로 한 주막으로 돌아온 이차현은 밤이 이슥해지도록 골똘히 생각에 잠겼다.

천지天地만 배우고도 서당을 폐했다는 말을 들어보면 동학군에게 잡혀간 청년이 바로 스승 김항이 찾는 사람인 것 같기도 하고, 머슴살이나 산판 얘기를 들으면 아닌 것 같기도 하다.

이차현은 스승이 그토록 애타게 기다리던 사람이 겨우 몰락한 양반가의 자제일 리가 없다는 생각이 들었다. 신인이라면 적어도 석가모니처럼 왕자로 태어나든지 예수처럼 뭇별의 축복을 받으며 태어날 일이지 하필 머슴살이를 할 정도로 가난한 양반가에 태어날 까닭이 없다는 생각이 들었다.

더구나 나이도 너무 어리다. 어림짐작으로도 청년의 나이는 겨우 이십대 중반쯤, 칠순이 다 된 김항이 그렇게 새파란 젊은이를 새 하늘을 열 신인으로 기대했을 리가 없다는 생각이 들었다.

그때 청년을 뒤따라갔던 북하가 돌아왔다. 북하의 표정은 사뭇 긴장되었다.

"그래, 그 젊은이는 어디로 잡혀갔던가?"

"김개남 장군 진영으로 잡혀갔습니다. 슬그머니 숨어들어가 얘기를 들어봤는데, 동학군에서는 오래전부터 그자의 거동을 살피고 있었답니다. 간단하게 심문이 있었는데 그 청년은 거기서도 동학군은 지게 돼 있다고 완강히 주장했습니다. 내일 아침부터 높은 사람들의 심문이 있을 거랍니다. 배후를 캐낼 모양인 것 같습니다."

"배후라?"

"일본군 첩자라고들 합니다."

"하긴 그럴지도 모르지. 그래, 지금 그 청년은 어쩌고 있던가?"

"끌려가면서 계속 맞고, 심문당하면서도 바른 말 안한다고 더 많이 맞은 것 같습니다. 지금은 헛간에 갇혀 있습니다."

"그래? 내일 심문이 본격적으로 이루어지면 더 험한 꼴을 당하겠구먼."

이차현의 얼굴에 근심이 서렸다.

"일본군 첩자라는 걸 자백하지 않으면 본보기로 효수당할지도 모른다고 합니다. 그런데 그자에 대해서는 뭣 좀 알아내셨습니까?"

북하가 궁금해하자, 이차현은 저녁 동안 알아낸 바를 전해 주었다.

"어린 나이에 하늘 천^{天}과 땅 지^{地}를 배우고 학문을 폐했다고 요?"

"그랬다고 하네. 하늘과 땅을 배웠는데 더 이상 뭐를 배우겠느냐고 하면서 말일세. 그런 말을 하려면 신인쯤 돼야 하는 거 아닌가?"

"아, 그분입니다, 형님. 바로 그 청년이 신인임에 틀림없습니다. 김항 선생님이 세운 하늘과 땅은 천지$^天地$ 두 글자로 이미 다 배우고 지금 사람^{人}을 배우고 있는 겁니다."

북하가 흥분하여 소리쳤다.

"이 사람, 진정하게. 나도 그 청년이 신인일 수도 있다는 생각이 드네만, 아닐 가능성도 높다네."

이차현은 자신이 청년에 관해 분석한 바를 요모조모 내놓았다. 그러나 북하의 마음은 변함이 없다.

"하늘과 땅을 어린 나이에 이미 알아버렸는데, 산판 일을 했든 머슴 일을 했든 나이가 어리든 그게 무슨 상관이겠습니까? 호랑이 새끼는 아무리 어려도 나중에 호랑이가 되고, 왕자는 젖먹이라도 장차 왕이 되는 것입니다. 어서 그 청년을 구출해야 합니다. 김개남 군에게 변을 당하기 전에 어서 구해야 합니다."

북하는 가슴이 벌렁벌렁 뛰는 듯했다. 신인을 찾았다는 기쁨과 그 신인이 지금 위험에 처해 있다는 긴박함으로 한켠으로는 마음이 설레고 한켠으로는 바짝 긴장되어 쉽사리 진정되지 않았다.

북하의 말을 듣고 난 이차현은 먹을 갈아 김항에게 서신을 쓸 채비를 했다. 북하도 종이를 꺼내 앞에 펼쳐 놓았다.

스승님,

드디어 신인을 찾아내었습니다. 어린 시절, 하늘 천과 땅 지만 배우고도 천지를 알아버린 고부 청년 천제석이 바로 신인인 듯합니다. 그러나 천제석은 동학군의 봉기를 반대하다 붙잡혀 현재 목숨이 위태로운 지경에 있습니다. 지금이야말로 신장인 제가 필요한 시기인 듯합니다. 스승님 분부대로 목숨 바쳐 천제석을 지켜내겠습니다. 그리하여 이 땅, 이 하늘을 개벽하는 일을 돕겠습니다.

북하가 흥분된 마음으로 스승 석전에게 편지를 쓰는 사이, 이차현도 김항에게 보고문을 썼다. 이차현은 청년을 처음 만나던 일부터 오늘 다시 만난 인연, 그리고 청년이 주장하는 바, 장거리에서 얻어들은 청년에 관한 이야기까지 소상히 적었다. 그리고 북하가 그 청년의 이야기를 듣고 당장에 그분이 신인이라고 하더란 말과 자신은 신인일 수도 있다는 것과 아닐 수도 있다는 생각이 반반이라는 의견도 적었다.

북하와 이차현이 고부 청년에 관한 이야기를 하고 있을 때, 주막의 바로 이웃한 방에서는 사내 둘이 귀를 바짝 세워 엿듣고 있었다. 오히라와 도미야쓰다.

"저 녀석들이 신인을 찾았다네."

도미야쓰가 오히라의 귀에 대고 속삭였다. 도미야쓰는 몰래 벽을 뚫어 북하와 이차현의 방에서 아무리 목소리를 낮추어도 다 들리게끔 해놓고는 아까부터 엿듣고 있었다.

"그래? 그거 듣던 중 반가운 일이로군. 헌데 《정역》은 도대체 어디다 숨겼다지?"

"그러게 말이야. 아무리 뒤져봐도 저놈들 봇짐에는 아무것도 없어."

"분명 은밀한 곳에 숨겨두었을 거야. 그랬다가 신인이란 작자를 찾으면 바로 전할 거야."

"그렇다면 저 녀석들이 신인이란 자를 찾기만 하면 우리는 그 자리에서 두 가지 목적을 다 이루어내게 되겠군. 어서 《정역》을 찾아 일본 황실에 보내야지."

"그렇지. 신인과 《정역》을 찾은 뒤 저 두 놈을 없애버리는 거야. 그리고 그 신인과 《정역》을 이시다 사부님께 보내면 그것으로 우리 임무는 완수되는 거야. 핫핫."

"저 녀석들이 애써 찾은 걸 가로채 주워 담기만 하면 된단 말이지? 흐흐."

이시다가 보낸 두 마두, 오히라와 도미야쓰는 차가운 웃음을 흘렸다.

* 소설 《하늘북》 하권으로 이어집니다.

지은이 이재운 | **발행인** 김윤태 | **발행처** 도서출판 선 | **교정** 김창현 | **북디자인** 디자인이즈
등록번호 제15-201 | **등록일자** 1995년 3월 27일 | **초판 1쇄 발행** 2020년 8월 10일
주소 서울시 종로구 삼일대로 30길 21 종로오피스텔 1218호 | **전화** 02-762-3335 | **전송** 02-762-3371

값 15,000원
ISBN 978-89-6312-600-5 04800
       978-89-6312-599-2 04800(세트)